marcel proust

* 이 도서의 국립중앙도서관 출판시도서목록(CIP)은 서지정보유통지원시스템 홈페이지(http://seoji.nl.go.kr)와
국가자료공동목록시스템(http://www.nl.go.kr/kolisnet)에서 이용하실 수 있습니다.
(CIP제어번호: CIP2014008234)

marcel proust

마르셀 프루스트 독서에 관하여

유예진 옮김

차례

일러두기

1 이 책은 마르셀 프루스트(Marcel Proust)의 산문 중에서 그의 예술론이 잘 나타나 있는 것들을 옮긴이가 골라 번역한 것으로, 번역대본은 다음과 같습니다.

러스킨에 의한 아미앵의 노트르담 : "Notre-Dame d'Amiens selon Ruskin", *La Bible d'Amiens de John Ruskin*, éd. Yves-Michel Ergal, Paris: Bartillat, 2007, pp. 17~43.

독서에 관하여 : *Sur la lecture*, Arles: Actes Sud, 1988.

샤르댕과 렘브란트 : "Chardin et Rembrandt", *Essais et articles*, Paris: Gallimard, 1971, pp. 372~382.

렘브란트 : "Rembrandt", *Essais et articles*, pp. 659~664.

와토 : "Watteau", *Essais et articles*, pp. 665~666.

귀스타브 모로의 신비세계에 관한 노트 : "Notes sur le monde mystérieux de Gustave Moreau", *Essais et articles*, pp. 675~680.

화가, 그림자, 모네 : "Le peintre.—Ombres.—Monet", *Essais et articles*, pp. 667~674.

단테 가브리엘 로세티와 엘리자베스 시달 : "Dante Gabriel Rossetti et Elizabeth Siddal", *Essais et articles*, pp. 470~473.

2 본문의 각주는 모두 저자의 것으로, 1,2,3…으로 표시했습니다.

옮긴이 주는 저자주와의 구분을 위해 후주 처리했으며 **01,02,03**…으로 표시했습니다.

3 본문 내 에스테리카(*)가 붙어 있는 미술작품의 경우, 각 장 뒤쪽에 도판을 수록했습니다. 페이지는 따로 명기하지 않았습니다.

독서에 관하여

존 러스킨 《참깨와 백합》 역자 서문

알렉상드르 드 카라망-쉬메 대공부인에게
러스킨을 감미롭게 하였을 《피렌체 수기》를 쓴 부인께서
이 페이지들을 마음에 들어 하였기에,
나는 그것들을 거두어들여
무한한 존경심을 담아 그분에게 바칩니다.

우리의 어린 시절을 이루는 날들 중에는, 우리가 제대로 보내지 못했다고 여겼거나 좋아하는 책과 같이 보낸 날들만이 어쩌면 진정으로 충만하게 보낸 날들이다. 숭고한 기쁨을 저지하는 속된 방해물로 생각되어 멀리하려 했던 모든 것들, 가령 가장 흥미진진한 부분을 읽을 때 친구가 와서 같이 하자는 놀이, 페이지에서 눈길을 돌리게 하거나 자리를 바꾸게 만드는 귀찮은 꿀벌이나 한 줄기 햇빛, 우리에게 가져다주었지만 손도 대지 않은 채 옆에 있는 벤치 위에 밀어둔 간식, 파란 하늘 속으로 해가 점점 그 힘을 잃어가면 집에 들어가서 먹어야 하는 저녁식사, 하지만 우리는 식사를 마치자마자 멈추었던 장을 마저 끝낼 생각에 방으로 서둘러 올라갈 생각으로만 가득했는데, 이런 모든 것들이 당시와는 반대로 너무나 기분 좋은 기억으로 남아 있어서(그 당시 그토록 열정적으로 읽었던 책들보다 지금의 판단으로는 이쪽이 훨씬 더 소중한 기억이다) 만약 지금도 다시 예전에 읽었던 책들을 뒤척이기라도 하면 그 책들은 묻혀버린 날들을 간직한 유일한 달력들로 다가오고, 그 페이지들에 이제는 더 이상 존재하지 않는 저택과 연못 들이 반사되어 보이는 것을 기대하게 되는 것이다.

　너무도 평화롭고 침범당하지 않은 시간 속에 피난처와도 같이 숨어들곤 했던 책들, 방학 중의 독서들을 기억하지 않는 자들은 누구란 말인가. 아침에 모든 이들이 '산책하러' 나갔을 때, 나는 정원에서 돌아와 아직 점심 때까지는 시간이 많이 있어서 상대적으로 조용한 나이 많은 펠리시를 제외하고는 아무도 들어오지 않을 부엌에 들어가고는 했는데, 그곳에는 벽에 걸려 있는 색칠된 접시들, 전날 일자의 종이가 조금 전에 막 뜯긴 달력, 인간의 말과는 달리 의미 없는 부드러운 말로 서로 이야기를 주고받을 뿐 우리에게 답변을 요구하지 않기에 독서의 매우 충실한 동반자들인 벽시계와 난롯불이 있다. 나는 난롯불 가까이에 있는 의자에 앉는데, 아침 일찍 일어나 정원일을 하는 삼촌은 점심식사 때 "그거 나쁘지 않지! 불 좀 쐬면 다 좋아져요. 오전 여섯 시에 채소밭은 정말 춥다구요. 그런데 부활절이 벌써 다음 주라니!"라고 말할 것이다. 독서를 중단시킬 점심식사까지는 그래도 아직 두 시간이 더 있다. 가끔 펌프질 때문에 들리는 물소리는 고개를 들어 닫힌 창문을 통해 그쪽을 바라보게 만드는데, 그 창문은 벽돌과 반달 모양의 자기 타일로 두른 팬지꽃 화단이 있는 작은 정원을 통과하는 유일한 길과 아주 가까이 있다. 그 팬지꽃들은 마을의 지붕들 사이에서 간혹 보이는 성당의 채색유리가 반사된 것과 같은 형형색색의 하늘, 폭풍우가 치기 전 혹은 후에 하루가 끝나갈 때의 슬픈 하늘과 같이 지나치게 아름다운 하늘에서 따오기라도 한 것 같았다. 애석하게도 펠리시는 식사 시간 훨씬 전에 와서 수저를 놓곤 했다. 그녀가 아무 말 없이 수저를 놓기만 했더라도! 하지만 그녀는 "그렇게 있으면 불편하지 않나요? 식탁을 가까이 가져다줄까요?"라고 말해야만 한다고 믿는 듯했다. 그러면 나는 "아뇨, 괜찮아요."라고 대답하기 위해서라도 독서를 중지해야 했으며 눈으로 읽었던 모든 단어들을 다시 소리 없이 입술로 읽어야 하는 것이다. 그녀의 말을 막고 그녀가 부엌에서 나가게 하기 위해서는 잃어버렸던 평범한 삶의 모습, 대답의 어조를 띠게 하기 위해서 올바르게 "아뇨, 괜찮아요."라고 대답해야만 했다. 시간이 지나면 힘이 들어 산책을 일찍 끝낸 사람들, '메제글리즈 쪽'을 선택했던 사람들, 혹은 "뭘 좀 써야 할 것이 있어서" 그날 아침에 산책 나가지 않은 사람들이 점심식사 훨씬 전에 부엌에 들어오기 시작했다. 그들은 "너를 방해할 생각은 없단다."라고 하지만 난롯가에 가까이 오고, 시계를 쳐다보고, 점심이 맛있을 것이라는 등 말이 많았다. 그들은 '글쓰기 위해 남았던' 사람에게는 특히 공손하게 대하면서 "원하는 편지를 썼나요?"라고 그것이 마치 국가기밀이나 특권, 밀회나 불편함의 이유라도 되듯이 존경심과 신비함, 음탕함과 조심성을 동시에 띤 미소를 지은 채 문는 것이다. 몇몇 이들은 지체하지 않고 식탁의 자기 자리에 미리 앉고는 했다. 내게는 그것이야말로 불행이었는데 왜냐하면 그 때문에 다음에 도착하는 사람들이 벌써 정오라고 생각해버려 부모님은 "자, 이제 책 덮거라. 점심 먹을 시간이다."라는 운명의 선언을 하기 때문이다. 모든 것이 준비되어 있었다. 식탁보 위에는 식기가 완전히 놓여 있고 단지 식사 마지막 단계에 내오는 것, 원예가이자 요리사인 삼촌이 손수 커피를 내릴 때 쓰는 유리로 된 기계만이 보이지 않을 뿐이다. 그것은 튜브 모양으로 물리 실험 기구처럼 복잡했고 좋은 향이 났는데, 유리로 된 종 속에 순간적으로 끓는 물이 올라왔다가 이윽고 향기로운 갈색 커피 가루가 수증기로 덮인 내벽에 남아 있는 모습을 보는 것은 커다란 기쁨이었다. 또한 화가의 경험과 미식가의 감각으로 삼촌이 가장 적절한 순간에 멈추어 분홍색이 되도록 언제나 동일한 비율로 혼합하는 크림과 딸기만이 보이지 않을 뿐이다. 내게는 점심식사가 얼마나 길게 느껴지던지! 대고모는 자신의 의견에 반대할 수는 있지만 수렴하지는 않겠다는 부드러운 의지로, 오로지 요리에 대한 평가를 내리기 위해서만 음식들을 맛보는 것 같았다. 시나 소설 등 그녀가 잘 아는 분야에 대해서도 그녀는 여성다운 겸손함으로 가장 권위 있는 의견을 따르고는 했다. 그녀는 그런 분야는 변덕에 따라 유동성 있는 분야로, 한 사람의 취향이 진리를 결정할 수는 없다고 생각했다. 하지만 가령 특정 음식을 요리하거나 베토벤의 소나타를 연주하는 방법, 손님을 접대하는 방법 등 어머니에게 직접 규칙과 원리를 배웠던 분야에 있어서만은 자신이 완벽함에 대한 가장 적절한 의견을 가지고 있으며, 다른 사람들이 그것들을 받아들이는지 여부를 식별할 수 있다고 확신했다. 그녀는 절대 필요하지 않는 요리에 양념을 넣는 것, 연주할 때 페달을 꾸민 듯이 지나치게 밟는 것, 손님을 접대할 때 자연스러움을 잃고 자신에 대해 과장해서 말하는 것에 극도로 반감을 가지고 있었다. 첫 한입, 첫 음절, 단순한 편지만으로도 그녀는 상대방이 훌륭한 요리사인지, 진정한 음악가인지, 잘 교육받은 여성인지 알 수 있다는 것이었다. "그녀는 나보다 손가락이 훨씬 더 긴지는 모르겠지만, 단순한 안단테를 그토록 허풍스럽게 치다니 센스가 너무 없네요." "머리 좋고 재주가 많은 여성일 수는 있어도, 그 같은 상황에서 자신에 대해 말하다니 눈치가 없군요." "박식한 요리사일지는 몰라도, 그녀는 사과를 곁들인 비프스테이크는 할 줄 모르네요." 사과를 곁들인 비프스테이크! 단순하다는 자체로 어려운 이 요리는 바로 그 때문에 요리대회 경연에 이상적인 음식이고, 요리 분야의 〈비창 소나타〉에 해당한다고 할 수 있으며, 사회생활에 있어서 특정 하인에 대해서 물어볼 의향으로 당신의 집을 방문한 여인이 센스가 있는지, 교육을 제대로 받았는지를 드러낼 수 있는 분야인 것이다. 할아버지는 자존심이 너무 강해서 모든 요리가 성공하기를 바라는 스타일이다. 요리에 대해서는 완전히 무지했기에, 잘 안 되었을 경우에도 알아차리지 못하기 때문이다. 매우 드물기는 해도 간혹 요리가 잘 안 된 경우를 제대로 맞히기도 했지만 그것은 순전히 우연이었다. 종종 대고모는 할아버지와 논쟁하는 것을 피하기 위해 음식을 맛보고 그것에 대한 의견을 말하지 않고는 하는데, 그럴 때면 우리는 즉시 그 음식이 맛있게 되지 않았다는 것을 알아차린다. 그녀가 입을 다물면 우리는 심사숙고하고 결의에 찬 반대의 시선을 읽을 수 있는데 그 시선은 할아버지를 폭발시킬 수 있는 놀라운 능력을 가지고 있었다. 할아버지는 그녀의 의견을 말해보라고 집요하게 물고 늘어지고, 침묵을 답답하게 생각하고, 계속해서 질문을 하고, 화를 내지만 우리는 할아버지가 생각하는 바를 그녀가 고백하게 하느니, 즉 앙트르메에 설탕이 충분히 들어가지 않았다고 말하게 하느니 순교에 처하게 하는 것이 낫다는 사실을 알고 있었다.

점심식사가 끝나고 나는 바로 다시 책을 읽었다. 특히 조금 더운 날이면 '방에 들어가기 위해' 낮은 계단들로 이루어진 층계를 따라 위층으로 올라가는데 사실 층이 너무 낮아서 열린 창문들 사이로 살짝 뛰어내리면 밖에 난 길 위에 가뿐히 착지할 수 있을 정도이다. 나는 방 창문을 닫으려 했으나 맞은편 무기 제조공이 건네는 인사를 피할 틈이 없었다. 그는 덧창을 내린다는 핑계로 매일 점심식사 후 문 앞에 담배를 피우러 나와서는 지나가는 사람들에게 인사를 하고 간혹 행인들은 그와 잡담을 하기 위해서 발걸음을 멈추고는 했다. 메이플과 영국 인테리어 디자이너들이 계속해서 접목시킨 윌리엄 모리스의 이론에 의하면 방은 실용적인 것만을 간직하고 있을 때, 하물며 못 하나라도 실용적인 것들이 감추어져 있지 않고 눈에 띄는 곳에 있을 때만 아름답다고 한다. 이렇듯 위생적인 방에는 구리로 만든 틀이 덮이지 않고 완전히 드러난 침대가 있고 그 위로 보이는 벽에는 몇몇 걸작품을 모사한 그림들이 걸려 있다. 위에 언급한 이론에 따르면 내 방은 아름다운 것과는 한참이나 거리가 멀다. 아무 것에도 소용없는 잡동사니들로 가득할 뿐더러 그나마 무엇에라도 쓰일 수 있는 것들은 부끄러운 듯 모습을 감추고 있어서 필요할 때마다 찾는 데 애를 먹는다. 하지만 이렇듯 내가 필요할 때는 찾기 어렵고 그들이 원할 때만 모습을 드러내는 것이 바로 내 방을 아름답게 하는 듯했다. 침대가 성전 깊은 곳에 위치한 것처럼 사람들의 눈길을 피하도록 그 둘레에 높이 친 하얀 커튼, 마르셀린 천으로 된 발치용 이불, 꽃 장식이 있는 누비이불, 수놓인 침대보, 흰 삼베로 된 베갯잇 등이 어질러져 있는데, 성모월에 줄과 꽃들로 장식된 제단 같은 그 이불들 아래로 하루의 해가 지고는 했다. 저녁이면 잠자리에 들기 위해서 나는 그것들을 소파 위에 조심스럽게 놓았는데, 그것들은 그곳에서 밤을 지내기로 동의한 것이다. 침대 옆에는 파란색 그림이 그려진 유리잔, 같은 그림이 있는 설탕그릇, 그리고 물병─그 물병은 내가 도착한 다음 날부터 항상 비어 있는데 숙모는 내가 그것을 "엎지를까 봐" 그렇게 지시해놓은 것이다─이 삼위일체를 이루고 있었다. 이 세 가지는 옆에 있는 유리병 안에 담긴 오렌지 꽃에서 추출한 액체만큼이나 신성한 것들로, 일종의 의식을 행하기 위해 필요한 도구들 같았다. 마치 그것들이 축성된 성체기라도 되는 것처럼 나는 그것들을 모독하거나 개인적인 용도로 이용할 생각을 감히 하지 못했다. 다만 실수라도 해서 그것을 엎지르지 않을까 하는 두려움을 안고 옷을 갈아입기 전에 한참동안 그것들을 관찰하고는 했다. 소파 등받이에 흰 장미로 짜인 망토처럼 걸쳐진 장식 천들은 가시 같은 것들이 있음이 분명했다. 내가 책 읽는 것을 멈추고 일어나려 할 때마다 등에 무언가 걸린 것을 발견하고는 했기 때문이다. 속된 접촉으로부터 자유로운 유리종 아래의 추시계는 멀리서 온 조개껍질들과 감상적인 늙은 꽃을 위해 수다를 떠는 것이다. 하지만 이 추시계는 너무나 무거워서, 멈추기라도 하면 시계 수리공을 제외하고는 감히 아무도 그것을 들어 올려서 손볼 생각을 하지 못한다. 듬성듬성하게 짜인 하얀 레이스 천은 화병 두 개와 그리스도 그림, 축성된 회양목 가지 하나가 놓여 있는 서랍장을 마치 제단의 덮개와도 같이 덮고 있어서 그 서랍장은 마치 성단 같은 모습이었다. '방 정리가 끝나면' 마지막에 매일같이 기도대를 그 옆에 두고는 했는데 그것이 이 같은 이미지를 완성하는 것이다. 하지만 서랍 틈새로 어지럽게 빠져 나와 있는 것들이 완벽한 이미지를 만드는 것을 방해했고 내 자신도 언제나 그리스도의 그림이나 화병들, 회양목 가지를 떨어뜨리지 않고는 손수건 한 장도 꺼내지 못하거나 기도대에 발이 걸리고는 했다. 마지막으로 얇은 평직 천으로 된 작은 커튼, 모슬린으로 된 큰 커튼, 그리고 능직포로 된 가장 큰 커튼이 구성하는 삼중배치는……. 자주 햇빛을 받는 하얀 산사나무 꽃과도 같이 항상 웃음을 띠지만, 결과적으로는 내가 창문을 열거나 들려고 하면 평행한 커튼봉에 서투르고 고집스럽게 매달려 서로 부딪치는 모습이라니……. 내가 첫 번째 커튼을 걷는 찰나 완벽하게 막혔다고 생각한 틈 사이에 어느새 두 번째 커튼이 파고드는 모습은, 마치 진짜 산사나무 가지들이나 갑자기 변덕이 생긴 제비들이 그곳에 둥지를 튼 것과 같았다. 그리해서 십자형 유리창을 열거나 닫는 것처럼 겉으로 보기에는 그토록 간단한 활동도 집 안 누군가의 도움 없이는 혼자 할 수 없게 된다. 이 모든 것은 결코 내가 필요로 하지 않을 뿐더러 오히려 심하지는 않더라도 방해가 되는 것들인데, 다른 누군가가 필요로 해서 그곳에 가져다 놓지 않았음도 분명하다. 그런데 이 모든 것이 마치 나무들이 숲 속의 공터에, 꽃들이 길가와 낡은 벽 틈에 자리를 잡고 그곳에 있기를 마음에 들어 하는 것과도 같이 내 방을 개인적인 생각으로 가득 채우고 있었다. 이 모든 것은 내 방을 조용하고 다양한 삶으로, 어리둥절하지만 동시에 매력이 넘치는 신비함으로 가득 채우고 있었다. 이 모든 것은 그 방을 일종의 예배당으로 만들었는데 그곳에서 햇빛은 — 삼촌이 창문 위쪽에 끼워 넣은 붉은색 정사각형 유리를 통과할 때면 — 커튼의 산사나무 꽃을 붉게 물들인 후 벽을 간질이고 있었고, 마치 이 작은 제실이 스테인드글라스가 있는 성당의 거대한 중앙 홀 안에 있는 것처럼 기묘한 섬광을 이루었다. 우리 집과 성당이 워낙 가깝다보니 종소리의 반향은 그야말로 대단했는데 종교 축일에는 우리 집에서 성체 안치소까지 꽃길로 연결되고는 했다. 성당의 종소리가 들리면 그것이 성무일과서를 들고 있는 신부님, 저녁예배를 드리고 오는 숙모, 축성된 빵을 가져다주는 성가대 아이에게 인사하던 그 창문 바로 위에 있는 지붕에서 울리는 것이라고 상상할 수도 있었다. 반면 보티첼리의 〈프리마베라〉를 담은 브라운의 사진이나 릴 미술관의 〈무명의 여인〉을 표현한 주조상은 메이플이 장식한 방의 벽이나 벽난로를 장식하고 있었는데 이는 윌리엄 모리스가 무익한 아름다움에 한 발 양보한 것들로, 다만 내 방에서는 외투를 걸친 무시무시하고 아름다운 오이겐 대공⁰¹을 재현한 판화로 대체되었다는 사실을 고백해야만 한다. 어느 날 밤, 나는 바로 그 무시무시하고 아름다운 오이겐 대공을 증기기관차들과 우박으로 시끌벅적한 기차역의 식당 앞에서 보게 되어 놀랐는데 어떤 비스킷 광고 전단 속의 모델로서였다. 오늘날 나는 할아버지가 오이겐 대공을 집 주인의 권한으로 내 방에 영구히 안착시키기 전에는 과거에 한 번도 그를 초대해 접대했을 것이라 믿지 않는다. 하지만 당시에 나는 역사적이며 신비해 보이던 오이겐 대공의 기원 따위에는 신경 쓰지 않았고, 독립된 개체이자 해마다 같은 모습으로 나와 함께 쓰는 그 방에 계속해서 거주하고 있던 사람이라고 여긴 그가 여러 개의 사본으로 존재하리라고는 상상도 하지 못했던 것이다. 이제는 그를 본 지도 오래되었고 짐작컨대 앞으로 다시는 보지 못할 것이다. 하지만 만약 정말 운이 좋아 다시 보게 된다면 보티첼리의 〈프리마베라〉보다 그가 내게 할 말이 훨씬 더 많을 것이다. 자신의 저택을 존경하는 걸작들의 모조품으로 장식하고 그것을 조각이 된 나무 액자에 끼워 넣음으로써 기억이 소중한 이미지를 간직하지 않아도 되도록 수고를 덜어주는 고상한 취향의 사람들은 상관하지 않겠다. 그런 사람들이 각자의 방을 자신의 취향이 그대로 드러나는 도구로 활용하고 그들이 좋아하는 것들만으로 가득 채우는 것 또한 상관하지 않겠다. 개인적으로는 방 안의 모든 것이 나와는 근본적으로 다르고 나의 취향과는 대조되는 삶의 언어와 창조물일 때에만 나는 살아 있는 것처럼 생각할 수 있다. 그런 곳에서는 평소에 의식적으로 하는 생각들이라고는 전혀 찾아볼 수 없으며 내가 아닌 다른 존재의 한가운데에 있다는 것을 느끼고 흥분하여 상상력을 발휘하게 된다. 나는 시골의 호텔들에 들어설 때면 기쁨을 느낀다. 그런 호텔에는 춥고 긴 복도를 따라 바깥바람이 들어와 난방장치가 애쓰는 것을 무색하게 만들고, 벽에 걸려 있는 유일한 장식이라고는 마을 지리가 자세하게 표시된 지도뿐이며, 작은 소음은 고요함을 이동시켜 그것을 더욱 두드러지게 하면서, 시원한 바깥 공기가 호텔 방에 갇혀 있던 공기 냄새를 씻어버리려 하지만 완전히 없애지는 못하고, 후각은 그 내음을 상상하기 위해서 다시 맡아보려 백 번도 더 애쓰며 이를 모델 삼아 그 공기가 간직하고 있는 생각들과 추억들을 방 안에 재생시키려 하는 것이다. 저녁에 문을 열고 호텔 방에 들어가는 순간 나는 그곳에 어지럽게 흩어져 있던 삶을 방해하는 것만 같고, 문을 닫고 안으로 들어가 식탁이나 창문이 있는 곳까지 가면 마치 무례하게 여인의 손을 잡은 것 같은 느낌을 받는다. 마을의 실내장식업자가 파리 취향이라고 생각되는 대로 만든 소파에 문란하게 앉아 있는 것만 같은 느낌이고, 지나친 친밀함을 통해 스스로 자극을 받고자 하는 마음에 벌거벗은 삶의 주변을 애무하는 것이다. 여기저기 짐을 어질러 놓고, 다른 이들의 영혼으로 입구까지 가득 채워져 있고, 벽난로 장작 받침쇠의 형태나 커튼 무늬에까지 다른 이들의 꿈의 흔적을 간직하고 있는 그 방에서 알지 못하는 카펫 위를 맨발로 걸으며 주인 노릇을 한다. 그리하여 떨리는 손으로 방문을 잠그는 순간 이렇듯 비밀로 가득한 삶을 나와 함께 가둔 채 그녀를 침대에 눕히고 이마까지 올라오는 커다란 하얀 이불을 덮고서 함께 잠자리를 하는 것 같은 느낌을 받는데, 아주 가까운 곳에서 울리는 성당의 종소리는 죽어가는 자들과 사랑에 빠진 이들에게 불면의 시간을 알리고 있다.

나는 방에서 책을 읽은 지 얼마 지나지 않아서 마을에서 1킬로미터 정도 떨어진 공원에 가야만 했다.[1] 하지만 이렇게 해야만 하는 놀이 이후에는 간식을 서둘러 끝내고는 했는데, 바구니에 담겨온 그 간식은 강가에 있는 아이들에게 나누어지고, 아직 다시 손대면 안 된다고 명령받은 내 책과 함께 풀밭 위에 놓였다. 약간

---

1 나도 이유는 모르겠지만, '마을'이라 부르던 곳은 《조안 안내서》에 의하면 대략 3천 명의 인구가 거주하는 면 소재지를 일컫는다.

떨어진, 가꾸어지지 않고 신비한 공원의 깊은 곳에는 더 이상 일직선이거나 인위적이지 않은 강이 백조들로 덮이고 미소 짓는 조각상들이 있는 산책로로 둘러싸여 있었다. 강에는 잉어들이 팔짝팔짝 튀어 오르고 물살이 빨라지고 공원 담장을 빠르게 통과해 나가 지리학적인 의미에서 일반적인 강 — 어떤 이름을 가지고 있어야 할 강 — 의 모습을 되찾는다. 강은 소들이 자고 있는 목초지와 강물에 잠긴 미나리아재비들 사이로 흘러가고 초원은 꽤나 질퍽한 늪처럼 된다. 강의 한쪽은 중세의 유적이라고 일컬어지는 형태가 일정하지 않은 탑들이 있는 마을을 끼고 다른 쪽은 들장미나무와 산사나무가 있는 길, '자연'이 끝없이 펼쳐지는 길을 따라 알지 못하는 다른 이름들을 가진 마을들을 끼고 있다. 나는 다른 사람들이 백조들 근처의 공원 낮은 쪽에서 간식을 끝내도록 내버려두고 미로를 따라 아무도 나를 발견하지 못하도록 소사나무 가로수길까지 뛰어 올라가 앉아서 가지를 친 개암나무에 등을 기댄 채 아스파라거스 묘목과 딸기나무 둘레길, 어떤 날들에는 말들이 달려와 물을 튀기는 못, 저 위 '공원의 끝'을 알리는 하얀 문, 그리고 그 너머로 수레국화와 개양귀비 들판을 바라보았다. 그 가로수길에는 깊은 침묵이 흐르고 있었고 내가 발견될 가능성은 거의 없었다. 저 아래에서 나를 부르는 소리는 워낙 멀리 들려서 더 안전한 감이 들었다. 간혹 첫 경사면까지 올라와 여기저기서 나를 부르는 소리가 들리고는 했는데 결국은 발견하지 못하고 돌아가고는 했다. 그러고는 다시 정적. 단지 들판 너머, 멀리 파란 하늘 뒤에서 가끔 울려 퍼지는 황금 종소리를 통해 나는 지금이 몇 시인지 알 수도 있었을 것이다. 하지만 그 장소의 온유함과 마지막 작은 소리까지도 삼킨 더 깊은 고요함에 혼돈되어 나는 종이 몇 번 쳤는지 결코 확신하는 적이 없었다. 마을에 들어가면서 우리가 듣는 것은 "대지의 행복"을 위해 — 가까이 가면 다시금 커다랗고 경직된 본래의 자태를 되찾는 성당은, 까마귀들이 앉아 있는 청석돌판 외투를 걸친 채 푸른 저녁빛을 띠며 서 있다 — 광장에서 커다랗게 울려 퍼지는 종소리가 아니다. 종소리는 공원 가장자리에 나직하고 부드럽게 다다르는데 나를 향한 것이 아니라 모든 시골과 모든 마을, 들판에 혼자 있는 농부들을 향한 것이었다. 그 종소리는 내게 고개를 들게끔 강요하지 않고 곁을 지나쳐 나를 보지 않고, 알지 못하고, 방해하지 않으면서 멀리 있는 고장에 시간을 알려주었다.

간혹 집에서, 저녁식사가 끝난 한참 후에 나는 침대에 누워 하루의 마지막 몇 시간 또한 독서로 채우고는 했다. 하지만 책의 마지막 장에 다다랐거나 끝까지 읽으려면 얼마 남지 않은 경우에만 그랬다. 책을 읽고 있는 모습을 들키거나 책을 끝까지 다 읽은 후에 밤새 지속될 불면을 감수하고라도 나는 부모님이 잠자리에 들자마자 다시 촛불을 켜는 것이었다. 무기 제조공의 가게와 우체국 사이로 난 매우 가까운 길에는 어둡지만 그럼에도 파란 하늘이 고요한 별들로 가득했고, 왼쪽으로 위치한 높은 골목길에는 밤에도 조각상들이 잠들지 않는 성당의 무시무시하고 시커먼 후진이 올라가기 시작한다. 그 성당은 시골마을의 것이지만 역사가 유구하며 신과 축성된 빵과 형형색색의 성인들과 이웃 마을의 성에 사는 귀부인들의 마술과 같은 거주지라고 할 수 있다. 그 부인들은 축제일이면 '마차를 타고' 성당에 도착하는데, 그들이 장터를 통과하는 모습을 보면 암탉들은 울어대고 아낙네들은 수군거리고는 했다. 부인들이 다시 돌아갈 때면 신자들은 회전문을 열어 상당 중앙 홀에서 떨어져버린 빛의 루비들을 흩어지게 했고, 그늘진 성당의 입구를 나서자마자 그들은 광장에 있는 제과점에서 탑 모양으로 만든 과자를 사가는 것을 잊지 않았다. 차양이 햇빛으로부터 보호하고 있던 '망케', '생토노레', '제누아즈'[02] 같은 과자의 한가롭고 달콤한 냄새는, 내게 주일 예배의 종소리와 일요일의 즐거움과 하나 되어 기억되고 있다.

마침내 마지막 페이지를 다 읽어 책이 끝났다. 깊은 한숨을 내쉬며, 숨을 고르기 위해서만 잠시 멈추던 눈과 소리 없이 따르던 목소리의 격렬한 운동을 멈추어야만 했다. 내 안에서 이미 너무나 오랫동안 벌어진 동요를 진정시키기 위해서 나는 방 안인지 밖인지 어디에 시선을 고정시켰는지 모른 채로 일어나 침대를 돌며 걸었다. 그 시선은 영혼과 한 뼘 거리로 매우 가까이 위치한 것인데, 그 거리는 다른 거리처럼 물리적인 단위로 측정하기가 불가능하기 때문이다. '다른 것'에 대해서 생각하는 이들의 '아득한' 시선을 바라볼 때 그 거리를 다른 거리와 혼동해서는 안 되는 것과 마찬가지이다. 그래서 어떻다는 것인가? 이 책은 단지 그뿐이란 말인가? 주변의 실제 사람들보다 더 많이 신경 쓰고 정을 주었던 등장인물들, 우리가 그들을 얼마나 좋아하는지 차마 고백하지 못한 채, 책을 읽는 모습을 부모님이 보고는 우리가 느끼는 감동을 눈치 채고서 미소 짓고 있다고 생각하여 책을 덮고 짐짓 무관심하거나 지루하다는 표정을 꾸며 보이게 만들었던 그들, 우리가 열망하고 울음을 터뜨린 그 인물들을 우리는 다시는 보지 못하고 더 이상 아무것도 알지 못하게 될 것이다. 이미 마지막 몇 페이지를 통해, 작가는 잔인한 '맺음말'로써 그때까지 한 걸음 한 걸음 그들을 따라온 사람이라고 하기에는 믿기 어려울 만큼의 무관심으로 그들과 거리를 둔다. 그들 삶의 매 순간이 어떻게 활용되는지가 서술되었다. 그런데 갑자기 "그 사건이 있은 후 이십 년이 지나서도 푸제르 거리에서는 여전히 허리가 꼿꼿한 노인을 볼 수가 있다……."[2]라고 한다. 또한 두 권에 걸쳐 결혼이 성사될 수도 있을 그럴싸한 가능성과 그것을 방해하는 장애물을 등장시

---

2 내게는 직설법 반과거의 몇몇 용법이 — 이 잔인한 시제는 우리에게 삶을 무언가 피상적이면서 동시에 수동적인 것으로 느끼게 하는데 우리의 행위를 묘사하는 순간에도 그것을 환상인 것처럼 보이게 하고, 과거에 묻히게 하여 우리의 행위로부터 안도감을 느끼지 못하게 만든다 — 신비로운 슬픔의 무한한 근원으로 남아 있음을 고백하는 바이다. 오늘날에도 나는 평상을 유지한 채 죽음에 대해 몇 시간이고 사색할 수 있다. 하지만 생트뵈브의 《월요회》 한 권을 빼들고 다음과 같은 라마르틴의 문장(올바니 부인에 관한 것이다)을 읽는 것만으로도 깊은 애수에 빠지게 되는 것이다. "당시 그녀에게는 아무것도 상기시키지 않고는 했다…… 몸무게 때문에 그녀의 키는 약간 내려앉았는데……." 소설 속에서 작가가 고통을 느끼게 하려는 의도가 지나치게 눈에 띄어서 그것을 읽는 우리가 그만 더 경직되는 것이다.

켰다가 없애면서 우리의 심장을 쥐락펴락 하다가 마치 저 위에 있는 하늘에서 우리의 감정은 전혀 상관 않는 인물, 작가를 대체한 인물에 의해 쓰였다고 생각할 수밖에 없는 맺음말에서 어느 주변 인물이 우연히 내뱉은 말을 통해 언제인지도 모르게 그 결혼이 이루어졌다는 사실을 알리는 것이다. 우리는 제발 책이 계속되기를 원하고, 만약 그것이 불가능하다면 모든 인물에 관한 또 다른 사실이나 그들의 삶이 어떻게 되었는지 알고자 하며, 갑자기 사라져버린 그들이 우리에게 불어넣은 이 애정과 무관하지 않은 것들에 우리의 삶을 활용하고, 헛되이 사랑한 것이 아님을 확인하고 싶어 한다.[3] 우리는 이제 진짜 인생과는 관계없는 책 속에서 내일이면 잊힐 페이지 위의 어느 이름에 불과할 존재들, 그들의 가치에 대해서 잘못 생각하고 있었다. 이승에서 부모님이 필요

---

3 우리는 그러한 책읽기를 순수 픽션이 아니고 역사적인 암반층이 있는 책들일 경우에 우회적으로 할 수 있다. 예를 들어 발자크의 경우, 어떻게 보면 순수하지 않은 그의 작품에는 거의 변형되지 않은 상태의 생각과 현실이 반영되어 있는데 그의 작품은 간혹 이러한 독서를 가능하게 한다. 발자크는 《암흑사건(Une ténébreuse affaire)》과 《현대사의 이면(L'Envers de l'histoire contemporaine)》을 통해서 뛰어난 글을 남긴 알베르 소렐(Albert Sorel)이 이와 같은 '역사적 독자들' 중에서 가장 뛰어난 독자라고 여겼다. 더구나 열정적이며 동시에 차분한 기쁨인 독서는 탐구 정신과 튼튼한 신체의 소유자인 소렐 씨만큼 잘 어울리는 사람이 없다. 독서를 하는 동안에는 시적인 수많은 감각들과 혼돈된 평안이 양호한 건강상태 저 깊은 곳에서부터 환희롭게 비상하여 독자의 상상 속에 꿀과도 같이 달콤하고 황금빛 띠는 즐거움을 선사한다 ― 독서에 이처럼 독창적이고 강렬한 사고를 하게 만드는 기술을, 소렐 씨가 쓴 반쯤 역사적인 책들이 가지고 있다고 보지는 않는다. 《아미앵의 성서》 번역본이 소렐 씨가 쓴 글들 중에서 가장 뛰어난 글을 쓰게 만든 밑바탕이 되었다는 사실을 나는 언제나, 그리고 크게 감사하는 마음으로 기억할 것이다.

에 따라 던지는 멸시의 말 한 마디를 통해 이제야 제대로 그들의 운명을 이해하건대, 그것은 우리가 믿었던 것처럼 우주와 운명을 간직하고 있는 것이 아니라 어느 공증인의 서재에서 패션잡지와 《외르와 루아르 지리》 같은 별 볼일 없는 기록부들 사이 좁은 공간을 차지함을 깨닫게 된다.

나는 〈왕들의 보물〉에 들어가기에 앞서, 러스킨이 이 작은 책을 통해 주장하는 것처럼 독서가 인생에 절대적인 역할을 한다고 믿지 않는 나만의 생각을 펼치기 전에, 우리 각자에게 하나의 축복으로 자리 잡은 어린 시절의 행복한 독서는 일단 제외시켜야 했다. 앞서 펼친 내 논지의 길이와 특성으로, 독서에 관한 나의 입장을 이미 지나치게 증명한 셈이 되었다. 어린 시절의 독서가 특히 우리에게 남긴 것은 우리가 책을 읽었던 시간과 장소에 관한 기억들이다. 나는 독서의 마법에서 빠져나오지 못한 셈인데, 독서에 관해 말하고자 했으면서 책이 아닌 다른 것들에 관해서만 말했으니 말이다. 왜냐하면 독서는 내게 책에 대해서 말하지 않았기 때문이다. 하지만 독서가 내게 불러일으킨 추억들이 독자로 하여금 꽃이 피고 굽은 길에 멈춰 서게 만들며 독서라 불리는 독보적인 심리적 행위를 그의 영혼에 재탄생시킴으로써 내가 앞으로 펼칠 몇몇 생각들을 따라와 줄 수 있지 않을까 한다.

〈왕들의 보물〉은 1864년 12월 6일 러스킨이 맨체스터 근처 러시홈 회관에 도서관을 설립하는 것을 지원하기 위해 독서를 주제로 강연했던 내용임은 이미 잘 알려진 사실이다. 12월 14일 러스킨은 앤코츠에 학교를 설립하기 위해 여성의 역할에 관한 주제로 〈여왕들의 정원〉이라는 두 번째 강연을 한다. 콜링우드는 탁월한 저서인《존 러스킨의 생애와 작품》에서 다음과 같이 밝힌다.

1864년 내내 러스킨은 칼라일을 종종 방문하는 것을 제외하고는 집 밖을 나가지 않았다. 그러다가 그의 저서들 중에서 가장 인기를 끌게 될《참깨와 백합》이라는 저서[4]로 재탄생하게 될 강연을 12월에 할 때 그의 사상은 가장 밝게 빛나고 있었고 육체적으로나 정신적으로 모두 최고의 상태에 있었다. 우리는 영웅적이며 고귀하고 금욕적인 이상에 관해서 그가 칼라일(Carlyle)과 나누었을 대화들이 그 강연에서 반향하는 것을 느낄 수 있었다. 칼라일은 런던 도서관의 설립자인 만큼 러스킨은 공공 도서관과 책의 가치에 대해 강하게 주장하고 있다.

관련된 역사적인 배경을 제외하고 단지 러스킨의 주장만을 논

---

4 이 저서에는 후에 〈삶의 신비와 기술(The mystery of life and its arts)〉이라는 세 번째 강연이 앞의 두 강연에 더해지게 된다. 그럼에도 많은 판본들이 계속해서 〈왕들의 보물〉과 〈여왕들의 정원〉만을 포함시켜 출간하였다. 이 책에 우리는 첫 두 강연의 번역만을 실었으며 러스킨이《참깨와 백합》에 남긴 저자서문을 포함시키지 않았다. 이 책의 분량이나 우리가 직접 첨가한 많은 역주들을 고려하여 이것이 최선의 선택이라고 보았다. 네 개의 판본(스미스, 엘더 앤드 컴퍼니)을 제외하고 많은 판본이 모두 러스킨의 전집을 출간한 뛰어난 발행인이자 러스킨 박물관장인 조지 엘런(George Allen)의 출판사를 통해 출간되었다.

하고자 하는 우리로서는 그 주장을 데카르트의 다음과 같은 말로 거의 정확하게 요약할 수 있다. "무엇이든 훌륭한 책들을 읽는 것은, 그 저자였던 교양 있는 과거의 위인들과 나누는 대화와도 같다." 러스킨은 이 같은 프랑스 철학자의 약간은 건조한 생각을 알지는 못했을 수 있지만 이 표현은 영국의 안개가 섞인 아폴로적인 황금, 그가 가장 좋아하는 화가(터너)의 풍경화를 비추는 영광의 황금에 싸인 채 그의 강연 도처에서 찾아 볼 수 있는 것이 사실이다. 러스킨은 다음과 같이 말한다.

우리에게 친구를 선택하고자 하는 의지와 통찰력이 있다고 해도 실제로 선택할 수 있는 능력이 있는 이들은 적고 선택 범위 또한 제한되어 있다. 우리가 누구를 원하는지 대개 모르기 때문이다. …(중략)… 운이 좋아 위대한 시인을 언뜻 보거나 그의 목소리를 듣고, 친절하게 대답해줄 과학자에게 질문을 할 수도 있을 것이다. 장관의 접견실에서 그와 십 분간 대담할 기회를 얻고, 여왕의 눈길을 사로잡는 행운이 평생에 한 번 찾아올지도 모른다. 그런데 우리가 이러한 것들보다도 못한 것에 매달려 시간과 열정과 능력을 소진하는 동안 다른 한편에는 우리에게 언제나 열려 있는 또 다른 사회가 있는데, 그 안에 있는 사람들은 우리의 신분에 상관없이 우리가 원하는 만큼 길게 대화를 나눌 준비가 되어 있다. 이러한 사람들의 수가 워낙 많고 그들 모두가 친절하기 때문에 우리는 그들을 하루 종일 기다리게

할 수도 있다. 왕들과 국가의 수반들이 회담을 수락하는 것이
아니라 얻기 위해 기다리는 것이다. 우리는 간단한 가구들만이
있는 도서관이라는 면회실에서 그러한 이들을 찾는 법이 없고,
그들이 우리에게 어떤 말을 할지 귀 기울여 듣는 법이 없다.

- 〈왕들의 보물〉,《참깨와 백합》, 6쪽

러스킨은 다음과 같이 말하기도 한다. "물론, 당신이 살아 있
는 자들과 말하는 것을 더 좋아하는 것은 그들의 얼굴을 볼 수 있
기 때문이라고 할지도 모른다." 그러나 이러한 첫 번째 반박을 물
리치며 두 번째로, 러스킨은 독서란 우리 주변에서 만날 수 있는
그 누구보다도 지혜롭고 훌륭한 사람들과의 대화라고 주장한다.
나는 주석을 통해 독서가 가장 지혜로운 자들과 나누는 대화라
고 해도 실제 대화와 일치할 수는 없다는 생각을 전달하려 했다.
책과 친구가 근본적으로 다른 점은 그들이 소유하고 있는 지혜
의 깊이가 아니라 우리가 그들과 소통하는 방법이다. 독서는 대
화와는 다르게 혼자인 상태에서, 즉 고독한 상태에서 지적인 자
극을 계속해서 즐기고 영혼이 활발히 활동하는 것을 유지시키게
한다면 대화는 그것을 즉각적으로 해산시키는 법이다. 만약 러
스킨이 뒷장에 언급한 다른 진리들에 관한 결과를 이끌어냈다면
내가 내린 것과 같은 결론에 도달했을 것이다. 하지만 그가 독서
에 관해 그 사고의 깊은 곳까지 내려가지 않은 것이 분명하다. 우
리에게 독서의 가치를 일깨우기 위해 그는 옳음에 관한 거의 모

든 것들을 보여주었고, 올바름에 관한 생각을 깊이 분석하는 수고는 현대인들의 의무로 남겨둔 그리스인들의 그 단순함으로 일종의 플라톤 식의 멋있는 신화만을 이야기하고자 했다. 하지만 독서가 그 이상이라는, 러스킨이 말한 것 그 이상이라고 내가 생각하는 것은 사실이지만 그렇다고 독서가 근본에 있어서, 또는 고독함 속에서 소통이 빚어내는 위대한 기적에 있어서 러스킨이 그것에 부여한 만큼 우리의 영적인 삶에 지배적인 역할을 한다고 믿지는 않는다.

독서의 한계는 독서의 미덕이 갖는 특성에 기인한다. 독서의 미덕에 관해서라면 나는 다시 어린 시절의 독서를 통해 설명할 것이다. 조금 전에 내가 부엌 식당의 벽난로 구석에서, 침실에서 코바늘로 뜨개질한 머리받침이 있는 소파 깊숙이, 오랜 행복한 오후 시간 동안 공원의 개암나무와 산사나무 아래에서, 끝없는 들판의 모든 숨결이 저 멀리서 토끼풀과 잠두콩 내음을 방심하고 있던 내 코끝에 소리 없이 가져와 피로해진 시선을 잠시 그쪽을 향해 들어 올리게 하던 공원에서 읽던 책의 제목을 이십 년이라는 거리에 있는 당신은 해독하지 못할 것인 반면, 그것을 식별하기에 더 적절하다고 할 수 있는 나의 기억은 그 책이 테오필 고티에[03]의 《프라카스 대위(Le Capitaine Fracasse)》였던 것을 상기시킨다. 나는 다른 어떤 내용보다도 두세 문장만을 가장 좋아했는데 그것들은 내게 그 책에서 가장 독창적이며 아름답다고 느껴졌다. 그 어떤 작가도 그 문장들과 비할 수 있는 것을 쓴 적이 없다고 믿어 의심치 않았다. 하지만 그러한 아름다움은 테오필 고티에가 책 한 권에 두세 번 정도만 살짝 드러내 보이는 어떤 현실과 상응한다고 믿었다. 또한 그러한 현실을 작가 자신은 물론 완전하게 알고 있는 것이 분명하다고 생각했기에 모든 문장이 앞에 말한 두세 문장만큼이나 아름다운, 내가 알고자 했던 그의 의견을 다루고 있는 문장들만으로 이루어져 있을 그의 다른 책들을 읽고 싶었다. "웃음은 그 자체가 잔인한 것이 아니다. 웃음은 인간을 동물과 구별시킨다. 웃음은 그리스 시인 호메로스의《오디세이아》에 명시됐듯이 영원의 한가한 때에 온 영혼을 다해 위풍당당하게 웃어대는 영원하고 축복받은 신들의 특권이다."[5] 이 문장은 나를 완전히 취하게 만들었다. 나는 고티에만이 내게 보여줄 수 있는 그러한 중세를 통해서 빼어난 고대를 엿보는 것만 같

5 사실 이 문장은《프라카스 대위》에서 적어도 똑같은 형태로는 찾아볼 수 없다. "그리스 시인 호메로스의《오디세이아》에 명시됐듯이"라는 표현 대신 단순히 "호메로스에 의하면"이라고만 되어 있을 뿐이다. 하지만 다른 부분에 "호메로스에 의해 명시됐듯이"나 "《오디세이아》에 명시됐듯이"라는 표현이 있고 이들은 내게 동급의 즐거움을 선사하기에 인용문이 독자에게 더 강한 인상을 남길 수 있도록 두 표현을 합친 것인데, 솔직히 나는 이 문장에 더 이상 신성한 경외함을 느끼지는 않는다. 또한 다른 부분에 호메로스가 그리스 시인으로 표현되어 있는 것이 사실이고 그 표현 또한 나를 즐겁게 했을 것이 분명하다. 그럼에도 나는 과거에 느꼈던 즐거움이 어떠했는지, 그토록 아름다운 표현들을 한 문장으로 통일시키면서 억지를 부린 것이 아니라고 스스로를 안심시킬 수 있도록 정확하게 기억해내는 것이 불가능하다. 억지를 부린 것이 아니라고 믿는 바이다. 만약 실제로 붓꽃과 협죽도 꽃이 기울어 있는 강가와 산책로의 자갈들을 발로 건드리면서《프라카스 대위》에서 내가 그토록 황홀하게 읊은 표현을 한 문장 속에 발견할 수만 있다면 더 감미로웠을 텐데 하는 아쉬움은 남아 있다. 하지만 이제는 내가 아무리 인위적으로 여러 아름다움을 한 문장 속에 표현해도 안타깝게도 아무 감흥도 받지 못한다.

았다. 하지만 내가 알지 못하는 수많은 단어들을 사용하여 어떤 것인지 도대체 상상도 할 수 없는 성채를 지루하게 묘사한 데 이어 그러한 사실을 지나치듯이 가볍게 말하는 대신에, 그가 책 전체를 이러한 문장들로 채우고 내가 그 책을 다 읽은 후에도 계속해서 알고 좋아할 수 있는 것들에 대해 이야기해주었다면 더 좋았을 텐데. 진리의 유일하고 지혜로운 소유자인 그가 독서를 마친 나에게, 매우 추웠던 지난 3월 한 달 동안 책을 덮을 때마다 방금 읽은 내용과 부동 상태에서 축적된 힘과 마을의 길거리에 불던 상쾌한 바람에 경탄하여 걸으며, 발을 구르며, 뛰어다니게 했던 셰익스피어, 생탕,[04] 소포클레스, 유리피데스, 실비오 펠리코[05] 등의 작가들에 관해 무슨 생각을 해야 하는지 말해주기를 원했다. 특히 진리에 더욱 가까이 도달하기 위해서는 초등학교 6학년 과정을 유급해야 하는지 말아야 하는지, 외교관이 되어야 하는지, 아니면 파기원[06]의 변호사가 되어야 하는지 그가 답해주기를 원했다. 하지만 아름다운 문장이 끝나자마자 그는 "그 위에 손가락으로 글씨를 쓸 수도 있을 만큼 먼지가 뽀얗게" 덮여 있는 식탁에 대해서 묘사하기 시작했는데 그것은 내 주의를 끌기에는 너무나 의미 없는 것이었다. 따라서 나는 고티에가 나의 동경심을 만족시키고 그의 사상 전체를 알 수 있게 할 만한 다른 어떤 책들을 썼는지 자문하기에 이르렀다.

바로 이것이 아름다운 책들이 갖는 위대하고 뛰어난 특성들 중 하나로(이는 독서가 우리네 영적인 삶에서 갖는 기본적이면서도 동시에 제한된 역할을 상기시킨다) 작가에게는 '결론'이고 독자에게는 '시작'인 것이다. 우리는 작가의 지혜가 끝날 때 우리의 지혜가 시작됨을 느끼고, 작가가 우리에게 해답을 주기를 원하지만, 그가 할 수 있는 유일한 일은 우리에게 욕구를 불어넣는 것이다. 또한 이러한 욕구를 불어넣을 수 있는 것은 작가가 자신의 예술에 있어 최후의 노력을 하여 도달할 수 있었던 최고의 아름다움을 우리에게 감상하게 할 때에만 가능하다. 하지만 정신적인 눈에 관한 독특할 뿐만 아니라 숙명적인 법칙에 의해(이 법칙은 진리란 그 누구로부터도 전수받을 수 없으며 우리가 스스로 창조해야 하는 것을 의미할지도 모른다) 책의 지혜의 끝이 우리 지혜의 시작으로 보이게 하여, 책이 할 수 있는 말을 모두 다 마쳤을 때 우리에게 책이 한 말은 아무것도 없다고 느끼게 만들 수 있다. 우리가 책이 답할 수 없는 질문을 던지는 것은 우리에게 도움이 되지 않는 답을 요구하는 셈이다. 사실 시인들이 개인적으로 감정을 가지고 있는 것들에 대해 우리로 지나치게 의미를 부여하는 것은 사랑의 효과이다. 우리는 이 세상과는 별개로 뛰어난 장소를 단지 살짝만 엿보게 하는 것 같은 작품들을 보고, 저자들이 그곳의 심장부로 우리를 안내하기를 바란다. 우리는 마테를링크,[07] 노아유 부인[08]에게 "우리를 유행이 지난 꽃들이 자라는 질랜드의 정원에", "토끼풀과 쑥"이 자라는 향기로운 길 위로, 저자가 책에 언급하지는 않았지만 앞서 말한 곳들만큼이나 멋있다고 생각하는 지상의 모든 장소로 "데려다주세요"라고 이야기하고 싶어진다. 밀레가(화가들은 시인들과 마찬가지 방식으로 우리를 안내해주기 때문에) 〈봄〉에 표현한 들판에 가보고 싶고, 클로드 모네가 우리를 지베르니, 센 강가, 아침 안개 속에서 거의 분간할 수 없는 바로 그 강굽이로 안내하기를 바란다. 하지만 사실은 그들 지인 혹은 친척과의 우연한 관계나 만남이 노아유 부인, 마테를링크, 밀레, 모네에게 그러한 장소들을 지나가거나 그곳에 머물게 하여 그 길, 그 정원, 그 들판, 그 강의 굽이를 그리도록 만든 것이다. 다른 어떤 곳보다 그곳을 차별시키고 뛰어나 보이게 만드는 것은 그 장소들이 천재 예술가에게 남긴 인상이 손에 잡히지 않는 형태로 투영되어 표현되었기 때문이고, 그가 다른 장소를 그렸더라도 우리는 그곳의 무관심하고 복종하지 않는 표면 위에서 개성적이고 멋대로 떠돌아다닐 그러한 인상을 볼 수 있었을 것이다. 우리를 매료시키면서 실망시키는, 그래서 그 이상을 알고 싶게 만드는 바로 이러한 외관, 깊이가 없다고 할 수 있는 외관의 정수 자체, ―화폭에 담긴 일종의 환각―이것이 통찰력인 것이다. 우리가 꿰뚫어 보고 싶어 하는 그 안개가, 화가가 예술에 남긴 최후의 단어인 것이다. 예술가로서 작가의 절대적인 노력은 우주 앞에서 우리를 무관심하게 만들어버린 추함과 무의미함의 장막을 단지 부분적으로만 걷어 올린다. 작가는 우리에게 이렇게 말한다.

보아라, 보아라,
토끼풀과 쑥의 향기가 나는,

힘차게 흐르는 좁은 개울가를 끼고 있는,

엔과 와즈 지방을.

"조개껍질처럼 분홍색이고 빛나는 질랜드의 집을 보아라! 보아라! 보는 법을 배우라!" 바로 그 순간 작가는 모습을 감춘다. 바로 이것이 독서의 가치이자 한계이다. 시작임에 불과한 것을 마치 규범인 것으로 여기는 것은 독서에 지나치게 큰 역할을 부여하는 것이다. 독서는 정신적인 삶의 도입부에 있다. 독서는 그러한 삶에 안내할 수는 있지만 그것을 구성하지는 않는다.

그럼에도 병적이라고 말할 수 있는 몇몇 경우에는 독서가 일종의 치료법이 될 수 있고 자극 주기를 반복하여 게으른 정신을 가치 있는 세계로 영구히 끌어들이는 임무를 띨 수도 있다. 이런 경우 책이 게으른 정신에게 갖는 역할은 정신과 의사가 신경쇠약 환자에게 갖는 것과 비슷하다.

특정 신경질환에 있어서 어떤 조직이 직접 증상을 드러내는 것은 아닐지라도, 그 환자는 의지결핍을 보이며 혼자서는 빠져나올 수 없는 깊은 수렁에 빠져 강력한 구원의 손길을 뻗지 않는 이상 그 안에서 소진되어버리는 경우가 있다. 그의 뇌와 다리와 폐와 위는 모두 정상이다. 그는 일하고, 걷고, 추위를 견디고, 먹는 데 아무런 이상이 없다. 하지만 그가 충분히 실천할 수 있는 이러한 행위들을 실제로 하고자 원하기가 불가능한 것이다. 그가 자신의 내부에서 스스로 찾을 수 없는 충동을 외부에서, 의사로부터 받을 수 없는 경우, 그가 갖고 있지 않는 질병에 결과적으로 상응하는 것이라 할 수 있는 신체기관의 쇠퇴는 의지결핍의 되돌릴 수 없는 결과라고 하겠다. 그런데 이러한 환자와 비슷한 점을 발견할 수 있는 특정 정신의 소유자들이 있으니, 그들의 경우 게으름이나[6] 변덕스러움은 정신의 진정한 삶이 시작되는 자기 내부의 깊은 곳에 자발적으로 내려가는 것을 방해한다. 우리가 그러한 환자들을 그 깊은 곳에 한번 안내했다고 해서 그들이 진정한 풍요로움을 발견하고 개발할 수 있는 것은 아니지만, 이러한 외부의 개입이 없으면 그들은 자신을 영원히 망각한 채 표면에서 살게 되며, 그들을 단순한 즐거움의 장난감으로 만들어버리며 주변에서 그들을 흔들어 놓는 것들과 같은 크기로 축소시키는 일종의 수

---

6 나는 이러한 게으름을 퐁탄(Fontane)에게서 느낄 수 있다. 생트뵈브는 그에 대해 다음과 같이 말한 바 있다. "그는 쾌락주의자 성향이 강했다……. 약간 물질적이라 할 수 있는 그의 성격이 아니었다면, 퐁탄은 그의 재능으로 더 많은 작품들…… 더 지속적인 작품들을 생산할 수 있었을 것이다." 퐁탄 자신은 그렇지 않다고 부정했다. "내가 허송세월을 보내고 있다고 다른 이들이 말한다. 오로지 그들만이 이 세기의 영광이란다." 그는 열심히 일한다는 것이었다.

콜리지(Coleridge)의 경우는 한층 더 병적이었다. 리보(Ribot) 씨가 인용한 《의지의 질병(Maladies de la Volonté)》이라는 뛰어난 저서에서 카펜터(Carpenter)는 다음과 같이 기록한다. "그와 동시대 어느 누구도, 어쩌면 모든 시대를 합해 콜리지만큼 철학자로서의 강력한 사고력과 시인으로서의 상상력을 가진 자는 없다. 그와 같이 놀라운 재능을 가졌음에도 그만큼이나 활용하지 못한 자 또한 없다. 그의 성격의 커다란 약점은 천부적인 자질을 구체적인 것으로 결실 맺을 수 있게 하는 의지의 결핍이었다. 그는 언제나 거대한 계획들을 품고 있었는데 한 번도 그것을 실행에 옮기려고 노력한 적이 없다. 활동 초기에 그는 자신이 낭송한 시들에 대해 30기니를 지급하겠다는 어느 관대한 사서를 만나게 되었다. 하지만 그는 그 시들을 글로 옮기기만 하면 될 것을, 한 줄도 쓰지 않고 매주 그 사서에게 가서 돈을 구걸하는 쪽을 선택했던 것이다."

동적인 상태에 빠진다. 어린 시절부터 거리의 도둑들과 같이 살아온 어떤 신사가 너무 오랫동안 이름을 사용하지 않아서 자신의 이름이 무엇인지 잊어버린 것처럼, 스스로 생각할 수 있는 힘을 갑자기 되찾고 창조할 수 있게 되는 정신의 세계에 반강제적으로나마 그들을 끌어들이도록 외부에서 개입하지 않으면 그 환자들은 자신의 고귀한 영혼에 관한 모든 감정과 기억을 잊게 될 것이다. 게으른 영혼은 이러한 충동을 자기 내부에서 찾을 수 없고 다른 이로부터 받아야 하는데 이러한 일은 그가 혼자 있을 때 벌어지는 것이 분명하다. 앞서 본 것과 같이 혼자 있을 때가 아니면 그의 내부에서 그런 창조적인 활동이 벌어지는 것이 불가능하기 때문이다. 게으른 영혼은 스스로 창조적인 행위를 추진할 수 없기 때문에 순전히 고독함에서는 아무것도 받아낼 수 없다. 하지만 이렇듯 독보적인 활동을 그가 직접 실행할 능력이 없기에 가장 고귀한 대화와 매우 간절한 조언들도 그에게는 무용지물일 것이다. 즉 그에게 필요한 것은 외부로부터 오는 개입이되 자신의 내부에서 벌어지는 일이다. 자신과는 다른 영혼이 개입하되 혼자 있을 때 그것을 받아야 한다. 그런데 바로 이것이 독서의 정의라고 앞서 살펴보았고, 이것은 오로지 독서에만 적용할 수 있는 정의인 것이다. 그러므로 이러한 영혼에 긍정적으로 작용할 수 있는 유일한 것은 독서이며, 수학자들이 말하는 것처럼 '증명 완료'다. 하지만 이 경우에도 다시 한 번, 독서는 우리의 개인적인 활동을 대체할 수 없고 단지 시작을 독려하는 역할을 할 뿐이다. 앞서 언급한 정신과 의사의 역할이 신경쇠약 환자에게 멀쩡한 위와 다리와 뇌를 다시 사용하고픈 의지를 불어넣은 데 불과한 것처럼 독서는 우리에게 개인적인 활동을 하려는 의지를 불어넣을 뿐이다. 모든 영혼이 어느 정도는 게으르거나 낮은 단계에 정체되는 경향이 있는 것이 사실이고, 비록 필수적인 것은 아닐지라도 독서를 했을 때 느끼는 흥분이 개인적인 업무에 적절한 영향을 미친다는 사실은 적지 않은 작가들이 펜을 들기에 앞서 아름다운 글을 한 쪽 읽는다는 점이 증명한다. 에머슨은 플라톤을 몇 쪽 읽기 전에는 글을 쓰기 시작하는 법이 드물었고, 단테만이 베르길리우스에 의해 천국의 문지방에 안내된 유일한 시인은 아니다.

독서가 그것 없이는 들어가지 못했을 마법의 열쇠로서 우리 내부에 위치한 장소들의 문을 열어주는 존재로 남아 있는 한 독서는 우리의 삶에 유익하다. 반대로 독서가 정신의 개인적인 삶에 눈을 뜨게 하는 대신에 그것을 대체하려 할 때 위험해진다. 그럴 때면 진리는 우리 이성의 은밀한 발전과 감성의 노력에 의해서만 실현 가능한 이상으로 나타나는 것이 아니고 몸과 마음이 쉬고 있는 상태에서 수동적으로, 다른 사람들에 의해 이미 준비된 꿀을 음미하는 것과도 같이 서재 선반들에 꽂힌 책들에 손을 뻗어 닿기만 하면 되는 물질적인 것이며, 위험한 존재가 된다. 간혹 매우 예외적이기는 하지만 또한 덜 위험한 경우이기도 한데, 진리가 외부에 닿기 힘든 곳에 멀리 숨어 있는 경우도 있다. 비밀문서, 미공개 서한이나 기록들이 기대하지 않았던 순간 쉽게 알지 못할 새로운 사실들을 밝힐 수도 있다. 자신의 내부에서 진리를 찾느라 지친 영혼에게, 네덜란드의 한 수도원에 비밀스럽게 보관되어 있던 2절판의 책장들처럼 진리가 외부에 위치해 있다고 하는 사실은 얼마나 다행스럽고 행복한 일인지. 그러한 진리에 도달하기 위해서 기울이는 노력은 물질적인 것에 불과하며, 생각에 있어서는 오히려 매력으로 가득한 휴식거리일 뿐이다. 물론 그것에 닿기 위해서 먼 거리를 여행하고, 바람이 휘몰아치는 벌판과 누웠다 일어나기를 반복하며 끝없이 물결치는 갈대들이 있는 강가를 말이 끄는 강배로 통과해야 한다. 서로 얽힌 채 잠들어 있는 운하들 위로 송악에 덮인 교회가 일렁이는 도르트레흐트에 멈추어야 하고, 저녁이 되면 일렬로 정돈된 붉은 지붕들과 파란 하늘이 투영된 모습을 선박이 이동하면서 방해하여 흔들어 놓으며 황금빛을 띠는 뫼즈에도 멈추어야 한다. 여행지에 도착한 후에도 우리는 여전히 진리를 전해 받을 수 있을 것이라 확신하지 못한다. 그러기 위해서는 영향력 있는 자들의 도움이 요구되는데, 과거의 얀센파[09] 교인과도 같은 아름답고 네모진 얼굴을 한 존경스러운 위트레흐트의 대주교 및 아메르스포르트의 경건한 고문서 관리인과 친분을 맺어야 하는 것이다. 이러한 경우 진리를 쟁취하는 것은, 여행이 고되고 타협하는 데 우연도 많이 작용하는 일종의 외교 임무를 성공시키는 것과 유사하다. 하지만 그것이 무슨 대수란 말인가? 우리가 진리에 도달할 수 있을지의 여부는 위트레흐트의 오래된 작은 교회를 구성하는 호감 가는 이들이 마음

39

먹기에 달렸는데, 17세기의 얼굴을 하고 있는 이들은 우리가 익숙해 있던 얼굴과는 다른 느낌을 주고 이들과 적어도 편지로 관계를 유지하는 것은 재미난 일일 것이다. 간간이 받아보는 그들의 편지는 우리에게 힘이 되고 우리는 그 편지들을 하나의 증서나 진귀한 물건처럼 간직할 것이다. 그리고 언젠가는 우리가 쓴 책들 중 하나를 그들에게 헌사할 것인데 이는 우리에게 '진리'를 선물한 이들에게 표할 수 있는 최소한의 예의다. 또한 진리를 쟁취하기 전에 — 신중을 기하기 위해서, 그리고 도망가지 못하도록 우리는 그 진리를 수첩에 적는데 — 거쳐야 하는 선행단계로 수도원의 도서관에서 잠시 해야 하는 작업이나 연구에 대해서 우리는 투덜거릴 자격이 없다. 오래된 수도원의 고요함과 시원함은 그야말로 매력적인데, 그곳의 수녀들은 로히에 반 데어 웨이덴[10]의 그림 속 담화실에서나 볼 수 있는 하얀 날개가 달린 원뿔 모자를 여전히 착용하고 다닌다. 우리가 작업하는 동안 17세기에 만들어진 종이 울리는 소리는 운하에 흐르는 순진한 물의 혼을 어찌나 부드럽게 빼놓는지 창백한 햇볕이 조금만 들어도 그것을 눈부시게 하고, 운하는 연안에 위치한 합각머리 장식이 된 집들에 걸려 있는 거울들을 스치는 나무들, 여름이 끝나자마자 잎이 떨어져버린 바로 그 나무들이 두 줄로 서 있는 사이를 흐르고 있다.[7]

7 독자에게 위트레호트 인근에 있는 수도원을 찾아 보여주거나, 이 이야기가 모두 꾸민 것이라고 굳이 설명할 필요는 없으리라 믿는다. 그러나 이것이 레옹 세셰(Léon Séché) 씨가 생트뵈브에 관해 쓴 저서에 바탕을 둔 것은 사실이다. "그(생트뵈브)는 리

깊은 사고를 요구하지 않고 인맥에 좌지우지되며, 추천서가 있으면 수중에 넣을 수 있고 자신이 그것을 보유하고 있되 진정으로 알지 못하는 누군가가 당신의 손에 직접 전달할 수 있으며 수첩에 옮겨 적을 수 있는 진리, 진리에 관해 이러한 개념이 사실 제일 위험한 것은 아니다. 왜냐하면 역사학자나 또는 박학다식한 자도 그럴 수 있는데, 책 깊은 곳에서 진리를 발견하려는 경우 이는 그 자체가 진리라기보다 진리에 관한 단서나 증거에 더 가까우며 결과적으로 그것이 예고하거나 확인하는 또 다른 진리를 나타나게 하는데, 이러한 진리는 그들의 정신적이며 개인적인 창조물이기도 하기 때문이다. 하지만 문학적 소양이 있는 자의 경우는 다르다. 이러한 자는 읽기 위해서, 그리고 읽은 것을 기억하기

에주에 머물던 어느 날, 위트레흐트의 작은 성당과 접촉을 시도할 생각을 하게 되었다. 약간 늦은 시간대였지만, 위트레흐트는 파리와 한참 떨어진 곳이었고, 그의 《쾌락(Volupté)》이 아메르스포르트의 문서보관실 문을 활짝 열게 하는 데 충분한지 확신이 없었다. 사실 그렇지 않았다고 할 수 있는데 왜냐하면 그가 《포르루아얄(Port-Royal)》 첫 두 권을 썼을 때에도 고문서를 보관하는 경건한 관리인이 …(중략)… 생트뵈브는 사람 좋은 카르스텐 씨를 통해 어렵사리 몇몇 상자들을 열어보도록 허락을 받았다. …(중략)… 《포르루아얄》 2쇄본을 보면 생트뵈브가 카르스텐 씨께 감사의 말을 전하는 것을 볼 수 있다." (레옹 세세, 《생트뵈브》 제1권, 229쪽 이후) 반면 여행의 세부사항에 관해서는 모두 내가 실제로 받았던 인상을 바탕으로 한 것이다. 도르트레흐트에 가기 위해 위트레흐트를 거치는지는 모르겠지만 내가 그렇게 생각한 것이고, 그렇게 도르트레흐트를 묘사한 것이다. 내가 갈대 사이를 말이 끄는 강배를 타고 여행한 것은 위트레흐트가 아니라 볼렌담에 가기 위해서였다. 위트레흐트에 있는 것으로 묘사한 운하는 사실 델프트에서 본 것이다. 나는 본의 호텔에서 반 데어 웨이덴의 그림 한 점을 보았고, 네덜란드에서 온 듯한 수녀들이 본문에서 묘사한 식의 모자를 쓴 것을 보았지만 웨이덴의 그림에서가 아니라 네덜란드를 방문했을 때 보았던 다른 그림들에서였다.

위해서 읽는다. 그에게 있어 책은 천상의 정원 문을 열자마자 날아가버리는 천사가 아니라 움직이지 않고 서 있는 동상, 그 자체를 찬양해야 하는 동상으로 그것이 불러일으키는 생각들의 진정한 가치를 전수받는 대신 그 주변에 있는 모든 것에 인위적인 가치를 전달한다. 문학적 소양이 있는 자는 빌라르두앵[11]이나 보카치오를 읽으며 거기에 간접적으로 드러난 이름이나 베르길리우스가 묘사한 풍습 등을 발견할 때 미소 지으며 그것을 지적한다.[8] 독창적인 활동을 하지 않는 그의 정신은 자신을 더욱 강하게 만들 수 있는 정수를 책에서 끄집어낼 능력이 없다. 그는 책의 온전한 형태로 머릿속을 꽉 채우는데 이럴 경우 그에게 책은 흡수할 수 있는 삶의 원리가 되는 대신에 이질적 분자이자 죽음의 원리가 된다. 내가 이러한 취향, 즉 책을 향한 일종의 우상숭배를 건전하지 않다고 정의하는 것은 사실이지만, 어떤 정신이 단점이 전혀 없는 상태로 이상적인 습관만을 가지고 있을 수 없는 것 또한 사실이다. 이는 마치 생리학자가 기관들이 정상적으로 활동하는 모습을 묘사하는 것과 마찬가지로, 이러한 것은 살아 있는 사람

---

8 순수한 속물주의는 더 순진하다. 어떤 사람의 선조가 십자군 원정에 참여한 경험이 있다는 이유로 그와 함께 시간을 보내는 것을 즐거워하는 것은 허영심 때문이지 지성과는 아무 관련이 없다. 하지만 그의 조부의 이름이 알프레드 드 비니나 샤토브리앙의 책 속에서 종종 언급되었거나(고백하건대 이것은 나한테도 꽝장히 매력적으로 생각되는 이유다) 아미앵 대성당의 거대한 스테인드글라스에 그의 가문 문장이 장식되어 있다는 이유로 어떤 사람과 같이 시간을 보내는 것을 즐거워하는 것, 바로 여기서 지적인 죄악이 시작된다. 나는 이 죄악에 대해 이미 다른 글에서 길게 분석한 적이 있기 때문에, 그 주제에 대해 아직 할 말이 많기는 하지만 여기서는 일단 이렇게까지만 언급하도록 하겠다.

들에게서는 거의 찾아보기 힘들기 마련이다. 현실에서는 완전히 건강한 신체를 찾아보기 힘든 것처럼 완벽한 정신 또한 없는 법이기에 우리가 위대한 정신이라 부르는 자들은 다른 자들과 마찬가지로 '문학적 질병'에 걸려 있다고 할 수 있다. 오히려 다른 자들보다 그 정도가 더 심하다고 할 수도 있다. 책에 관한 취향은 지성의 수준에 비해 낮은 편이지만 마치 비례하는 것처럼 보이는데 이는 열정이 그 대상이 되는 것을 온갖 좋은 이미지로 덮기 때문이며, 책이 없어도 그 존재는 계속해서 느껴진다. 가장 뛰어난 작가들 또한 직접적으로 사고하지 않는 동안에도 책과 시간을 보내는 것을 좋아한다. 결국은 그들을 위해서 이 책들이 쓰인 것이 아닌가? 평범한 사람들에게는 모습을 감춘 수많은 아름다움을 책이 그들에게만 선사하는 것이다. 뛰어난 정신의 소유자들이 책을 많이 읽은 사람들이라고 해도 그것이 반드시 장점이라고만 말할 수는 없다. 종종 명석하지 않은 사람들은 노력을 많이 해야 하고 머리 좋은 사람들은 게으르다고 회자된다고 해서 열심히 일하는 것이 게으름 부리는 것보다 머리에 좋지 않다고 결론지을 수 없는 것과 마찬가지이다. 이런 모든 것에도 불구하고 위대한 인물에게서 우리가 가지고 있는 단점들 중 하나를 발견하게 되면 우리는 그것이 사실 알려져 있지 않은 장점은 아닌지 질문하게 된다. 위고는 퀸투스 쿠르티우스, 타키투스, 유스티누스를 외우다시피하고 있었고, 만약 우리가 그 앞에서 어느 단어의 적절한 용법을 의심하기라도 하면 여러 문구들을 인용하며 그 단어의 기원에 이르기까지 어원을 나열하는데,[9] 우리는 그가 진정으로 박학다식하다는 것을 알게 되는 순간 기쁨을 감추지 못한다(나는 다른 곳에서 위고의 이러한 박학다식함이 마치 작은 불을 꺼트려 더 큰 불을 피우게 하는 나뭇단처럼 그의 천재성을 저해하는 것이 아니라 꽃피게 했다는 사실을 설명한 바 있다). 마테를링크는 박학다식함의 정반대에 있는 인물로 벌통, 화단, 목초로부터 받은 수많은 이름 없는 감동들에 계속해서 정신을 열어두고 있는데 그가 야콥 카츠[12]나 샌더루스 신부[13]의 오래된 판본에 삽입된 도판을 애호가 입장에서 묘사할 때면 우리는 거의 책 애호가에 가까운 박학다식함이 얼마나 위험한지를 확신하게 된다. 이러한 위험이 존재한다고 할 때 이는 지적 능력보다 오히려 감성에 해악이 될 수 있다. 따라서 독서가 이롭게 작용하는 경우는 픽션 작가들보다는 사상가들에게서 찾아볼 수 있다. 가령 쇼펜하우어는 엄청난 양의 독서를 매우 가벼운 것인 양 소화하는데 이는 그가 새로운 지식을 접할 때마다 그것을 즉각적으로 현실에 흡수시키고 지식이 소지하고 있는 생생한 부분으로 최소화하기 때문에 가능하다.

쇼펜하우어는 어떤 의견을 펼칠 때면 그것을 언제나 다양한 인용구들로 뒷받침하지만 그러한 문구들은 그에게 단지 예시, 혹은 무의식적이며 짐작으로 하는 암시라는 것을 느낄 수 있다. 그

---

9 폴 스텝퍼(Paul Stapfer), 「빅토르 위고를 추억하며(Souvenirs sur Victor Hugo)」, 〈르뷔 드 파리(La Revue de Paris)〉지에 게재.

는 그러한 암시들 속에서 자기 고유의 생각을 알아보는 것을 즐기지만 그렇다고 그러한 암시가 그에게 영감의 원천이 되었다는 것은 아니다. 나는 《재현과 의지로서의 세계(Die Welt als Wille und Vorstellung)》에서 한 쪽에 스무 개 정도의 인용구들이 연달아 나왔던 것이 기억난다. 그것은 비관주의에 관한 것이었다(물론 문제의 인용구들을 여기서는 생략한다). 볼테르는 《캉디드》에서 낙관주의에 유쾌하게 반박하고, 바이런은 《카인》에서 그만의 비극적인 방법으로 반박했다. 헤로도토스는 트라키아인들이 새 생명이 태어나면 한탄하고 생명이 꺼지면 기뻐했다고 서술한다. 플루타르코스는 다음의 아름다운 시구로 그것을 표현하고 있다. "사람이 태어나면, 그를 기다리고 있는 고통을 애도한다." 바로 이것이 멕시코인들의 관습을 설명하고 있으며, 스위프트는(월터 스코트가 쓴 스위프트 전기를 그대로 믿자면) 어린 시절부터 그의 생일을 마치 고통의 날인 것처럼 축하하고는 했다고 한다. 우리는 플라톤이 《소크라테스의 변명》에서 죽음은 존경할 만한 덕행이라고 말한 부분을 기억한다. 헤라클레이토스의 격언 또한 같은 맥락이다. "활의 이름은 생명이고, 그것의 작품은 죽음이다." 테오그니스의 아름다운 시구 또한 유명하다. "지상에서 가장 좋은 것은 태어나지 않는 것이다." 소포클레스는 다음과 같이 요약한다. "태어나지 않는 것, 그것이 다른 어떤 것보다 좋은 것이다." (《콜로노스의 오이디푸스》[14], 1224행) 유리피데스는 말한다. "인간의 모든 삶은 고통으로 채워졌다."(《히폴리토스》[15], 189행), 그리고 호메로스는 이미 다음과 같이 말한 바 있다. "살아 숨 쉬는 모든 존재 중에서 인간보다 비참한 것은 없다." 플리니우스 또한 말했다. "때맞은 죽음보다 더 좋은 것은 없다." 셰익스피어는 늙은 헨리 4세의 입을 빌려 다음과 같이 말한다. "아, 이런 것을 볼 수만 있다면 — 이 세상에서 가장 행복한 젊은이는 — 책을 덮고 앉아서 죽음을 맞이할 텐데." 바이런은 말했다. "이 무엇인가는 존재하지 않는 편이 나으리." 발타사르 그라시안은 《비평가(El Criticón)》에서 존재를 그보다 더 어두울 수 없는 색채로 묘사한다. 쇼펜하우어를 지나치게 길게 언급한 데 이어, 나는 이런 논리를 《삶의 지혜에 관한 격언(Aphorismen zur Lebensweisheit)》을 빌려 완성하는 기쁨을 느낄 수도 있을 것이다. 이 책이야말로 내가 알고 있는 모든 책들 중에서 독서를 가장 많이 했을 뿐 아니라 창조력이 가장 뛰어난 작가에 의해 집필될 수 있는 것이기에, 쇼펜하우어는 쪽마다 여러 인용구들이 등장하는 그 책의 머리말에 "집대성하는 것은 내 특기가 아니다."(《삶의 허영과 고통》, 《재현과 의지로서의 세계》)라고 떳떳이 적을 수 있는 것이다.

확실히 우정, 개인적인 우정은 가벼운 것이라 말할 수 있고, 독서는 일종의 우정이다. 하지만 독서는 적어도 마음에서 우러나온 우정이고 그 대상이 죽은 자, 사라진 자라는 점은 사심 없음을 증명하며 거의 감동적이기까지 하다. 더구나 독서는 추한 면을 보이는 다른 우정들에 비해 그런 점에서 자유롭다. 살아 숨 쉬는 우리에게, 결국 아직 죽음의 활동에 들어서지 않은 우리에게,

현관 입구에서 치러지며 소위 존경, 감사, 충성이라 불리지만 거대한 거짓이 섞여 있는 그 모든 예절과 정중한 인사법은 헛되고 피곤한 일이다. 더구나 —호감, 존경, 감사의 감정이 둘의 관계에 싹트기 시작하는 순간 —내뱉는 첫 한마디, 쓰게 되는 첫 편지 등은 습관의 그물을 짜는 첫 번째 실타래이자 행동을 정의하는 첫 번째 양식이 되며 이후에 형성될 우정을 구성하는 필연적인 요소가 될 것들이다. 그러는 동안 우리가 뱉은 불필요한 말들은 마치 그것이 지불해야 될 어음이라도 되는 것처럼 혹은 그것을 말했다는 데 대한 후회로 평생 동안 원래보다 더욱 비싼 대가를 치러야 할 것처럼 여겨진다. 그러나 독서에 있어서 우정은 갑자기 원래의 순수성으로 되돌아간다. 책들에 대해서 가식은 필요 없다. 만약 우리가 그 친구들과 함께 저녁시간을 보낸다면, 그것은 우리가 정말로 그러기를 원하기 때문이다. 적어도 그들과 헤어질 때면 종종 아쉬움이 남게 된다. 우리가 그들과 헤어진 다음에는 다음과 같이 우정을 훼방 놓는 생각들을 하지 않아도 된다. 우리를 어떻게 생각했을까? —요령이 부족했던 것은 아닐까? —그들의 마음에 들었을까? —다른 사람들을 생각하느라 우리를 잊지는 않았는지? 우정에 관한 이러한 혼란은, 독서라는 순수하고 차분한 우정의 문턱에서는 사라진다. 공손함 또한 찾아볼 수 없다. 우리는 몰리에르가 한 말 중에서 정말로 재미있다고 생각하는 만큼만 웃는다. 그가 지루하면 우리는 정말 지루해 하고 있다는 사실을 그가 눈치 채도 개의치 않을 뿐더러, 더 이상 그와 함께 있는 것이 지겨워지면 그가 재능도, 명성도 없는 사람처럼 갑작스럽게 그를 원래 있던 자리에 꽂아 놓을 수 있는 것이다. 이렇듯 순수한 우정의 분위기는 말보다도 더 순수한 침묵이다. 우리가 말을 할 때는 다른 사람을 위한 것인 반면 침묵은 우리 자신을 위한 것이기 때문이다. 또한 침묵은 말과는 반대로 우리의 단점이나 꾸밈을 드러내지 않는다. 침묵은 순수하고 진정으로 하나의 분위기를 이룬다. 작가의 생각과 우리의 생각 사이에 침묵은 각자 다른 우리의 자아에 관한 요소들, 생각에 둔감하거나 반응하지 않는 요소들을 끼어들게 하지 않는다. 책의 언어 자체는 순수하고(책이라는 이름에 걸맞는 책의 경우에 한해) 작가는 자신의 생각을 충실히 반영하지 않는 모든 이미지들을 제거하여 그것을 구성하는 언어에 투명성을 띠게 만든다. 이에 의해서 그 작가의 책은 일관성을 띠게 되고, 작가의 생각에 부합하지 않는 요소들은 제외되어 책이라는 고요한 거울에 작가의 특징들을 드러낸다. 각 작가의 특성들을 좋아하게 되는 데 있어 그 작가들이 굳이 훌륭할 필요는 없다. 왜냐하면 작품 속 한 점의 훌륭한 그림 같은 묘사를 알아보고 자의식이나 뛰어난 문장이 없는 작품을 좋아하는 것도 커다란 기쁨이 될 수 있기 때문이다. 고티에의 경우는 단순히 센스가 뛰어난 착한 젊은이에 불과한데(그를 예술의 완벽한 경지를 상징하는 작가로 여길 수 있었다는 사실이 재미있다) 그 자체로 우리는 그를 좋아한다. 우리는 그의 영적인 능력이 대단하지 않다는 것을 안다. 《에스파냐 여행》에서 각 문장은 의심할 바 없이 작가 개인의 우아함과 명랑함을 강조하고 추구하지만(단어들은 고티에의 개성을 드러내기 위해서 정돈되는데, 그러한 단어들을 선택하고 위치시킨 것은 작가의 개성이기 때문이다) 어떤 형태든지 반드시 묘사하지 않고는 지나치지 못하는 성격은 그 자체를 진정한 예술과는 동떨어지게 만든다. 그는 모든 형태마다 비유를 해서 묘사하는데 이 비유라는 것이 기분 좋고 강한 인상에서 비롯된 것이 아니기에 이러한 묘사는 결코 우리를 매료시키지 못한다. 그가 시골과 그곳 경작지들을 "바지와 조끼들 샘플이 붙어 있는 재단사의 옷본"에 비교하거나 파리에서 앙굴렘에 이르기까지 볼 것이 아무것도 없다고 할 때 우리는 그의 무미건조한 상상력에 안타까움을 표하고, 열혈 고딕 예찬론가인 그가 대성당을 방문하러 샤르트르에 가지도 않았다는 사실에 웃을 수밖에 없다.[10]

하지만 그 얼마나 유쾌하고 뛰어난 감각인지! 우리는 활기찬 이 친구의 모험을 기꺼이 뒤따른다. 그는 너무나 호감 가는 사람이어서 그 주변의 모든 것들도 그렇게 느껴지도록 만든다. 그가 폭풍우 때문에 르바르디에 드 티냥 사령관의 "황금처럼 빛나는" 멋진 배에 갇혀 여러 날을 함께 보낸 후, 이 다정한 뱃사람에 대해 우리에게 더 이상 한 마디 말도 하지 않고 그가 향후에 어떻게 되었는지 가르쳐주지 않으면 우리는 애석함을 느끼는 것이다.[11] 그

10 "대성당을 보지 못하고 샤르트르를 지나쳐서 아쉽다." (《에스파냐 여행》, 2쪽)
11 "그는 바로 그 유명한 티냥 해군대장이 되었다. 그는 페셰 드 티냥 부인의 아버지이고 그의 이름은 예술가들이 즐겨 언급하게 되었으며, 명석한 기갑부대 대위가 된 손주

의 허풍 떠는 유쾌함과 우수에 젖은 감성은 기자의 점잖지 못한 습관 같은 것임을 느낄 수 있다. 하지만 우리는 이 모든 것에 개의 치 않고 그가 원하는 대로 한다. 그가 배고픔과 피로에 허덕이며 생쥐처럼 온통 젖은 채 들어오면 웃음을 참지 못하고, 그와 같은 세대의 사람들 중 일찍 저승에 간 이들의 이름을 연재물의 작가와도 같이 구슬프게 서술할 때면 우리는 그와 함께 애도한다. 그의 문장들이 그의 외관을 그린다고 앞서 지적한 바 있는데 그는 이와 같은 사실을 모르고 있다. 단어가 서로 유사성을 띤 생각이 아니라 우리를 묘사하고자 하는 욕망에 의해 선택되는 것이라면 그는 바로 그 욕망을 묘사하기 때문이다. 프로망탱[16]과 뮈세의 경우 뛰어난 재능을 가지고 있었음에도 그들은 자신의 초상을 후대에 남기고자 하는 욕망 때문에 매우 보잘것없는 초상을 남겼다. 이렇듯 실패한 초상들임에도, 그것은 여러 가지 점을 시사한다는 점에서 우리의 흥미를 돋운다. 책이 뛰어난 개성을 반영하는 거울이 아닌 경우, 그 책은 적어도 정신의 재미난 단점을 비추는 거울이라고 할 수 있다. 프로망탱이나 뮈세의 책을 읽을 때 전자의 경우 일종의 기품 속에 존재하는 무언가 부족하고 어리석은 것을, 후자의 경우 우아함 속에 공허를 발견할 수 있다.

만약 책에 관한 취향이 지성에 비례한다면 책이 갖는 위험은

를 둔 할아버지이기도 하다. 바로 그가 가에타 앞에서 한동안 프랑수아 2세와 나폴리 여왕의 물자와 서신을 담당했던 자라고 생각된다." (피에르 드 라 고르스, 《제2제정의 역사》)

지성과 반비례한다. 창조적인 정신은 독서를 개인의 활동 휘하에 둘 수 있다. 독서는 이러한 정신에게는 가장 고귀하며 가치 있는 취미 중 하나에 불과한데 독서와 지식은 정신에 우아한 방식을 부여하기 때문이다. 우리의 감성과 지성은 우리의 정신적인 삶 깊은 곳에서 스스로 발전시키는 수밖에 없다. 하지만 정신의 방식에 대한 교육은 독서를 통해 다른 정신들과의 관계에서 이루어진다. 이런 모든 것에도 불구하고 문인들은 여전히 지성의 귀족들로 간주되며, 어떤 책이나 문학의 특정 부분을 모른다는 점은 심지어 천재적인 사람에 있어서도 항상 지적 평민의 징표로 남을 것이다. 남과 구분되는 것, 귀족적인 것은 생각 속에서, 일종의 프리메이슨단 속에서, 그리고 전통의 유산 속에서 이루어진다.[12]

위대한 작가들의 선호도는 독서에 관한 이러한 취향과 오락에 의해 매우 빠르게 고전 작가의 작품들로 기운다. 동시대 작가들에게 가장 '낭만주의적'이라는 평가를 받는 이들조차도 그저 고전작품만을 읽을 뿐이다. 빅토르 위고와의 대화에서 그가 독서에 관하여 이야기할 때 가장 많이 언급하는 작가들은 몰리에르, 호라티우스, 오비디우스, 레냐르[17] 등이다. 알퐁스 도데는 가장 책을 멀리한 작가들 중 하나로 꼽힌다. 그의 매우 현대적이며 삶

---

[12] 진정한 구분은 무엇보다 같은 것을 알고 있는 뛰어난 사람들만을 대상으로 하고, '설명'하지 않는 법이다. 아나톨 프랑스의 책은 매우 깊은 지식을 방대하게 내포하고 있고 대중이 알아차리지 못하는 암시들로 가득한데, 이는 그의 책에 다른 많은 아름다움을 제외하고라도 비교할 수 없는 고귀함을 지니게 한다.

에 관한 작품세계는 고전주의의 유산을 거부하는 것처럼 보이지만 그는 끊임없이 파스칼, 몽테뉴, 디드로, 타키투스를 읽고 인용하고 분석한다.[13] 편중된 분석이기는 하지만 고전주의와 낭만주의의 구분을 다음과 같이 재해석할 수도 있겠다. 대중은(물론 지적인 대중을 말한다) 낭만주의자이고, 작가들은(낭만주의 대중이 선호하는 낭만주의 작가들조차) 고전주의자라는 것이다(이 같은 분석은 모든 예술에 접목시킬 수 있다. 대중은 뱅생 당디의 음악을 듣고, 뱅생 당디는 몽시니의 음악을 듣는다. 대중은 뷔야르와 모리스 드니[18]의 전시회를 찾고 이 화가들은 루브르 미술관에 가는 식이다).[14] 이

---

13 바로 이런 이유 때문에 종종 뛰어난 작가가 비평을 하면 주로 옛날 책들을 대상으로 하는 반면 동시대의 책은 거의 언급하지 않는다. 생트뵈브의 《월요회》와 아나톨 프랑스의 《문학인생(Vie littéraire)》이 그런 경우이다. 하지만 아나톨 프랑스가 동시대 작가들을 매우 통찰력 있게 판단한 반면, 생트뵈브는 그와 같은 시대의 모든 위대한 작가들을 알아보지 못했다. 개인적인 악감정으로 그의 판단이 흐려졌다는 사실 또한 부정할 수 없다. 그가 스탕달을 이야기할 때 소설가로서의 스탕달은 놀랄 정도로 헐뜯는 반면 보상이라도 하려는 듯, 혹은 그를 높이 평가할 만한 다른 것이 아무것도 없는 것처럼 개인으로서의 겸손함, 섬세한 매너 등을 칭찬하는 것이다! 동시대인에 관한 생트뵈브의 이와 같은 몰이해는 그가 주장한 통찰력이라든가 예지력과는 정반대다. 그는 《샤토브리앙과 그의 문학동호회》에서 다음과 같이 이야기한다. "라신과 보쉬에 등에 대해 모두들 할 말이 많다 …(중략)… 하지만 판단의 명민함과 비평의 통찰력은 대중이 아직 판단하지 않은 새로운 글에 관한 것일 때 잘 드러난다. 누구보다도 처음에 판단하고 짐작하고 앞서는 것, 바로 그것이 비평가의 재능이다. 그것을 가지고 있는 자는 얼마나 적은지."
14 상호적으로 고전주의 작가들은 '낭만주의 작가들'만큼 훌륭한 평론가들을 만날 수 없다. 오로지 낭만주의 작가들만이 고전주의 작품들을 제대로 읽을 줄 아는데, 그들이야말로 그 작품들이 쓰인 원래 그대로, 즉 낭만적으로 읽기 때문이며, 시인이나 산문작가의 작품을 제대로 읽기 위해서는 그 자신이 박학다식한 자가 아니라 시인이나 산문작가여야 하기 때문이다. 부알로의 아름다운 시들을 유명하게 만든 이는 수사학 전문가들이 아니라 빅토르 위고였다. "그의 아름다움으로 얼룩진 네 개의 손수건 안 / 그의 장

는 작가와 독창적인 예술가들이 대중에게 예술을 접근하기 쉽고 욕망을 불러일으키는 것으로 느끼게 해야 한다는 동시대의 생각에 바탕을 두고 있다. 자신과 다른 생각이 오히려 그들을 즐겁게 하기 때문이다. 독서는 그들을 끌어들이기 위해서 도전적인 것으로 보여야 하며 동시에 즐거움을 선사해야 한다. 책을 읽을 때 우리는 언제나 자신에게서 벗어나 여행하기를 원하는 법이다.

하지만 위대한 정신이 고전작품들을 선호한다는 경향[15]을 설명할 수 있는 다른 이유가 있는데 나는 개인적으로 이 이유를 더 좋아한다. 고전작품은 동시대 작품들과 달리 그것을 창조한 정신이 아름다움만을 불어넣은 것이 아니다. 고전작품들은 그보다 더 감동적인 다른 것을 간직하고 있는데 바로 그 작품을 구성하는 재질, 그것이 쓰인 언어이다. 그 재질은 삶을 비추는 거울인 것이다. 15세기에 지어진 병원의 형체를 그대로 간직하고 있는 본 같은 마을, 우물, 내벽을 두르고 색칠된 골격을 갖춘 둥근 지붕,

---

미와 백합을 세탁소 주인에게 보내라." 아나톨 프랑스도 다음과 같이 말했다. "태어나는 그의 작품들 속 무지와 오류/ 후작의 의복과 백작부인의 드레스를 입고."
〈라틴 르네상스〉 최신호(1905년 5월 15일자)는 내가 이 글을 교열하는 시점에 이와 같은 분석을 미술 분야에도 적용할 수 있음을 증명하고 있다. 로댕이야말로 그리스 조각의 진정한 평론가라는 점을 보여준다(모클레르 씨의 기사).
15 위대한 정신들조차 그들의 이러한 경향을 대개 우연인 것처럼 생각한다. 가장 아름다운 책들이 옛날 작가들에 의해 쓰였다는 사실이 단순한 우연이라고 믿는 것이다. 물론 그것이 이유일 수도 있다. 오늘날 우리가 읽는 고전들은 현대에 비해 매우 긴 과거의 시간들 중에서 선택된 것들이기 때문이다. 하지만 그토록 일반적인 경향을 이와 같이 단순한 우연에 의한 것으로 설명하기란 무언가 부족한 것이 사실이다.

납을 망치로 두드려 만든 가느다란 이삭들이 두르고 있는 빛들이 창이 뚫린 높은 합각머리 장식의 지붕이 있는 마을을 거닐 때 나는 작은 행복을 느끼는데(이 모든 것들은 한 시대가 사라지면서 잊어버리고 간 것처럼 여전히 그곳에 남아 있는 것들로, 오로지 그 시대에만 존재했던 것이라 할 수 있다. 그 뒤를 잇는 다른 시대에는 그와 같은 것들을 전혀 찾아볼 수 없기 때문이다) 마찬가지로 라신의 비극이나 생시몽의 책 속을 배회할 때 이와 비슷한 행복을 느낀다. 그 작가들의 책은 더 이상 존재하지 않는 어법이나 느끼는 방식을 간직하고 있는 잃어버린 언어의 아름다운 형태를 그대로 보존하고 있기 때문이다. 이렇듯 오래 지속되는 과거의 흔적 위로 흘러 지나는 시간만이 유일하게 그것의 색깔을 아름답게 할 수 있었으며, 현재의 그 무엇도 이러한 흔적에 비교할 수 있는 것은 없다.

라신의 비극, 생시몽의 회고록은 이제는 더 이상 만들어지지 않는 아름다운 것들과 닮았다. 위대한 예술가들이 자유롭게 조각한 언어는 그 작품들의 부드러움을 한층 더 빛내고 본연의 힘을 더욱 돋보이게 하여 과거의 석공들이 사용했으되 오늘날은 더 이상 사용하지 않는 어떤 대리석을 마주했을 때 느끼는 감동을 선사한다. 물론 그러한 오래된 건물의 돌 하나하나는 그것을 조각한 장인의 생각을 충실하게 간직하고 있지만, 오늘날에는 잘 알려져 있지 않은 종류의 그 돌은 장인 덕분에 우리에게까지 전달되고 그가 끌어올린 그 모든 색채를 띤 모습을 드러내며 조화를 이룰 수 있는 것이다. 라신의 시구에서 우리가 발견하기 좋

아하는 것은 바로 17세기 프랑스에서 사용된 살아 있는 통사규
칙 —그 안에 함께 담긴 지금은 사라진 관습과 생각의 탑—이
다.[16] 그토록 솔직하고 섬세한 정으로 벌거벗고, 존경받고, 가다

---

16 〈앙드로마크(Andromaque)〉의 운문에서 우리가 종종 발견하는 매력은 통사규칙
의 일반적인 관계가 의식적으로 무너진 데에 기인한다. "왜 그를 살해하는가? 그가 무엇
을 했기에? 어떤 명목으로?/ 누가 네게 그것을 말했지?"
위 운문에서 "어떤 명목으로?"는 그 바로 앞 질문인 "그가 무엇을 했기에?"에 이어지는
것이 아니라 "왜 그를 살해하는가?"에 이은 질문이다. "누가 네게 그것을 말했지?" 또한
"살해하는가?"와 이어지고 있다. (〈앙드로마크〉의 다른 구절인 "그가 나를 멸시한다고
누가 당신께 말하던가요?"를 상기하며 "누가 네게 그것을 말했지?"를 "그를 살해하도
록 누가 네게 말했지?"로 해석할 수 있는 것이다.) 이렇듯 오불고불한 표현들은 의미전
달을 어느 정도 혼돈시킬 수 있기에, 어느 유명한 여자 연극배우가 운율을 정확하게 따
르는 것보다는 의미를 명확하게 전달하는 것을 선택하여 아예 "왜 그를 살해하는가? 어
떤 명목으로? 그가 무엇을 했기에?"라고 순서를 바꾸어 읊는 것을 보았다. 라신의 가장
유명한 운문이 매력적인 이유는, 두 개의 부드러운 연안을 잇는 대담한 다리처럼 이렇듯
친숙한 언어를 대담하게 변형시키기 때문이다. "나는 너를 사랑했는데, 변덕스러운/ 내
가 무엇을 했어야만 한단 말인가, 충직한." 단순하고 아름다운 표현들끼리의 조우는 그
의미에 만테냐가 그린 인물들의 얼굴에서 볼 수 있는 부드러운 평온함, 아름다운 색깔을
부여한다. "미친 사랑에 승선한 나의 젊음은 …… 서로 어울릴 수 없는 세 개의 가슴을
한자리에 하자."
바로 이런 이유 때문에 고전작가들은 발췌한 부분만이 아니라 전체를 읽어야 하는 것이
다. 주로 작품에서 뛰어난 부분은 그것이 쓰인 언어의 은밀한 구조가 작품의 아름다움
에 가려져 있는데 이는 거의 범세계적인 공통점이다. 글루크 음악의 특수한 본질이 어느
뛰어난 곡조나 서창부의 박자에 드러나 있다고 보지는 않는다. 잠시 숨을 고를 때마다
그의 순수한 진지함과 개성은 의도하지 않은 어떤 음정을 내는데 그와 같은 순간에 나타
나는 조화는 그의 천재성의 목소리와도 같다. 베네치아의 산마르코 성당을 담은 사진들
을 본 사람이(여기서 내가 언급하는 것이 건물의 외관만이라고 해도) 둥근 돔이 있는 그
성당이 어떤 인상을 주는지 감히 어떻게 이야기할 수 있단 말인가. 미소 짓는 기둥들의
알록달록한 커튼을 손으로 만져볼 수 있을 정도로 가까이 가서 기둥머리에 높이 앉은 새
들이나 나뭇잎을 감싸고 있는 신비하고 진지한 그 힘을 느낄 때, 그 낮은 건물의 인상을
광장에서 직접 받았을 때, 꽃이 핀 버팀대와 축제 분위기의 장식, '박람회장' 같은 모습
등 그 어느 사진도 담을 수 없는 특별하지만 부수적인 이러한 특성들 앞에 섰을 때만이

듬어진 이 통사규칙 형태 자체가 친근한 언어의 탑에서 그 기발함과 대담함으로 우리를 감동시킨다. 우리는 그 언어로 된 탑의 가장 부드럽고 온유한 부분에서 부서진 형태의 아름다운 선들로 이루어진 거친 밑그림이 뒤에서부터 나타나 빠르게 스쳐지나가는 것을 볼 수 있다. 바로 이러한 과거의 삶에서 따온 지나간 형태를, 우리는 오래됐으나 본연의 형체를 간직한 도시처럼 라신의 작품 속에서 방문하게 되는 것이다. 더 이상 찾아볼 수 없는 형태의 건축물 앞에서 느끼는 것과 같은 감동을 바로 그러한 형태의 언어에서 느끼는 것으로 그러한 건축물들을 형성한 과거는 매우 진귀하고 뛰어난 형태 몇 가지만 남겼을 뿐이다. 가령 마을의 오래된 성벽이라던가, 탑과 망루들, 성당의 세례당, 혹은 햇볕을 쬐며 나비들이 날아다니고 꽃이 만개하여 침울한 샘물과 죽은 자들을 기리는 초롱을 잊고 있는 수도원 근처나 에트르의 납골당 아래에 있는 작은 묘지가 그렇다.

단지 문장 자체만이 과거의 영혼의 형태를 우리가 볼 수 있도록 그리는 것은 아니다. 문장들 사이에 ─ 이런 말을 할 때 나는 무엇보다 낭송되는 형태로 존재하던 매우 오래된 책을 염두에 두고 있는데 ─ 아무도 침범한 적이 없는 지하분묘와도 같이 수백 년이 된 침묵이 오늘날까지 존재하고 있는 것이다. 나는 루가복음서에서 각자 성가에 가까운 형태로 그 존재를 지속하기 전의

산마르코 성당의 진실되고 복잡한 개성을 진정으로 느낄 수 있는 것이다.

'두 개의 분기점'[17]을 마주한 신도가 큰 소리로 낭송하다가 다음 구절을 노래하기 위해 멈추고 침묵하는 것을 들었는데,[18] 마치 그 시편이 신도에게 성경의 더 오래된 다른 시편들을 떠올려주기라 도 한 것 같았다. 그 침묵은 그것을 포함하기 위해서 분열되었던 문장이 멈춘 곳을 채우고, 그 문장은 침묵의 형태를 여전히 간직 한다. 또한 내가 그것을 읽고 있는 동안 그 침묵은 열린 창문 틈으 로 들어온 미풍이 실어온, 십칠 세기가 넘도록 사라지지 않은 장 미꽃 향기로 모임이 소집되고는 하던 높은 홀 안을 채우고 있다.

《신곡》이나 셰익스피어를 읽으며 나는 내 앞 현재의 시간에 과 거의 시간이 어느 정도 끼어들고 있는 것 같은 인상을 수없이 받 지 않았던가. 이는 마치 두 개의 기둥, 하나는 성인 마르코의 사자 가, 또 다른 하나는 악어를 밟은 성인 테오도르가 그리스식 기둥 머리로 장식된 회색과 분홍색 화강암의 두 기둥이 있는 베네치 아의 산마르코 광장에서 받았던 꿈과도 같은 인상이다. 바다를 건너 동양에서 온 아름다운 이 두 여인은 바다 저 먼 곳을 바라보

---

17 "마리아는 다음과 같이 말한다. '나의 영혼은 그리스도를 섬기고 나의 구세주인 신 안에서 기뻐합니다.'" "그녀의 아버지인 스가랴는 성령으로 가득하여 다음과 같이 예 언한다. '주 예수를 복되게 하시고, 구원한 이스라엘의 신을 복되게 하시고…'" "그는 그 녀를 품에 안고 신께 감사드리며 말한다. '주 예수여, 이제 당신의 종을 평온하게 하십니 다.'" (루가 1장 67~68절, 2장 28~29절)
18 솔직히 루가복음서에 있는 이와 같은 시편을 낭송자가 낭송했음을 증명할 수 있는 자료가 내게는 아무것도 없는 것이 사실이다. 하지만 르낭의 다양한 부분들, 특히 성 바 오로에 관한 부분들, 257쪽과 그 다음, 사도 99~100쪽, 마르쿠스 아우렐리우스 502쪽 등을 고려하면 그와 같이 결론짓는 것이 무리가 없다고 여겨진다.

고 있고 파도는 그녀들의 발치에 와서 부서지는데 그녀들은 자기네 나라 말이 아닌 다른 언어로 이루어지는 대화를 이해하지 못한 채 방심한 듯한 미소를 지으며 공공의 광장에 서서 우리의 현재 한가운데에 그녀들의 12세기의 날들을 끼워 넣고 있는 것이다. 그렇다, 공공의 광장 한가운데서, 그토록 오랜 시간 숨어 있던 12세기가 분홍 화강암의 가벼운 이중 비상으로 조금이나마 몸을 곧추세우고 있는 것이다. 주변 모든 것, 현재의 날들, 우리가 살아가는 날들은 기둥 주변을 윙윙 소리 내며 돌고 있지만, 그 날들은 과거 앞에서는 밀쳐낸 벌들처럼 도망간다. 왜냐하면 이렇듯 과거의 키 크고 날씬한 소유지들은 현재의 것이 아니라 현재의 입장이 금지된 다른 시간의 것이기 때문이다. 커다란 기둥머리를 향해 솟은 두 분홍 기둥 주변으로 현재의 날들이 윙윙거리며 몰려든다. 하지만 그들은 그러한 날들 앞을 가로막은 채 그것을 밀어내고 그 가느다란 몸으로 '과거'에게 무엇도 범할 수 없는 자리를 내주는 것이다. 현재 한가운데서 친근하게 솟아오른 '과거'는 약간 비현실적인 색깔을 띠고 있다. 그 비현실적인 것들은 몇 걸음 떨어진 거리에서 일종의 환각을 보게 만드는데 사실 그것은 수 세기 전의 것이다. '과거'는 그 모습을 완전히 드러낸 채 영혼에게 짓궂게 말을 걸어 마치 묻혀버린 과거에서 죽었던 자가 살아나서 마주할 때처럼 영혼을 깜짝 놀라게 한다. 그럼에도 과거는 그곳에, 우리들 사이에, 가까이, 스치며, 만져지며, 고정된 채 태양 아래에 그렇게 있다.

러스킨에 의한 아미앵의 노트르담

존 러스킨《아미앵의 성서》역자 서문 중에서

나는 이 글[1]을 통해서 독자에게, 러스킨을 기리는 여행의 순례자처럼 아미앵에서 하루를 보내고 싶은 마음을 일으키고자 한다. 러스킨이 책 한 권 전체를 아미앵에 대해서 썼기 때문에, 여행자에게 피렌체나 베네치아부터 방문하라고 권할 필요는 없었다.[2]

---

1   서문의 이 부분은 〈메르퀴르 드 프랑스(Mercure de France)〉에서 기사 형태로 출간되었을 때 레옹 도데에게 헌정되었다. 나는 이번을 기회삼아 다시 한 번 그에게 깊은 감사의 마음과 존경 어린 우정을 표현하게 되어 기쁘게 생각한다.

2   콜링우드(Collingwood)에 의하면 러스킨은 다음과 같은 상황에서 그 책을 썼다고 한다. "러스킨은 1877년 봄 이후 외국을 여행하지 못했는데, 1880년 8월 다시금 여행할 수 있는 상태를 회복하자 프랑스 북부에 위치한 성당들을 방문했다. 그곳에서 아브빌, 아미앵, 보베, 샤르트르, 루앙 등 오래전부터 알고 있던 지역들을 찾은 후, A. 세번(Severn)과 브라밴슨(Brabanson)과 함께 아미앵에 돌아와 10월 대부분을 그곳에서 보냈다. 그는 《아미앵의 성서》라는 새로운 책을 썼는데 이는 《건축의 일곱 등불(Seven Lamps of Architecture)》에 삽입하기 위한 것이었고, 이는 마치 《산마르코의 유적(Saint-Mark's Rest)》이 《베네치아의 돌(Stones of Venice)》에서 차지하는 바와 같은 것이었다.

또한 나는 '영웅 예찬'은 영혼을 담아, 그리고 진리를 담아 행해져야 한다고 믿고 있다. 우리는 위인들이 태어난 곳이나 묻힌 곳을 방문하는 것을 좋아한다. 하지만 러스킨이 가장 감탄했던 장소들은 그가 직접 방문했던 곳으로, 우리는 그의 책들 속에서 그런 장소들이 갖는 아름다움을 좋아한다.

우리는 러스킨을 구성하는 것들 중 진정한 것이 아닌 것들만 남아 있는 그의 묘를 일종의 물신숭배주의로 찾아가는데, 이는 환상에 지나지 않는다. 반면 우리는 아미앵의 돌들, 러스킨이 찾

그는 체스터필드에서 외국인들을 위해 강연하기에는 건강이 충분히 좋다고 느끼지 못했으나, 1880년 11월 6일 이튼을 방문하여 옛 친구들을 만나고 아미앵에 관한 강연을 했다. 그는 강연을 위해 준비한 노트를 잃어버렸지만 강연은 그래도 매우 뛰어났고 흥미로웠다. 강연내용은 그의 새로운 저서인《아미앵의 성서》제1장이었고, 이 책은《선조들은 우리에게 말하였다(Our Fathers have told us)》연작을 구성하는 첫 번째 권이었던 것이다 …(중략)… 이 책에 드러난 강한 종교적 어조는 그에게 있어 일종의 변화, 혹은 얼마 전부터 강해지기 시작했던 하나의 경향이 발전한 증거라고 할 수 있다. 그는 의심하던 단계를 지나 진지한 종교의 힘과 유익한 영향을 인정하기에 이르렀다. 그는 신앙에 대해 어떤 확신을 가지게 되었는데 그렇다고 해서 그가 편협한 믿음과 모순적인 종교 실천을 비난했던 과거의 말들을 반박하거나, 미래에 대해 어떤 확정한 형태의 교리를 구체화하거나, 특정 교단을 채택한 것은 아니었다. 그것은 신에 대한 두려움과 성령의 출현이 문명의 바탕을 이루는 것이자 발전을 위한 안내자 역할을 한다는 사실을 역사를 공부하는 데 있어 간과하지 않겠다는 믿음이다." (콜링우드,《존 러스킨의 생애와 작품(The Life and Work of John Ruskin)》, II, p. 206과 이후) 콜링우드는《아미앵의 성서》의 부제인 '대부/대모를 선 소년과 소녀를 위한 기독교역사 개요(Sketches of the history of Christendom for boys and girls who have been held at its fonts)'도 언급하는데, 이는 러스킨의 다른 부제들과 상당히 닮았다. 가령《피렌체의 아침(Mornings in Florence)》의 부제는 '영국 여행자들을 위한 간단한 기독교예술 공부(Being simple studies of christian art for english travellers)'이며,《산마르코의 유적》의 부제는 '여전히 건물들에 대해 염려하는 소수 여행자들을 위한 베네치아의 역사(The History of Venice Written for the Help of the Few Travellers Who Still Care for Her Monuments)'이다.

아가 그 앞에 무릎 꿇고, 여전히 간직하고 있는 생각을 물어보았
을 그 돌들을 찾아가지는 않는다. 아미앵의 돌들은, 시인의 심장
을 제외한 육신 ─그 심장은 또 다른 시인이 숭고하고 감동적인
행위로 불길에서 빼내온 것이다[3] ─ 이 전부 화장된 재를 간직하
고 있는 한 영국 시인의 묘를 구성하는 돌들과 마찬가지가 아니
던가.

러스킨에 대한 속물주의는 그 정도가 절정에 이르지는 않아
서, 결과적으로 우스운 상황에 이르지는 않았지만(적어도 프랑스
인들의 경우에는) 아직 사람들이 그를 기리는 미적 산책을 즐기게
되지도 않았다. 당신이 바그너의 오페라를 들으러 베이루트에 가
거나, 전시회를 보러 암스테르담에 간다고 하면 사람들은 당신을
부러워할 것이다. 하지만 당신이 폭풍우를 보러 푸앙트 뒤 라즈

---

3 셸리(Shelley)의 시신을 화장하려던 당시 헌트(Hunt)는 바이런 경(Lord Byron)이
보는 앞에서 셸리의 심장을 빼내었다고 한다. 앙드레 르베(André Lebey, 그는 셸리의 죽
음에 관한 소네트를 쓴 적이 있다)는 이것에 관해 내게 흥미로운 부분을 수정해주었다.
용광로에서 셸리의 심장을 꺼낸 것은 헌트가 아니라 트릴로니(Trelawney)라는 것인데
그는 손에 큰 화상까지 입었다고 한다. 여기 르베 씨의 흥미로운 편지를 공개하지 못해
서 아쉬울 따름이다. 르베 씨는 편지에 트릴로니의 자서전 중 다음 부분을 인용하고 있
다. "바이런은 내게 셸리의 두개골을 간직해달라고 부탁했으나, 예전에 그가 소장한 두
개골을 술잔으로 사용하던 것이 기억나서 셸리의 것이 그와 같은 불행한 운명을 맞게 되
기를 원치 않았다." 전날 셸리의 육신을 확인하는 과정에서 바이런은 트릴로니에게 말
했다. "턱뼈를 좀 보여주게나. 나와 대화했던 사람의 치아를 알아볼 수 있을 테니." 하지
만 트릴로니가 전하는 이야기를 염두에 둔다면, 그리고 차일드 해럴드(Childe Harold)
가 코르시카 출신 사람 앞에서 일부러 심술궂게 행동한 것을 고려하면 트릴로니가 다음
과 같이 이야기를 맺는 것이 이해가 간다. "바이런은 그 광경을 더 이상 눈뜨고 볼 수가
없어서 수영해서 볼리바로 돌아갔다."

에 가거나, 꽃핀 사과나무를 보러 노르망디에 가거나, 러스킨이 좋아한 조각상을 보기 위해 아미앵에 간다고 하면 사람들은 웃음 지을 것이다. 그럼에도 나는 당신이 내 글을 읽고 아미앵에 가기를 바라는 마음이다.

타인의 구미에 맞추어 일할 때 우리는 성공하지 못할 수 있지만, 자신을 만족시키기 위해서 일할 때 그 결과는 반드시 누군가의 공감을 끌어내기 마련이다. 내가 그렇게나 좋아한 무엇이 아무에게도 같은 느낌을 주지 못한다는 것은 현실적으로 불가능한 법이다. 우리가 생각하는 만큼 이 세상 사람들은 그렇게 독특하지 않고, 천만다행으로 삶에서 그토록 큰 기쁨을 주는 호감과 이해심으로 우리의 개인성은 보편적인 틀 속에 짜여 있다. 우리가 영혼을 물질인 것처럼 분석할 수 있다면, 사물의 다양한 표면처럼 영혼의 다양한 표면 아래에는 단순한 물질과 요소들이 자리하고 있고, 우리의 개성이라고 믿는 것을 구성하는 물질들이 상당히 공통적으로 우주 도처에서 발견된다는 사실을 알 수 있을 것이다.

작가들은 그들이 좋아한 장소들에 대해 작품 속에 종종 매우 불명확하게 이야기하기 때문에, 독자가 그것들을 기념하기 위해 떠나는 순례여행은 마치 환상을 쫓아 떠난 것처럼 불확실하고 주저함으로 가득하다. 마치 어떤 십자가도 표시되어 있지 않은 묘지를 찾아다니는 에드몽 드 공쿠르(Edmond de Goncourt)의 인물처럼, 우리는 그저 막연한 기대감을 안고 기도하게 된다. 특히 러스킨의 아미앵에 관해서라면 이런 실망을 하게 되지는 않을지 걱정하지 않아도 된다. 성당에서 그를 만나지도 못한 채 오후 한나절을 아미앵에서 버리게 되지는 않을까 걱정하지 않아도 된다. 그는 역에 당신을 마중 나올 것이다. 그는 당신이 성당의 아름다움을 어떻게 하면 더 쉽게 느낄 수 있을지 미리 알아놓았을 뿐만 아니라, 당신이 몇 시 기차를 타고 돌아갈지에 따라 성당에서 얼마만큼 시간을 보낼 수 있는지도 계산해놓았다. 그는 당신에게 노트르담 성당으로 향하는 길을 안내할 뿐만 아니라, 당신의 시간적 여유에 따라 이 길이 더 좋은지, 저 길이 더 좋은지도 말해준다. 또한 러스킨은 몸이 만족스러운 상태일 때 정신 또한 더욱 여유 있게 활동한다는 것을 알고, 어쩌면 그가 특정한 성인 조각상들을 유난히 좋아하는 것에서 드러나듯 자신이 '솔직한' 기쁨도 멸시하지 않는다는 것을 보여주기 위해[4] 당신을 성당으로 안내하기 전에 먼저 제과점으로 안내할 것이다. 당신이 아미앵에 어떤 미학적인 생각을 안고 도착한다면, 당신은 이미 환영받는 것이다. 왜냐하면 다른 사람들은 당신처럼 하지 않기 때문이다.

지금처럼 복 받은 시대에 지적인 영국 여행자라면 불로뉴와 파리 사이에 중요한 기차역이 있다는 사실을 알고 있다. 그 역에

---

4 《아미앵의 성서》 제1권에 표현된 성 마르탱의 놀라운 초상을 보라. "그는 기꺼이 우정의 술잔을 받아들인다. 그는 솔직한 음료의 성인이다. 성 마르탱의 재미난 거위 한 마리는 좋은 냄새를 풍기고, 그에게 막바지 여름의 햇살은 성스럽다."

도착하면서 기차는 다른 프랑스 기차역에 도착할 때 평균적으로 내는 것보다 훨씬 큰 소음과 진동을 내면서 졸고 있거나 다른 생각을 하고 있는 여행자의 주의를 끈다. 그 여행자라면 이번 역에는 상당히 좋은 식당이 있으며 기차가 십 분이나 멈추는 특권을 누린다는 사실도 기억할 것이다. 그럼에도 그는 기차가 역에 멈추는 그 십 분보다 더 짧은 시간이면 한때 프랑스의 베네치아라고 불렸던 마을의 큰 광장에 걸어서 도착할 수 있다는 사실은 모르고 있다. 베네치아의 석호로 이루어진 섬들을 굳이 언급하지 않더라도, 프랑스의 '물의 여왕'은 거의 베네치아만큼 컸다고 한다.[5]

하지만 당신에게 이런 이야기를 하는 것조차 아미앵을 그저 지나치는 한 여행자에 대해 쓸데없이 이야기하는 것에 불과하다. 당신의 시간은 우리가 잘 활용하도록 도울 가치가 충분한 것인데 말이다.

그렇다면 당신을 아미앵의 노트르담 성당으로 안내할 텐데, 과연 어느 길이 좋을 것인가?

처음으로 성당을 방문할 경우 어떤 길을 선택해야 할지 결정하는 것은 내게 언제나 어려운 일이다. 당신에게 시간이 정말 많고

---

5 《아미앵의 성서》, 1장 1~2절.

날씨 또한 좋다면[6] 이상적인 길은 구시가지의 대로를 따라 걸어 내려와서 강을 건넌 후, 성채가 솟아 있는 석회암 언덕을 향해 완전히 밖으로 나가는 길이다. 그곳에서 당신은 탑이 실제로 얼마나 높은지를 가늠할 수 있게 되고, 돌아올 때는 아무 지름길이나 선택해서 걷다가 다리를 건너면 된다. 길이 구불구불하고 험난할수록 좋다. 성당의 서쪽 정면[7]에 도착하건, 후진에 도착하건, 당신이 그곳에 도착하기 위해 한 고생이 값어치가 있다고 느낄 것이다.

하지만 만약 날이 흐리다면, 물론 프랑스에서도 가끔 이런 날

6 이 경우 당신은 어쩌면 나처럼(비록 러스킨이 말해준 그 길을 발견하지 못한다고 하더라도) 성당을 볼 수 있을 것이다. 멀리서 보면 그저 돌이 쌓인 것처럼 보일 뿐인데, 태양이 안쪽을 통과하면서 채색되지 않은 스테인드글라스가 갑자기 증발하는 것처럼 보이고, 비물질적인 초록빛, 황금빛과 불꽃이 돌기둥 사이에서 하늘을 향해 출현한다. 또한 당신은 도살장 근처에서 〈만령절의 아미앵(Amiens, le jour des Trépassés)〉이라는 제목의 판화가 그려진 장소를 발견할 수 있을 것이다.

7 아미앵 성당과 러스킨이 쓴 책의 아름다움을 느끼기 위해서는 그 어떤 건축학적인 개념을 알고 있을 필요가 없다. 나의 글 자체만으로도 독자가 이해하는 데 방해되지 않도록 기술적인 용어는 모든 사람들이 알고 있는 매우 전반적인 것들만 사용했으며, 그것도 사용이 불가피한 경우만으로 최소화했다. "내가 아무것도 모른다고 생각하시오."라고 말하는 지나치게 겸손한 독자들을 위해 주르댕(Jourdain)이 했듯이, 나도 순전히 반복하는 의미에서 다음과 같은 것을 짚고 넘어간다. 성당에서 가장 중요한 측면은 언제나 서쪽 정면(façade)이다. 서쪽 정문의 포치(porche)는 일반적으로 세 부분, 즉 하나의 주된 포치와 두 개의 보조 포치로 구성된다. 서쪽 정면의 반대편, 즉 동쪽 정면에는 포치가 없으며 후진(abside)이라고 불린다. 남쪽 포치와 북쪽 포치는 남쪽 정면과 북쪽 정면을 구성하는 포치들이다. 십자가 형태의 성당에서 양쪽 날개를 구성하는 부분은 가로회랑(transept)이라고 불린다. 비올레-르-뒥(Viollet-le-Duc)에 의하면 정문 횡목을 떠받치는 기둥(trumeau)은 중심 문을 두 개의 부분으로 나누는 기둥이다. 또한 비올레-르-뒥은 네 개의 원형 잎으로 구성된 건축 구조물을 '네잎(quatre feuilles)'이라고 부른다.

씨가 있기도 한데, 혹은 만약 당신이 걸을 수도 없고, 걷고 싶지도 않다면, 이는 이미 우리가 테니스 등 충분히 활동적인 운동을 하기 때문인데, 혹은 정말로 당신이 오후에 파리로 돌아가야 해서 한두 시간 내에 모두 볼 수 있는 것들만 보기를 원한다면, 이런 모든 것을 가정한다 해도 당신은 여전히 꽤나 괜찮은 여행자이고, 그런 당신을 위해 어떤 길을 선택하여 성당에 도착하고 그것을 어떻게 감상해야 하는지 안내할 가치가 충분히 있다고 생각된다. 이 경우에 가장 현명한 선택은 '세 개의 조약돌 길'을 걸어 올라가는 것이다. 기운을 북돋기 위해 중간에 잠시 멈추어 왼편에 있는 제과점 중 한 곳에 들러 파이와 사탕을 구입하기 바란다. 가게들을 지나면 극장이 어디 있는지 물어보라. 그리고 당신은 모든 이들의 마음에 들 요소를 갖춘 남쪽 회랑에 바로 도달할 수 있다. 사람들은 남쪽 회랑의 채광창 지붕 위에서 하늘을 향해 뾰족하게 솟은 첨탑을 좋아하지 않을 수 없다. 그것은 한쪽으로 기우뚱 기울어져 있는데 실제로 그런 것은 아니지만 마치 서풍에 의해서인 것만 같다. 그 첨탑은 지난 삼백 년 동안 우아함과 순종이 빚어낸 점진적인 습관에 의해 그렇게 휘어진 것이다. 마침내 포치 앞에 도착한 우리는 중간에 위치한 귀엽고 앙증맞은 프랑스인 성모 마리아상을 보고 좋아할 수밖에 없다. 고개가 한쪽으로 기울어져 있고 후광 또한 멋들어지게 쓴 모자처럼 한쪽으로 쏠려 있다. 시중드는 하녀의 것과도 같은 해맑은 미소 때문에, 아니 어쩌면 그 미소 덕분에 그녀는 거의 쾌락적인 성모 마리아 같다. 더구나 그 포치는 그녀의 것이 아니라 성 오노레의 것인데 그녀가 거기 있을 이유는 없는 것이다. 성 오노레는 원래 그곳에 무뚝뚝하고 우중충한 모습으로 당신을 맞이하기 위해 서 있곤 했다. 그런 그가 아무도 드나들지 않는 북쪽 포치로 유배된 것이다. 지금으로부터 한참 전, 14세기에 처음으로 기독교가 너무 진지하다고 생각되어서 프랑스에서는 신앙에 한층 즐거운 색채를 가미하기 시작했고, 총명한 눈을 한 상냥하게 미소 짓는 성모 마리아상을 여기저기 세우게 된 반면, 어두운 눈빛을 한 잔 다르크는 마녀로 몰아 화형에 처했다. 그 이후 종교의 앞날은 한층 더 밝아져서 "괜찮아, 다 잘될 거야."라는 분위기 속에서 혁명의 단두대가 도래한 더욱 즐거운 날들로 이어졌다. 그런데 14세기에는 여전히 장인들이 조각을 제대로 할 줄 알았고, 성모 마리아와 그녀의 꽃핀 산사나무 상인방(linteau), 그리고 그 위에 있는 마찬가지로 섬세하고 한층 더 고요한 조각상들은 당신의 시선을 끌어당길 가치가 충분하다. 그 조각상들은 성 오노레의 삶을 이야기하고 있는데, 오늘날 그의 이름을 딴 파리 근교지역에서조차 그에 대해서 거의 이야기하고 있지 않다.

하지만 당신은 성당에 들어가고 싶어 인내심에 한계를 느끼고 있을 것이다. 입구에서 구걸하고 있는 거지들에게 우선 동전 한 닢씩을 주기 바란다. 그들이 거기 있는 것이 합당한 일인지, 당신의 동전을 받을 자격이 있는지 판단하는 것은 당신의 일이 아니다. 단지 그들에게 줄 동전을 당신이 가지고 있는 것이 타당한 일인지를 생각해보기 바란다. 그들에게 줄 때에는 해치워버리기 위해서가 아니라, 상냥함을 담아 건네기를 바란다.[8]

내가 처음 아미앵에 갔을 때 선택한 길은 더 간단한 이 두 번째 길이다. 독자들 대부분이 나와 같은 선택을 하지 않을까 싶다. 러스킨이 말한 바로 그 장소에 남쪽 정면현관(portail)이 내 앞에 나타났을 때 나는 바로 그 거지들을 보았는데, 어찌나 나이가 많아 보이는지 러스킨의 책에 나온 거지들과 같은 사람들이 아닌지 생각할 정도였다. 이토록이나 빨리 러스킨의 지시를 따를 수 있게 된 사실에 마냥 기뻐서 나는 그들에게 동전을 건넸고, 그 행위를 통해 앞서 비난한 바 있는 물신숭배주의를 행할 수밖에 없었지만, 러스킨을 향한 숭고한 경애심으로 그와 같이 행동한다는 감상에 빠졌다. 나의 자비심과 연관되어, 자선을 배푸는 나의 행위를 통해서 나는 러스킨이 내 손길을 안내하고 있다는 느낌을 받았다. 나는 《감정교육(L'Éducation sentimentale)》의 프레데릭 모로가 배를 타고 아르누 부인이 보는 앞에서 하프 연주자의 모자 속에 주먹 쥔 손을 내밀어 "수줍게 펼치며" 루이 금화 한 닢을 넣어 줄 때의 심정을 이해할 수 있었다. 플로베르는 "그가 자선을 배푸는 행위를 한 것은 허영심에서가 아니고 거의 종교적인 심정으로

8 《아미앵의 성서》, 4장 6~8절.

은총을 베푸는 심정" 때문이라고 서술한다.

　전체를 보기에는 정면현관에 지나치게 가까이 있어서 나는 뒤로 몇 걸음 물러났고, 적당한 거리에 있다고 느낀 곳에 이르러서야 바라보았다. 날씨는 환상적이었고, 내가 도착한 시간은 해가 성모상을 비추는 바로 그 순간이었는데, 그녀는 과거에도 언제나 금빛을 띠고 있었지만 그때는 오직 하루에 한 차례 햇살을 받아 광채가 달라지고, 일시적이며 한층 더 부드러운 금빛을 띠게 되는 바로 그 순간이었다. 사실 이곳에 해가 방문하지 않는 성인은 없으나, 해는 비출 때마다 이 성인의 어깨에는 따뜻한 외투를 걸쳐주고 저 성인의 이마에는 환한 후광을 만들어준다. 해는 이 거대한 성당을 반드시 하루에 한 바퀴 돌고 나서야 일과를 마친다.

　내가 도착한 순간은 해가 일시적으로 성모 마리아를 방문하여 애무하던 바로 그 순간으로, 빛을 머금은 마리아상은 러스킨이 묘사했던 바로 그 수백 년 된 미소를 짓고 있었다. 러스킨은 그 미소를 하녀의 미소라고 표현하였고, 따라서 아미앵의 성모상보다는 샤르트르 성당에 있는 왕들의 포치에 위치한 여왕 조각상들이 더 순진하고 진지한 예술의 표현이라는 이유로 그것들을 선호한다고 밝혔다. 이 부분에 있어서는 내가 주석[01]에서 언급한《두 개의 길(The Two Paths)》의 발췌문을 참조하기 바란다. 그 발췌문은 러스킨이 아미앵의 금빛 성모상을 샤르트르 성당의 여왕상들과 비교하는 부분이다. 내가 이렇게 언급하는 이유는《두 개의 길》은 1858년에 저술되었고《아미앵의 성서》는 1885년에 저술되었기 때문인데, 이 두 글을 비교하는 것은《아미앵의 성서》가 오로지 연구했다는 사실을 말하기 위해 쓴 책들에 비교해서 얼마나 차별되는지를 알게 하기 위해서이다. 《아미앵의 성서》는 나중에 책으로 발전시킬 수도 있을 것이라는 사심 없이 순수한 호기심으로 그저 좋아서 오랫동안 연구한 것들이 쌓여 빛을 보게 된 책인 것이다. 나는 당신이 이렇게《아미앵의 성서》의 책장을 넘기면, 거기 담긴 것들은 러스킨이 항상 해왔던 생각들이며 그의 가장 깊숙한 생각을 당신이 읽고 있다는 것을 알게 되어 그 책을 더 좋아하게 될 것이라고 믿었다. 러스킨이 당신에게 주는 선물은 이를 좋아하는 이들에게는 가장 소중한 것이 되며, 이것은 누군가에게 줄 의도 없이 자신이 오랫동안 가지고 사용하던 것이다. 책을 쓰면서 러스킨은 당신을 위해 일했다기보다는 단지 그의 기억을 담았고 그의 마음을 연 것이다. 나는 금빛 성모상이 당신의 눈에 중요성을 띠기를 원했다. 성모상은《아미앵의 성서》를 집필하기 삼십 년 전에 이미 러스킨의 기억 속에 있었으며, 그가 청중에게 어떤 예를 들어야 할 때 우아함과 진지한 생각들로 가득한 그녀를 기억 속 정확히 어디서 찾으면 발견할 수 있는지를 알고 있었다고 나는 생각한다. 그때에도 이미 아미앵의 성모상은 러스킨의 섬세한 눈에 즐거움을 주었을 뿐만 아니라, 그보다 더 생생한 즐거움을 그는 알지 못했다. 자연은 성모상에게 미학적 감각을 부여함과 동시에 러스킨으로 하여금 지상에서 진정한 것과 신적인 것을 그 안에서 발견하도록 안내한 것이다.

마치 귀스타브 모로의 유명한 그림에서 신비한 새 한 마리가 죽음이 찾아오기 전에 먼저 집을 떠나 날아가는 것처럼[02], 사람들은 러스킨 삶의 말기에 사고능력이 그를 떠나갔다고 말한다. 사고가 개입하지 못하는 러스킨의 혼란스러운 꿈결을 스쳐 지나가는 익숙한 형태의 것들 중에는 아마도 금빛 성모상이 있었을 것이 분명하다. 아미앵의 조각가가 표현한 것처럼 다시 어머니가 된 성모상은 아기 예수를 팔에 안고 있다. 아이들은 자신을 오랫동안 키워준 유모만을 자신의 머리맡에 있도록 허락하는 법인데 그녀는 그런 유모와도 같다. 익숙한 가구들과 닿았을 때, 친근한 음식을 먹을 때 노인들은 인식하지 못한 채 그들의 마지막 즐거움을 느끼는 법인데, 이는 그들에게 그런 것들을 금지하면 그들이 공포스러운 괴로움을 느끼는 것을 통해 알 수 있다. 그런 상태의 러스킨은 금빛 성모상의 모형을 통해 은밀한 즐거움을 느꼈을 것이 분명하다. 성모상은 의식하지 못하는 삶과 습관을 만족시키기 위해 그의 고귀한 생각과 취향에서 내면 깊은 곳으로 끌려 내려온 것이다.

그녀의 그토록 특별한 미소는 성모상을 하나의 개인으로 느끼게 할 뿐만 아니라 하나의 개별적인 예술작품으로 승화시킨다. 고개를 숙이고 있는 성모상은 정문 입구를 마치 자신을 보기 위해 방문하는 미술관으로 탈바꿈시키는 듯한데, 이는 외국 관광객들이 〈모나리자〉를 보기 위해 루브르 미술관을 찾는 것과 같은 이치이다. 우리가 지적한 것처럼 성당이 중세의 예술작품을 소장하고 있는 미술관이라고 한다면 한편으로는 살아 있는 미술관이라고도 할 수 있는데, 이에 대해 앙드레 알레[03] 또한 이의를 제기하지 않을 것이다. 성당이 예술작품을 안치하기 위해 만들어졌다고 할 수는 없지만, 그토록 개인적인 예술작품들이 성당을 위해 만들어진 것이고, 그것들을 성당이 아닌 다른 곳에 안치하는 것 자체가 일종의 신성모독(이때 내가 말하는 신성모독은 예술적인 차원에서만이다)인 셈이다. 그토록 특별한 미소, 천상의 안주인과도 같은 미소를 띤 금빛 성모상을 나는 얼마나 좋아하는지. 산사나무 꽃으로 장식한 그토록 우아하고 단순한 옷차림새로 성당의 입구에서 우리를 환영하는 그녀를 나는 얼마나 좋아하는지. 다른 포치에 있는 장미, 백합, 무화과나무처럼 이 산사나무 또한 만개한 상태로 조각되었다. 하지만 오랜 기간 연장된 이 중세의 봄 또한 영원하지는 않을 것이며, 수 세기에 걸친 바람은 향기가 없는 장중한 성체 축일마냥 성당 입구에 있는 돌로 된 장미꽃을 벌써 몇 잎 지게 만들었다. 언젠가 분명히 금빛 성모상의 미소는(벌써 우리가 믿었던 것보다 오래 지속되었는데[9]) 그것이 우리의 신앙심 깊은 선조에게 용기를 주었듯이 우리의 후손에게 아름다움을 전달하기를 멈출 것이다. 내가 그것을 예술작품으로 표현한 일은 잘못된 것 같다. 한 특정 토양에, 특정 마을에

---

9 폴 데자르댕(Paul Desjardins)은 "심장보다 더욱 오랫동안 남아 있는" 돌들에 대해 훨씬 멋있게 표현한 바 있다.

오랫동안 존재해온 조각상은, 다시 말해 사람처럼 이름을 가지고 있되 그와 똑같은 것을 지구상 어디에서도 찾아볼 수 없는 그런 조각상은―차장들은 그것이 위치한 마을에 기차가 멈출 때 그곳 이름을 외치는데, 그들은 인식하지 못하지만 마치 우리에게 "두 번 다시 볼 수 없는 것을 사랑하시오."04라고 외치는 것 같다―진정한 예술작품보다 무언가 덜 보편성을 띤 것이 사실이다. 그런 조각상은 예술작품보다 우리를 더욱 강하게 끌어당기는데, 사람이나 마을이 우리를 끌어당기는 것과 같은 이치이다. 모나리자는 다빈치의 모나리자일 뿐이다. 앙드레 알레의 기분을 상하게 하고 싶지는 않지만, 모나리자의 출생지가 어디이며 그녀가 설령 프랑스로 귀화했다 한들 그런 사실이 우리에게 무슨 중요성을 가지는가 말이다. 그녀는 일종의 '조국을 떠난' 아름다운 여인에 불과하다. 생각으로 가득한 시선들이 얼마나 많이 그녀를 바라볼지라도 그녀는 여전히 '뿌리 뽑힌' 여인인 것이다. 하지만 미소 짓고 있는 그녀의 자매인 금빛 성모상(그녀가 모나리자보다 얼마나 덜 뛰어난지는 굳이 말하지 않겠다)에 관해서는 그와 같이 말할 수 없다. 분명 아미앵 근처의 채석장에서부터 나왔을 그녀는 그곳에서부터 성 오노레의 포치에 오기 위해서 젊은 시절 단 한 번의 여행만을 했을 것이다. 그 이후 같은 자리를 죽 지켜온 그녀는 '북쪽 베네치아'의 습한 바람, 그녀 위에 있는 첨탑을 휘게 만든 진범인 바로 그 바람에 그을린 채 수 세기 동안 마을의 주민들을 굽어본 것이다. 그 마을에서 가장 오래 살았고 가장 이동하지 않은 그녀는[10] 진정한 아미앵 주민이다. 그녀는 시골의 우수에 젖은 광장에 남아 있는 아름다운 친구로, 아무도 그녀를 거기서 떠나게 하는 데 성공하지 못했다. 그곳에서 그녀는 우리 말고도 다른 사람들이 볼 수 있도록 자신의 손바닥에 작은 참새들이 잠시 머물 수 있게 하거나 수 세기 동안 그녀를 젊어보이게 한 오래 된 산사나무 꽃술 장식을 참새들이 쪼아댈 수 있도록 허락하는 데, 그녀는 참새들이 멋진 장식처럼 보인다는 것을 본능적으로 느끼는 듯하다. 내 방에서 모나리자의 사진은 단지 한 걸작의 아름다움만을 간직하고 있다. 그녀 옆에서 금빛 성모상은 추억과도 같은 애수를 간직하고 있다. 하지만 빛나면서도 색이 바랜 나이든 회색 정면현관에 태양이 수많은 빛과 그림자의 대열로 각각의 돌주름 사이를 은빛으로 칠할 때까지 더 이상 지체하지는 말자. 우리는 러스킨을 너무 오래 기다리게 했다. 그는 성모상의 발치에서 우리가 그녀에게 원하는 만큼 경의를 표할 때까지 인내하며 기다리고 있었다. 이제 그와 함께 성당으로 들어가보자.

큰 성당들은 서쪽 포치로 들어갈 때 거의 비슷한 인상을 주는데 아미앵 성당은 남쪽 문으로 들어갈 때에 가장 뛰어난 인상을

---

10 또한 그녀는 사람들의 시선을 많이 받아왔다. 지금 이 순간에도 나는 사람들이 밀물 때문에 높아진 솜 마을로 서둘러 가면서 포치 앞을 지나갈 때, 그토록 오래 전부터 알고 지내왔던 성모상이지만 '바다의 별'인 그녀 쪽으로 고개를 들어 바라보고 가는 것을 볼 수 있다.

주며, 남쪽 회랑에서 바라볼 때 발견하게 되는 고귀함을 나는 그 어떤 성당에서도 보지 못했다. 맞은편에 있는 장미창은 놀랍고 화려하며, 회랑의 밑쪽 기둥들은 성가대 및 중앙홀의 기둥과 어울려 훌륭한 조화를 이룬다. 또한 이쪽에서 중앙홀이 있는 회랑 안쪽으로 들어갈수록 후진의 진정한 높이를 가늠할 수 있기도 하다. 중앙홀의 서쪽 끝에서 보면 반대로 불경한 사람의 경우 후진이 높이 있는 것이 아니라 중앙홀이 좁은 것이라고 생각할 수도 있겠다. 만약 당신이 성가대와 그것을 둘러싸고 있는 반짝이는 원형을 보고도 감탄하지 않는다면, 그저 가운데 십자가에 무심히 시선을 던진다면 당신은 이 여행을 계속해서 성당을 둘러볼 필요가 없다. 그런 당신에게는 기차역 대합실이 훨씬 잘 어울리는 장소이리라. 반대로 후진을 보았을 때 당신이 놀라고 감탄한다면, 그것을 알면 알수록 더욱 감탄하게 될 것이다. 상상력과 수학의 조합이 돌과 유리를 사용하여 이와 같이 뛰어나고 숭고한 창문들의 행렬을 훌륭하게 완성한 적이 없기 때문이다.

만약 당신이 압박하는 책임과 피할 수 없는 임무로 서둘러 기차를 타고 돌아가야 해서 피카르디 지방의 수도 아미앵에서 단 십오 분만 머물 수 있다면, 나는 당신에게 그것을 모두 성가대의 성직자석[11]을 감상하는 데 할애하라고 말하겠다. 성당의 정면

---

11 성직자석은 1508년 7월 3일에 시작되어 1522년 성 요한 축일에 완성되었다. 교회지

현관, 첨두 채광창과 원화창은 여기 말고도 다른 곳에서 볼 수 있지만, 나무로 만든 이와 같은 걸작은 어디에서도 찾아볼 수 없을 것이다. 이것은 15세기 말 절정에 이른 가히 놀라운 작품이다. 이것에서 당신은 플랑드르 식의 진지함과 프랑스 특유의 매력적인 불꽃의 조화를 목격할 수 있다. 목공예는 피카르디의 즐거움이었다. 모든 나라를 불문하고, 내가 아는 나무로 조각한 것들 중에서 이처럼 뛰어난 것을 나는 본 적이 없다. 그것은 부드럽고 젊은 목재로 이와 같은 용도로 선택되어 조각된 후 사백 년 동안 같은 방식으로 존재하고 있다. 조각가의 손에서 그것은 점토처럼 빚어지고, 비단처럼 접히고, 살아 있는 가지처럼 자라나고, 불꽃처럼 솟아오른 듯하다. 그것은 마법에 빠진 숲 속의 빈터처럼 빠져나올 수 없고 얽혀 있어서 그 어떤 숲보다도 나뭇잎이 많고, 그 어떤 책보다도 이야기로 가득하다.[12]

이 성직자석은 전 세계적으로 유명하여 여러 미술관에서 그

기인 르노 씨는 그 모든 인물들의 삶 한가운데로 당신이 거닐 수 있도록 안내할 것이다. 인물들의 다양한 색깔과 몸짓, 낡은 외투, 건장한 체구는 그들이 조각된 나무의 정수를 지속적으로 드러내고, 그들의 힘을 보여주고, 부드러움을 노래하고 있다. 요셉은 경사면을 올라가고, 파라오는 능선 위에 잠들어 있는데 그곳에는 그의 꿈속에서 벌어지는 일들이 묘사되어 있고, 성직자석의 아래편 돌출부에는 예언가들이 그 꿈을 해석하고 있다. 르노 씨는 당신이 긴 나무 줄을 만져도 상처가 나지 않을 것이기에 전혀 개의치 않을 것이며, 당신은 그것이 마치 악기와도 같이 소리를 내는 것을 들을 수 있을 텐데 이는 그 나무 줄이 얼마나 튼튼하면서도 가느다란지를 증명한다.

12 《아미앵의 성서》, 4장 8절~5장.

모형을 찾아볼 수 있는데, 그 경우 미술관 관리인은 당신이 그것을 만지지 못하게 할 것이다. 그토록 나이 많고, 유명하며 아름다운 성직자석은 마치 영광에 도달한 예술가들이 더 이상 증명할 것이 없음에도 계속해서 소일거리를 하거나 강의를 하는 것과 마찬가지로, 수 세기 전부터 아미앵 주민들을 만족시키면서 수행해왔던 소박한 본래의 임무를 계속하고 있다. 그것은 영혼을 감화시키는 것보다 우선 몸을 기댈 수 있게 해 주는 역할로, 이것을 위해 성직자석은 미사 때마다 돌려져서 그들의 안쪽을 드러내면서 겸손하게 임무를 수행하는 것이다.

마찰로 윤기가 나는 성직자석의 나무는 그들의 심장과도 같은 인상을 주는 어두운 적색을 점차적으로 띠었다. 아니 그런 색깔을 드러냈다는 것이 정확한 표현이리라. 그것을 일단 보게 된 눈은 어떤 것보다도 그것만을 제일 좋아하게 되어 그 어떤 그림의 색깔들도 매우 볼품없게 느껴지기 마련이다. 따라서 우리는 그것이 내뿜는 불타오르는 열정, 시간과 함께 더욱 풍성해지는 살아 있는 나무의 수액과도 같은 그것을 들이마시며 취하게 된다. 인물들의 순진함은 그것이 조각된 나무의 재질 덕분에 두 배로 자연스럽게 느껴진다. "그 과일들, 그 꽃들, 그 나뭇잎들과 그 줄기들"에 관해서라면 이들은 모두 그 지방에서 자라는 식물들에서 모티브를 따와 아미앵 출신 조각가가 아미앵의 나무에 조각한 것이다. 그것이 표현된 면의 다양함은 마찰된 정도에 따라 다른 결과를 갖게 되었고, 대조되는 톤의 아름다움 속에서 나뭇잎은 그것이 달려 있는 줄기와 다른 색깔을 띠게 된 것을 볼 수 있다. 이는 갈레[05]가 참나무의 조화로운 본질을 활용해 만든 우아한 목공예품들을 연상시킨다.

하지만 이제는 러스킨이 아미앵의 성서라고 부른 서쪽 포치에 도착할 시간이다. 여기서 성서는 은유적이 아니라 글자 그대로의 의미이다. 아미앵의 포치는 빅토르 위고가 썼듯이[13] 막연한 의미에서 돌의 책, 돌의 성서가 아니라 돌로 된 성서 그 자체인 것이다. 분명히 당신은 아미앵 성당의 서쪽 정면을 처음으로 보게 될 때, 그것이 무엇인지 자세히 알기도 전에 — 안개 속에서 푸른빛을 띠고, 아침에는 눈부시고 오후에는 태양을 머금어 금빛 윤기가 흐르고 해질녘에는 이미 선선한 감을 띠는 분홍색이 될 때, 성당의 종소리가 하늘로 울려 퍼지고, 클로드 모네가 그의 숭고한 그림에 표현한 시간들 중 하나에 그것을 처음 보면[14] — 사람에 의해 만들어졌지만 자연이 감싸 안음으로써 자기 것으로 만든 성당의 삶이 자전과 공전을 거듭하며 세기를 걸쳐 지속된 지구의 삶과 마찬가지로 자연이 덧입힌 색깔을 벗는 것을 보고 혼란스럽지만 매우 강한 인상을 받게 될 것이다. 하늘을 향해 솟아오른 높

---

13 뛰어난 영국인 예술가인 마리 놀링거 양은 내게 러스킨의 편지 한 통을 보여주었는데 거기에 그는 빅토르 위고의 《파리의 노트르담(Notre-Dame de Paris)》를 프랑스 문학의 쓰레기라고 표현하고 있었다(마리 놀링거에 대해서는 역주 **06** 참고).
14 클로드 모네, 〈하루의 다양한 시간대에 본 루앙 성당〉(카몽도 컬렉션). 이 성당 내부에 관해서는 나는 단지 엘뤼(Helleu)의 아름다운 그림들만 알고 있을 뿐이다.

고 들쭉날쭉한 탑에 사람 크기만한 돌 인물상들, 서로서로 옆에 혹은 위아래에, 문 옆에서, 높은 곳에서, 홀 끝에서, 혹은 더 높은 곳에서 부서진 파도만을 맞으며, 탑의 저 아래 발치에 있는 사람들의 경의에 찬 시선을 받고 종의 울림 속에 있는 조각상들, 십자가, 성구 상자, 왕홀을 손에 들고 있는 인물들, 성인들, 수많은 예언가들, 사도들의 행렬, 왕들, 죄인들, 재판관들, 비상하는 천사들을 보며 당신은 감동하고, 눈앞에 있는 이 높이 솟은 부동의 열정적인 것이 무언가 위대한 것만은 분명하다고 느낄 것이다. 하지만 성당은 단순히 그것의 아름다움을 느끼기만을 위한 것은 아니다. 당신에게 가르침을 주기 위한 것이 아니더라도, 그것은 이해할 필요가 있는 하나의 책이다. 고딕 성당, 특히 아미앵 성당의 정면현관은 바로 성서 자체이다. 그것을 설명하기 전에 나는 우선 러스킨을 인용하여 당신의 믿음이 무엇이건 성서는 사실적이며 현재성을 띠고 있고, 그 안에서 우리는 구시대적인 것이라든가 호기심을 자극하는 것 외에 다른 무엇을 찾아야 한다는 사실을 이해시키고자 한다.

구약성서의 시편 1, 8, 12, 15, 19, 23, 24는 제대로 이해하고 믿는다면 정의로운 통치에 관한 원칙과 예언을 담고 있다는 점에서 개인이 따라야 할 지침으로 충분하다. 또한 시편 104는 자연과학이 이룰 수 있는 모든 새로운 발견을 담고 있다. 역사적이며 교훈적인 그 어떤 문학 장르가 이와 같이 포괄적인 범주를 포함하고 있는지 한번 생각해보라.

성서의 목차를 그 어떤 책, 아니 그 어떤 문학과도 비교해보라고 말하고 싶다. 당신이 기독교의 옹호자이건 비난자이건, 성서에 근간을 두지 않은 도덕적 감정이나 관습에서 지성을 분리하는 것이 가능한가 말이다. 전 세계의 도서관이 없어지지 않는다고 한들, 성서의 자리를 차지하거나 그 역할을 수행할 문학작품이 있는가 말이다. 나는 비종교적인 문학을 멸시하고자 하는 것은 아니다. 고대 그리스인들의 종교만큼 애정 깃든 시선으로 세상을 보고, 로마인들의 종교만큼 숭배하는 것도 없을 터인데 이런 것들은 나의 전 작품을 관통하고, 예술에 관한 나의 가르침의 바탕을 이루고 있다. 하지만 내가 호메로스의 상징들과 호라티우스의 신념을 배운 것은 성서에서였다. 나는 유년기부터 복음서와 예언서의 단어 하나하나가 신의 손에 의해 적혔다는 믿음을 갖고 그것들을 읽도록 교육받았기에 후에 종교와 무관한 작가들이 쓴 작품들, 비종교적인 독자에겐 가볍게 느껴질 작품들도 나는 습관적으로 존경 어린 마음으로 진지하게 받아들이게 되었다. 유대인들의 문학과 평행하게 존재하고 중세 기독교의 상징적인 전설들과 조화되는 전통문학이 존재한다는 사실은 단테와 개빈 더글러스 주교[07]에게 베르길리우스가 끼친 독립적이면서도 비슷한 방식의 영향을 통해 가장 부드러우면서도 놀라운 방식으로 나타난다. 아테네의 도움을 받아 네메아의 사자를 물리친 헤라클레스 이야기는, 성 제롬이 치유하는 온화함으로써 자신의 동반자로 만든 사자에 관한 전설에 근본적인 바탕을 제공한다. 나는 여기서 분명히 전설이라는 표현을 썼다. 헤라클레스가 실제로 사자를 죽였는지, 성 제롬이 상처받은 야수를 정말로 치유했는지는 우리에게 중요하지 않다. 하지만 성 제롬의 전설은 쿠마이의 시빌레[08] 및 이사야와 함께 천여 년에 걸친 똑같은 예언을 되풀이한다. 사람은 하등동물을 향한 증오심을 갖는 대신 축복을 내리고, 신성한 산 전체에 그 어떤 아픔이나 파괴를 가하지 않을 것이며, 심연에는 용이 잠들어 있고, 산은 불길을 품고 있던 막 태어나는 사막에서부터 지금의 영광스러운 우주가 도래한 것처럼, 이 땅에 평화가 와서 현재의 슬픔으로부터 해방되는 그날. 그날이 언제인지는 아무도 모르지만, 마음속에 기어 다니는 짐승 같은 성질을 떼어 내버리고 구름과 들판을 배회하는 아이들에게서 아름다우며 인간적인 것만을 간직한 이들에게는 이미 신의 왕국이 왔다.[15]

그리고 이제 당신은 러스킨이 서술한 대로 아미앵의 서쪽 포치에 적힌 성서 이야기를 내가 다음과 같이 요약한 것을 잘 따라가고자 원할 수도 있겠다.

중앙에는 은유적으로가 아니라 글자 그대로 건물의 주춧돌인 그리스도 조각상이 있다. 그의 왼편에는(그리스도를 마주보고 있

---

15 《아미앵의 성서》, 3장 50~54절(1882년 8월 28일, 아발론에서).

는 우리 입장에서는 오른편이 되지만, 여기서는 그리스도 조각상의 입장에서 좌우 방향을 이야기하겠다) 여섯 명의 사도가 있다. 그리스도 바로 옆에는 베드로, 그리고 멀어지는 순으로 대 야고보, 요한, 마태오, 시몬이 있다. 그리스도의 오른편에는 바오로, 주교 야고보, 필립보, 바르톨로메오, 토마와 유다가 있다.[16] 사도에 이어서 네 명의 대선지자가 있다. 시몬 옆으로는 이사야와 예레미아, 유다 옆으로는 에스겔과 다니엘이 있다. 그리고 서쪽 정문 횡목을 떠받치는 기둥에는 열두 명의 소선지자가 있다. 네 기둥에 각각 세 명씩 조각되어 있다. 가장 왼편에 있는 기둥부터 시작하면 호세아, 요엘, 아모스, 미가, 요나, 오바댜, 나훔, 하박국, 스바냐, 학개, 스가랴, 말라기[09]가 있다. 이처럼 성당은, 여전히 문자 그대로 그리스도와 그의 출현을 예언한 선지자들, 그리고 그를 따른 사도들을 근간으로 하여 지어진 것이다. 여기 보이는 선지자들은 신이 아닌 그리스도를 예언한 자들이다.

성당 건물 전체의 목소리는 현성용[10]의 순간 "여기 나의 사랑하는 아들이 있다. 그가 하는 말을 잘 들으라."고 하늘에서 들려

---

16 위스망스(Huysmans)는 다음과 같이 말한다. "복음서는 성 유다와 이스카리옷 유다를 혼동하지 않을 것을 강조하지만 이는 실제로 벌어지는 일이다. 그리스도를 배신한 사람과 이름이 비슷하여 중세에 기독교인들은 그를 배척했다. …(중략)… 그는 그리스도에게 예정설에 관한 질문을 할 때만 침묵에서 벗어나고, 그리스도는 그 질문에 거의 대답을 하지 않듯이 피해 간다." 이어서 위스망스는 "유다와 똑같은 이름을 가진 그의 불행한 숙명"을 언급하기도 한다. (《성당〔La Cathédrale〕》, 454~455쪽)

온 목소리와도 같다. 그리스도가 아닌 신의 사도였던 모세와 엘리아의 모습은 찾아볼 수 없다. 또한 러스킨은 여기에 없는 또 한 명의 대선지자가 있다고 외친다. '다윗의 자손 호산나'를 노래하며 신전에 들어가는 민중이 다윗의 모습을 볼 수 없다는 말인가? 그리스도 자신도 "나는 다윗의 뿌리이자 발현이다." 라고 선언했는데, 그렇다면 뿌리는 자신에게 자양분을 공급한 토양의 흔적을 근처에 가지고 있어야 하지 않는가? 이런 우려는 기우에 불과하다. 다윗은 그리스도 조각상의 발받침이다. 오른손에는 왕홀을, 왼손에는 성구상자를 들고 있는 그의 모습을 볼 수 있다.

나는 그리스도의 조각상 자체에 관해서는 이야기하지 않겠다. 그에 대한 믿음을 가지고 그를 사랑하는 영혼의 기대를 그 어떤 조각상도 만족시킬 수 없으며, 만족시켜야만 하는 것도 아니기 때문이다. 하지만 이 그리스도 상이 그때까지 조각된 것들 중에 다정함을 가장 잘 드러내고 있다는 점만은 분명하다. 이 조각상은 '아미앵의 아름다운 신'이라는 이름으로 알려졌다. 그것은 신의 존재를 나타내는 하나의 기호이자 상징이지, 우리가 이해하는 식의 우상이 아니다. 그럼에도 우리는 그 조각상을 신전의 문지방에서 들어오는 이들을 환영하는 살아 있는 영혼, 삶의 언어, 영광의 왕이자 무리의 군주로 받아들였다. 도미누스 비르투툼, '미덕의 주 그리스도'라는 표현은 13세기에 교육을 잘 받은 신자에게 시편 24가 전달하던 생각을 가장 잘 해

석한 것이다.[17]

서쪽 포치에 있는 모든 조각상들 하나하나의 앞에서 멈출 수
는 없다. 러스킨은 인물 조각상 밑에 보이는 부조들(각 인물들 밑
에는 네잎 부조가 각각 두 개씩 새겨져 있다)의 의미에 대해 설명해
줄 것이다. 각 사도 아래에 있는 위층 부조에는 그가 설교하거나
실천했던 미덕이, 아래층 부조에는 그에 반대되는 악덕이 표현되
어 있다. 선지자들 밑에는 그들의 예언을 표현한 부조가 새겨져
있다.

성 베드로 아래에는 표범이 조각된 방패를 든 '용기'가 있다.
'용기' 밑에는 '비겁'이 있는데 어떤 짐승 때문에 놀란 남자가 칼
을 떨어뜨리는 모습으로 표현되었고, "겁쟁이는 개똥지빠귀보다
도 용기가 없다."라고 노래하는 듯한 새 한 마리가 보인다. 성 안
드레아 아래에는 (결코 물러서지 않는) 황소가 조각된 방패를 든
'인내'가 있다.

'인내' 밑에는 '화'가 있다. 칼로 남자를 찌르는 여인이 보인다
('화'는 주로 여성들의 악덕으로 '분노'와는 아무 관련이 없다). 성 야
고보 아래에는 양이 조각된 방패를 든 사람이 '온화'를, 하인에게
발길질을 하는 여인이 '무례'를 표현한다. 러스킨에 의하면 "프랑
스 최악의 무례함은 외설스러운 캉캉춤에 의해 드러난다."

17 《아미앵의 성서》, 4장 30~36절.

성 요한 아래에는 '사랑'이 표현되어 있는데 이는 "내가 그들 속에, 네가 내 속에"로써 인간의 사랑이 아닌 신의 사랑을 말한다. 그것의 방패에는 밑동이 잘린 나무에 다른 나무의 가지들이 뻗어나와 생명을 주는 듯한 모습을 볼 수 있다. "언젠가 구세주가 쓰러질 것이나, 이는 다른 이들을 위한 것이다." '사랑' 밑에는 '불화'가 있다. 남자와 여자가 다투고 있다. 그녀는 물레의 실패를 떨어뜨린 채다. 성 마태오 아래에는 '순종'이 있다. 방패에는 낙타가 한 마리 있다. 러스킨은 이에 대해 다음과 같이 전하고 있다.

오늘날 낙타는 가장 덜 순종적이고 가장 다루기 힘든 동물이지만 북쪽 지방의 조각가는 이 동물의 성질을 잘 알지 못했다. 낙타가 평생 동안 고역에 시달리는 것은 사실이기 때문에, 내 생각에 그 조각가는 말과는 반대로 그 어떤 기쁨이나 즐거움도 느끼지 못하는 수동적인 순종을 표현하기 위해, 또 다른 한편으로는 소처럼 사람에게 해를 끼치지도 않기 때문에 이 동물을 선택한 것 같다. 물론 낙타가 물었을 때 그 상처는 대단한 것이지만, 이런 사실은 말을 타거나 걸어갔던 십자군 원정에 참여한 사람들에게조차도 알려지지 않았던 것이 분명하다.[18]

'순종' 밑에는 "마치 교황 앞에 선 헨리 8세나, 신부들 앞에 선

---

18 《아미앵의 성서》, 4장 41절.

영국인과 프랑스인 구경꾼들"같은 남자가 사제에게 손찌검하며 '반항'을 표현하고 있다.

성 시몬 아래에는 '인내'가 사자를 쓰다듬으며 한 손에 왕관을 쥐고 있다. "네가 가지고 있는 것을 아무도 빼앗아가지 못하도록 꼭 쥐어라." 그 밑에는 '무신론'이 그의 신발을 성당 문 앞에 두고 있다. "12세기와 13세기에 미개한 비신자는 언제나 맨발로 표현되었다. 반면 그리스도는 평화의 복음서를 준비하는 과정에서 언제나 신을 신고 있다. '오, 왕자의 딸이여, 신발을 신은 당신의 발은 얼마나 아름다운지!'"

성 바오로 아래에는 '신념'이 있다. '신념' 밑에는 괴물을 숭배하는 '우상'이 있다. 성 주교 야고보 아래에는 십자가가 그려진 깃발을 든 '희망'이 있다. '희망' 밑에는 칼로 스스로를 찌르는 '절망'이 있다.

성 필립보 아래에는 벌거벗은 거지에게 자신의 외투를 주는 '자비'가 있다.

성 바르톨로메오 아래에는 불사조로 표현된 '순결'이 있고, 그 밑에는 왕홀과 거울을 든 여인을 껴안고 있는 젊은 남자가 '색욕'을 표현한다. 성 토마 아래에는 '지혜'(식용 가능한 뿌리가 그려진 방패가 보이는데, 이는 절식이 지혜의 시작임을 의미한다)가 있다. 그 밑에는 '광기'가 있는데, 초기 시편집에서는 이를 한결같이 몽둥이를 들고 있는 탐욕스러워 보이는 남자로 표현한다. "미치광이는 말한다. '신은 없다. 그는 나의 국민을 빵조각처럼 먹어치운다.'"(시편 53, 말〔Mâle〕[11] 재인용) 성 유다 밑에는 비둘기가 그려진 방패가 '겸허'를 상징하고, 말에서 떨어지는 남자가 '자만'을 표현하고 있다.

모두 평정한 사도들의 모습을 보라. 그들은 책 혹은 십자가를 들고 있지만 모두 같은 메시지를 전하고 있다. "이 집에 평화가 오고, 평화의 아들이 이곳에 태어나거든" 등등. 그러나 선지자들은 모두 탐구하는 자세이거나, 생각에 잠겨 있거나, 고난에 빠져 있거나, 놀란 모습이거나, 기도하고 있다. 단지 다니엘만 예외이다. 그들 중 가장 괴로워하고 있는 자는 이사야이다. 이사야의 순례 장면을 나타내는 형상은 없지만, 그 아래편에 있는 부조는 그가 신전에서 그리스도를 만나는 장면을 표현하고 있음에도 왠지 그의 입이 불손한 말을 담고 있는 것 같다. 예레미아는 십자가를 지고 있지만 그보다는 더 평화로운 모습이다.[19]

안타깝게도 우리는 선지자들 아래편에 그들의 주요 예언을 담은 구절을 표현한 부조들 앞에서 멈출 수는 없다. 에스겔은 두 개의 바퀴 앞에 앉아 있고,[20] 다니엘은 사자들이 떠받치는 책을 들고 있으며,[21] 대향연에 앉아 있는 요엘은 그가 예언한 바 있는 잎

19 《아미앵의 성서》, 4장 38절.
20 에스겔, 1장 16절.
21 다니엘, 6장 22절.

없는 무화과나무와 포도나무, 빛 없는 태양과 달과 함께이고,[22] 아모스는 풀을 찾지 못하는 그의 양들에게 먹이기 위해 열매가 열리지 않는 포도나무의 잎을 따고 있으며,[23] 요나는 거친 바다를 피해 호리병박 아래에 앉아 있고, 어린 사자를 어루만지는 다니엘을 방문한 하박국의 머리를 천사가 붙들고 있으며,[24] 스바냐가 예언한 니네베의 야수들, 양손에 초롱을 든 그리스도, 그리고 고슴도치와 알락해오라기[25] 등이 표현되어 있다.

나는 당신을 서쪽 포치의 두 보조문까지 안내할 시간이 없다. 그중 하나는 성모 마리아의 문[26]이며(이 문에는 성모상이 있을 뿐만 아니라 성모상의 왼쪽에는 천사 가브리엘, 계시의 성모 마리아, 방문하는 성모 마리아, 성 엘리자베스, 성 시메온에게 아이를 보여주는 성모 마리아가 있고, 오른쪽에는 세 동방박사, 헤롯, 솔로몬과 시바의 여왕이 있다. 각 조각상 밑에는 중앙 포치와 마찬가지로 각 인물과 관련된 형상이 부조되어 있다), 두 번째 보조문은 성 피르망의 문으로, 교

---

22 요엘, 1장 7절, 2장 10절.

23 아모스, 4장 7절.

24 하박국, 2장 1절.

25 스바냐, 2장 15절, 1장 12절, 2장 14절.

26 이 문 앞에 도착할 때 러스킨은 다음과 같이 말한다. "신앙심 깊은 나의 여성 독자여, 만약 당신이 이곳에 오거든 속인으로서 오라. 그리고 그것이 죽었든 살아 있든 어떤 여성에 대한 숭배도 인간에게 해를 끼친 적이 없음을 기억하라. 돈에 대한 숭배, 가발에 대한 숭배, 깃털 달린 삼각모에 대한 숭배는 과거에도 그랬고 지금도 그렇지만 더 많은 해를 끼치고 있으며, 이것은 수 세대의 순진한 아이들이 성모 마리아가 그들을 위해 할 수 있거나, 하기를 원하거나, 실제로 하는 것들에 대해 생각할 때 그들이 저지른 어리석고 매력적인 실수들보다 하늘과 땅과 별들의 신에게 수백만 배 더 모독적인 것이다."

구의 성인들 조각상을 볼 수 있다. 바로 이 때문에, 그들이 '아미앵 주민들의 친구들'이기 때문에 밑에 있는 부조들이 황도12궁 별자리 및 매달의 과업을 표현하고 있는 것인데, 러스킨은 다른 무엇보다 특히 그 부조들에 대해 감탄했다. 트로카데로 박물관에 가면 성 피르망 문에 있는 부조들의 모형을 볼 수 있을 것이고,[27] 말의 책에서는 이런 풍속에 관련된 지역 특유의 진실과 기후에 대해서 매우 매력적으로 기록한 것을 읽을 수 있을 것이다.

나는 여기서 이 부조들의 예술에 대해서는 연구하지 않겠다. 그 부조들은 그저 생각의 안내자 역할만을 안고 만들어졌을 뿐이다. 독자가 계속해서 안내받기를 원한다면 그는 자유롭게 자신의 가슴 속에 가장 아름다운 그림을 만들면 되는 것이다. 그리고 다음과 같은 진리가 선포되는 것을 들을 수 있을 것이다. 우선 아미앵의 산 위에 펼쳐진 설교에는 그리스도가 한 순간도 십자가 처형당하는 모습이나 죽음의 모습으로 표현되어 있지 않다. 여기서 그리스도는 강생한 모습으로, 현재의 친구로, 지상의 평화의 왕자와 하늘의 선물인 영원한 왕의 모습으로 표현되었다. 그의 삶이 무엇이고, 그의 계율들이 무엇이며, 그의 심판이 무엇이 될지, 바로 이런 것들이 우리에게 가르침을 주는

---

27 이 책에서 언급한 여러 조각상들의 모형과 성가대 성직자석 모형도 이 박물관에서 찾아볼 수 있다.

것이다. 그가 오래 전에 무엇을 했고 오래 전 무엇에 고통 받았는지가 아니라, 현재 무엇을 하고 우리에게 무엇을 할 것을 명령하는지에 초점이 맞춰져 있다. 바로 이것이 기독교의 순수하며 기쁘고 아름다운 교훈이다. 이 신앙의 퇴폐와 쇠약해진 실천의 부패는 우리의 시선을 그리스도의 삶이 아니라 그의 죽음에 고정시키고, 현재 우리의 임무를 생각하는 대신에 과거의 그의 고통을 생각하는 데서 기인한 결과이다.

그리고 두 번째로, 그리스도는 십자가를 지고 있지 않지만 수난을 당하는 선지자들, 박해받는 사도들, 순교하는 제자들은 십자가를 지고 있다. 당신의 불멸의 창조주가 당신을 위해 한 일을 떠올리는 것이 유익한 것은 맞지만, 당신의 형제들, 불멸의 존재가 아닌 사람들이 한 일을 떠올리는 것 또한 더욱 그렇기 때문이다. 원한다면 당신은 그리스도를 부정하고 거부할 수 있지만, 그의 순교를 잊을 수는 있어도 부정할 수는 없다. 이 건물의 돌 하나하나가 그의 피 위에 지어진 것이다. 이런 가르침을 가슴 속에 간직한 채, 이제 중앙에 있는 그리스도 조각상을 살펴볼 차례이다. 그의 메시지를 듣고 이해하라. 그는 왼손에 영원한 법의 책을 들고 있고, 오른손으로는 축복을 내리고 있다. 하지만 조건 하에 축복한다. "이것을 하라. 그러면 너는 살 것이다." 혹은 더욱 엄격한 의미에서 이렇게 말한다. "이것이 되어라. 그러면 너는 살 것이다." 자비를 보이는 것은 아무것도 아니다. 네 영혼이 자비로 가득해야 한다. 행동이 순수한 것은 아무엇도 아니다. 네 가슴 또한 순수함으로 가득해야 한다.

이와 함께 영원한 법의 말씀이다. "네가 이것을 하지 않고, 네가 이것이 아니면 죽을 것이다." 죽는다는 것. 당신이 이 말에 어떤 의미를 부여하건 그것은 완전하며 되돌릴 수 없는 것이다.

복음서와 (그 힘은) 진정한 신앙인들의 위대한 작품 속에 ─노르망디와 시칠리아에, 프랑스 강의 작은 섬들에, 영국의 계곡, 오르비에토의 바위에, 아르노의 모래 근처에 ─모두 쓰여 있다. 하지만 가장 간단하면서도 가장 완전한 가르침, 북쪽 지방의 활발한 영혼에게 가장 권위를 가지고 말하는 것은 유럽에서는 아미앵의 첫 번째 돌에서 나오는 것이다.

어느 시대건, 지구의 어디서건 따뜻한 마음과 상식이 있으며 스스로를 통제할 수 있는 능력이 있는 모든 인간은 과거에도 그랬고 현재에도 천부적으로 도덕적인 존재들이다. 이러한 이치를 알고 명령하는 것은 종교와는 관계없는 일이다.

하지만 만약 당신과 닮은 존재들을 사랑하고, 그것이 당신에게 모습을 보였을 때 당신보다 나은 존재를 더욱 사랑할 수 있을 것이라 생각된다면, 만약 당신 가까이 그리고 주변에 있는 악한 것들을 당신이 최선을 다해 개선시키며, 정의가 실현되고 작은 언덕들이 기쁨에 넘실거릴 그날을 생각하는 것을 좋아한다면, 만약 당신에게 지상에서 최고의 기쁨을 준 동지들과 헤어져서 ─더 이상 눈은 가려지지 않고, 손은 실패하지 않을 그곳에서─ 다시금 그들의 눈을 마주하고 그들의 손을 잡게 되기를 원한다면, 만약 풀밭 아래 침묵과 고독 속에서 더 이상 아름다움을 보지 못하고, 더 이상 기쁨을 느끼지도 못한 채 누울 준비를 하면서 그날 — 신의 빛을 보게 되고, 알고자 목말라 했던 것들을 깨닫게 되고, 영원한 사랑의 평화 속에서 걷게 될 바로 그날의 약속에 대해서만 생각하기를 원한다면, 당신에게 이러한 것들에 대한 희망을 주는 것은 종교이다. 당신의 삶에서 이러한 것들의 본질은 신앙이다. 이러한 것들의 미덕을 통해 이 세상의 왕국에 언젠가는 신과 그의 그리스도의 왕국이 오리라고 약속된 것이다.[28]

이제 13세기 사람들이 성당에 가서 찾고는 했던 가르침이 모두 끝났다. 성당은 불필요하고 괴상한 사치를 부리며 일종의 열려 있는 책 마냥, 각각의 글자가 예술작품이자 이제는 아무도 이해하지 못하는 언어로 계속해서 그 가르침을 전달하고 있다. 중세보다는 훨씬 덜 종교적인 혹은 순전히 미학적인 의미만을 부여하며, 당신은 그 가르침을 우리의 삶 이상의 진정한 현실처럼 느껴지는 감정들 중 하나와, 그리고 "우리의 마차를 매어놓기 적당한 별들" 중 하나와 연결시킬 수 있었다. 지금껏 중세 종교예술의 의미를 잘 이해하지 못했던 나는 러스킨에 대한 열정만으로 스스로에게 말했다. "그가 나를 가르쳐줄 것이다. 그 자신이 적어도

---

28 《아미앵의 성서》, 4장 52절과 그 이후.

특정 부분은 진리가 아닌가? 그는 문이기 때문에 나의 영혼이 지금껏 접근하지 못했던 곳에 안내할 것이다. 그의 영혼이 계곡의 백합이기 때문에 그는 나를 정화시킬 것이다. 그가 포도나무이며 삶이기 때문에 그는 나를 취하게 할 것이고, 나를 소생시킬 것이다. 또한 샤론의 장미의 신비한 향기가 완전히 없어지지는 않았다고 느낄 수 있었는데, 적어도 그의 말 속에서 그 향기를 맡을 수 있었기 때문이다. 그렇게 해서 실제로 내게 아미앵의 돌들은 베네치아의 돌들과 같은 존엄성을 띠게 되었고, 사람들의 가슴 속에 여전히 진리이고 그들의 작품 속에 여전히 진지한 아름다움인 성서와 같은 위대함을 띠게 되었다.

러스킨이 처음 의도했을 때에 《아미앵의 성서》는 《선조들은 우리에게 말하였다》 시리즈의 첫 번째 권에 지나지 않았다. 아미앵 포치의 오래된 선지자들이 러스킨에게 신성했던 이유는 13세기 예술가들의 정신이 여전히 그들 속에 있었기 때문이다. 내가 그곳에서 러스킨을 만날 수 있을지를 알기도 전에 내가 그곳에 찾으러 간 것은 그의 영혼이었고, 예술가들이 돌들을 조각할 때 그들의 영혼을 새겨 넣은 것처럼 그는 그의 영혼을 깊숙이 새겨 넣은 것이다. 왜냐하면 천재가 남긴 글은 조각가의 끌만큼이나 사물에게 불멸의 형태를 부여할 수 있기 때문이다. 문학 또한 후손들을 비추기 위해 소진하는 '희생의 등불'이기 때문이다. 나는 아미앵에 갈 때 무의식적으로 《선조들은 우리에게 말하였다》라는 제목이 갖고 있는 정신에 부합하려고 러스킨의 성서를 읽고자 하는 생각과 욕망을 안고 갔다. 과거의 그 예술가들은 신앙심과 아름다움을 가지고 있었기에 러스킨은 그들을 믿었고, 그들이 선지자들과 사도들을 믿었기에 자신의 성서를 썼던 것처럼 러스킨 또한 그의 성서를 쓸 수 있었다. 러스킨에게 예레미아, 에스겔, 아모스의 조각상이 의미하는 것은 과거의 조각가들에게 예레미아, 에스겔, 아모스의 조각상이 의미했던 것과 반드시 같지는 않을 수도 있다. 하지만 적어도 그들이 위대한 예술가들과 신앙심 깊은 이들이 빚어낸 가르침으로 가득한 작품임은 분명하다. 그 조각상들이 과거의 예술가들이 남긴 작품이고 가르침을 담고 있다는 사실만으로는 소중하다고 느껴지지 않는다면, 러스킨이 그들 속에서 그의 형제이자 우리 선조의 정신을 발견한 것들이라는 사실로도 충분히 소중하게 생각될 수 있다. 성당에 도착하기 전에 그곳은 우리에게 무엇보다 러스킨이 좋아했던 곳으로 생각되었던 것 아니었나? 그리고 우리가 러스킨의 책들 속에서 경건하게 진리를 찾으려 했던 만큼 성당에는 여전히 신성한 말씀이 있다고 느끼지 않았던가? 이제 우리는 이사야, 예레미아, 에스겔, 다니엘의 조각상 앞에 서서 "여기 네 명의 대선지자들이 있고, 그 다음에는 소선지자들이 있다. 그런데 대선지자들은 네 명뿐이다."라고 말하지만, 사실 여기에는 없지만 존재하지 않는다고 말할 수는 없는 대선지자가 한 명 더 있다. 바로 러스킨이다. 비록 그의 조각상은 성당의 문에 있지는 않지만, 우리의 가슴 입구에 자리하고 있다. 이제 그는 그의 목소리를 더 이상 들리게 하지 않는다. 하지만 그것은 그가 이미 할 말을 다 했기 때문이다. 이제 후손들이 그의 말을 함께 되새길 차례이다.²⁹

---

29 앙드레 미셸(André Michel)은 이 글을 〈토론신문(Journal des Débats)〉에 게재하는 영광을 주었는데, 그는 이 글의 마지막 부분을 읽으며 성당 앞에 러스킨의 조각상이 없는 것에 대해 우리가 아쉬워하고, 한 발 더 나아가서는 우리가 그곳에 러스킨의 조각상이 서 있는 것을 보고 싶은 욕망을 가지고 있다고 이해한 것 같은데, 그는 언젠가는 거기에 러스킨의 조각상을 세울 계획을 품고 있는 것 같다. 이보다 우리의 생각과 어긋날 수는 없다. 우리가 아미앵에 갈 때 마다 르낭(Renan)이 성지에서 함께 대화를 나눈 "신비한 여행자"의 모습으로 러스킨을 만나는 것으로 충분하고, 그것이 우리를 더 기쁘게 한다. 하지만 동상을 여기저기 세우는 현실에 (또한 앙드레 미셸이 우리가 생각지도 않은 것에 대해 생각하게 만드니까) 아미앵에 러스킨의 동상을 세운다면 그것은 적어도 다른 어떤 조각상보다 큰 의미를 갖게 될 것은 분명하다. 부아레브(Boislèves)가 알프레드 드 비니의 청동상에 대해 표현한 것처럼, 러스킨이 "마을에 내려온 이방인"과도 같은 모습으로 아미앵의 광장들 중 한 곳에서 있는 것을 곧잘 상상해볼 수 있다.

아미앵 노트르담 성당
서쪽에서 바라본 모습.
"당신이 그곳에 도착하기 위해 한 고생이
값어치가 있다고 느낄 것이다."

성당의 서쪽 현관

"성당은 단순히 그것의 아름다움을 느끼기만을 위한 것은 아니다.

…고딕 성당, 특히 아미앵 성당의 정면현관은 바로 성서 자체이다."

성모 마리아상
"내가 도착한 순간은 해가 일시적으로 성모 마리아를 방문하여 애무하던 바로 그 순간으로,
빛을 머금은 마리아상은 러스킨이 묘사했던 바로 그 수백 년 된 미소를 짓고 있었다."

그리스도상
"중앙에는 은유적으로가 아니라 글자 그대로 건물의 주춧돌인 그리스도 조각상이 있다.
…이 그리스도 상이 그때까지 조각된 것들 중에
다정함을 가장 잘 드러내고 있다는 점은 분명하다."

회랑

"상상력과 수학의 조합이 돌과 유리를 사용하여
이와 같이 뛰어나고 숭고한 창문들의 행렬을 훌륭하게 완성한 유례가 없기 때문이다."

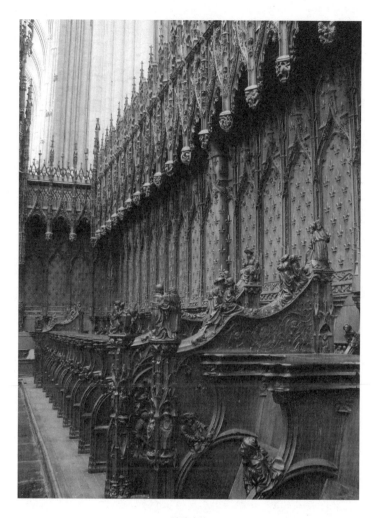

성직자석

"모든 나라를 불문하고, 내가 아는 나무로 조각한 것들 중에서
이처럼 뛰어난 것을 나는 본 적이 없다.
…조각가의 손에서 그것은 점토처럼 빚어지고, 비단처럼 접히고,
살아 있는 가지처럼 자라나고, 불꽃처럼 솟아오른 듯하다."

서쪽 포치의 네잎 부조 '미덕과 악덕' 일부(위)

왼쪽 위부터 시계방향으로 '용기'(표범이 조각된 방패를 든 기사) '인내'(황소가 조각된 방패
를 든 여인) '온화'(양이 조각된 방패를 든 사람) '무례'(하인에게 발길질 하는 여인) '화'(남자
를 찌르는 여인) '비겁'(놀라 칼을 떨어뜨리는 남자).

서쪽 포치의 네잎 부조 '별자리와 매달의 과업' 일부 (아래)

황도 12궁에서 3월, 4월, 5월에 해당하는 별자리와 그 달의 할 일을 나타낸다. 3월은 양자리와
포도밭에서의.그해 첫 작업을, 4월은 황소자리와 매 사냥을, 5월은 쌍둥이자리와 새로이 자라
나는 초목 아래에서 새의 노래를 들으며 쉬고 있는 모습을 보여준다.

샤르댕과 렘브란트

부유하지 않지만 예술감각이 뛰어난 한 젊은 청년을 골라, 그릇들을 미처 치우지 않은 식사 후의 식탁이 있는 지극히 평범하고 슬픈 순간의 거실에 앉혀보라. 미술관, 성당, 산과 바다의 영광으로 가득한 상상력은 바닥에 끌리다시피 하는 구겨진 식탁보 위에 나뒹굴어 있는 칼과 그 옆에 있는 먹다 남은 덜 익힌 고기 조각을 불편하고 지루한 심정으로, 우울증에 가까운 구역질나는 느낌으로 바라본다. 찬장 위를 약하게 비추고 있는 햇살은 마시다 만 물이 여전히 가득한 잔들을 간지르고, 이런 비미학적인 풍경의 전통적인 평범함을 아이러니 가득한 미소처럼 잔인하게 강조한다. 거실 안쪽에는 어느덧 일을 다시 잡은 청년의 어머니가 일상의 고요함이 느껴지는 익숙한 동작으로 천천히 붉은 양모 실타래를 풀고 있는 모습이 보인다. 어머니 뒤편에 있는 찬장에는

'특별한 날'을 위해 비축해둔 과자가 들어 있는 통이 있고, 옆에는 이런 보잘것없는 살림의 작은 악령과도 같은 고양이가 보인다.

젊은이는 시선을 돌려 그 밑으로 뜨겁게 달궈진 장작 받침대 위에 윤기 흐르며 빛나는, 매끄러운 은식기들을 본다. 정돈되지 않은 식탁보다 방의 질서정연함에 더욱 신경이 거슬린 청년은, 난로 꼬챙이에서부터 문 손잡이에 이르기까지 모든 것이 하나의 예술품인 아름다운 물건들로 장식된 방 안에서만 생활하는 고상한 취향의 재력가를 부러워한다. 주변을 압도하는 추함을 저주하는 이 청년은 십여 분 동안이나 수치심이라기보다는 혐오감을 느꼈다는 사실에 부끄러워한다. 그러고서 마치 무엇에 홀린 듯 자리에서 일어나, 비록 지금 당장 네덜란드나 이탈리아로 향하는 기차를 탈 수는 없지만 대신 루브르를 방문해 베로네세의 궁, 반 다이크의 왕자들, 클로드 로랭의 항구들[01]을 찾아 나선다. 그러나 이 감상조차도 일상의 장면을 담은 익숙한 장소에 돌아오기 무섭게 곧 그 색이 바래고, 그는 다시금 절망감에 빠진다.

내가 만약 이런 청년을 안다면, 그가 루브르에 가는 것을 말리기보다는 오히려 동반자가 되어 라카즈(Lacaze) 전시실이나 18세기 프랑스 화가들의 전시실, 혹은 다른 시대의 프랑스 회화 전시실에 안내한 후, 샤르댕의 작품들 앞에 세울 것이다. 그리하여 그가 이제껏 빈약하고 별 볼 일 없다고 치부한 일상의 향기 가득한 그림들 앞에서 그들의 풍요로움에 눈 뜨게 될 때 그에게 말할 것이다. 당신은 이제 행복한가? 그런데 당신이 보고 있는 것은 딸에게 장식 융단에 수를 잘못 놓은 부분을 지적하고 있는 부르주아 어머니(《근면한 어머니》*), 빵을 들고 있는 여인(《여자 장사꾼》*), 부엌에서 굴 껍질 위를 걸어 다니는 고양이, 벽에 걸려 있는 가오리, 반쯤 빈 찬장이 있고 식탁보 위를 뒹굴고 있는 칼들(《과일과 동물》), 삭스 지방의 자기로 만든 코코아 그릇과 같은 예쁜 식기들뿐만 아니라(《다양한 식기들》), 기름 묻은 수저나 다양한 모양과 재료의 식기들(소금단지와 국자 등)처럼 볼품 없는 주방용기, 거부감을 일으키는 죽은 생선이 있는 식탁(《가오리》*), 그리고 구역질나게 만드는 반쯤 마시다 만, 혹은 가득 찬 잔들로 넘치는 식탁(《과일과 동물》)이 표현된 그림들일 뿐이다.

이런 그림들이 이제 아름답게 보이는 이유는 샤르댕이 그런 것들을 그리기에 아름답다고 생각했기 때문이다. 그리고 그가 그것들을 그리기에 아름답다고 생각한 이유는 보기에 아름답다고 생각했기 때문이다. 뜨개질하는 방이나 거실, 부엌, 찬장이 그려진 그림이 당신에게 즐거움을 주는 이유는 샤르댕이 이러한 것들을 대면했을 때 순간을 포착해서, 일시성을 제거하여 그것들에 깊이와 영원성을 부여했기 때문이다. 이것들은 서로 너무나 긴밀하게 연결되어 있어서 샤르댕이 첫 번째 것만 그렸을 때 그것에 만족하지 못하고 두 번째 것을 그리게 된 것인데, 마찬가지로 당신은 두 번째 것 앞에서 만족하지 못하고 첫 번째 것으로 되돌아가는 것을 느끼게 될 것이다. 당신은 소박한 정물의 풍경이 선사하는 기쁨을 무의식적으로나마 느꼈을 것이다. 그것을 느끼지 못했다면 샤르댕이 지시적이면서 명쾌한 언어로 당신의 마음에 호소했을 때 아무 감흥도 느끼지 못했을 것이다. 당신의 의식은 너무나 고정되어 있어서 내면 깊이 내려가지 못했던 것이다. 소박한 정물 앞에서 느끼는 즐거움은 샤르댕이 등장해 그것을 승격시킬 때를 기다려서야 비로소 가치를 띠게 되었다. 샤르댕과 함께 당신은 그것을 알아보고 처음으로 음미하게 되었다. 샤르댕의 그림을 보면서 당신이 "이것은 부엌과도 같이 은밀하고, 편안하며, 살아 있다."라고 말할 수 있다면, 당신은 부엌을 거닐면서 "이것은 샤르댕의 그림처럼 흥미롭고, 위대하며, 아름답다."라고 말할 수 있을 것이다. 당신은 비록 샤르댕처럼 위대하지는 않더라도 그의 그림을 좋아한다는 이유만으로 그와 같이 되어서, 당신의 세계에서 금속과 도자기는 활동을 하고 과일은 이야기를 나눌 것이다.

샤르댕이 당신에게 자신만이 느끼는 비밀을 고백하는 것을 보고, 정물들은 이번에는 당신에게 더 이상 그들의 아름다움을 숨기지 않을 것이다. 정물은 이제 살아서 생명을 띠게 된다. 정물은 인생과 마찬가지로 언제나 당신에게 전할 이야기들, 빛을 발하게 될 영광, 베일이 벗겨질 비밀로 가득하다. 만약 며칠 동안 샤르댕의 그림들이 하는 말을 귀 기울여 듣는다면 당신은 일상에 매료될 것이며, 회화의 삶을 이해하고, 더불어 삶의 아름다움을 쟁취하게 될 것이다.

당신이 타인의 진부한 이미지와 자신의 권태가 반영되는 것만을 보는 이런 실내에 샤르댕은 마치 한 줄기 빛처럼 들어와 각각의 사물에 고유의 색을 띠게 하고, 길고 긴 영원의 밤에서 정물들을 깨어나게 한다. 그것들의 형태는 보는 이의 시선을 자극하는 재치를 띠게 되고 영혼을 흔드는 모호한 의미를 내포하게 된다. 긴 잠에서 깨어난 공주처럼 각각의 물체는 새롭게 부여된 생명에 의해 색조를 띠고, 당신과 대화를 나누기 시작하며, 숨을 쉬고 삶을 이어간다. 날이 바깥으로 삐죽하게 나온 채 옆으로 뉜 칼이 헝클어진 식탁보 위에서 뒹굴고 있다. 이 장면은 하인들이 얼마나 분주하게 움직였는지, 만찬에 초대받은 손님들이 얼마나 식성 좋게 먹었는지 증언하고 있는 것 같다. 가을에 수확을 끝낸 과수원처럼 영광스러우면서 헐벗은 커다란 쟁반 위에는 큐피드의 볼과 같이 포동포동하며 분홍색인, 영원한 생명만큼이나 매혹적이고 근접할 수 없는 복숭아들이 한가득이다. 개 한 마리가 닿지 않는 곳에 올려져 있는 복숭아 더미 쪽으로 고개를 쳐들고 있다. 이는 복숭아들을 소유할 수 없는 대상으로 만들어 그것을 더욱 매력적으로 느끼게 한다. 개의 시선은 솜털로 덮여 있는 복숭아 껍질의 부드러움과 그윽한 향기의 감미로움을 음미하고 즐기는 듯하다. 낮과 같이 투명하고 샘물과 같이 매혹적인 술잔들이 보인다. 반 정도 술이 남은 잔들은 어느 정도 해소된 갈증의 상징처럼, 여전히 뜨거운 갈증을 상징하는 듯한 완전히 비어 있는 잔들 옆에 나란히 놓여 있다. 시들어 처져 있는 꽃부리와 같이 잔 한 개가 쓰러져 있다. 그 잔은 뉘어 있는 자세로 인해 날씬한 손잡이, 매끄러운 연결부위, 투명한 옆면, 우아하게 벌어진 입술 닿는 부분을 그대로 보여준다. 그 잔에는 약간 금이 갔는데, 이제 더 이상 사람들의 필요에 응하지 않아도 된 우아한 비실용성으로 마치 베네치아의 샴페인 잔과 같은 귀족성을 띤다. 무지개 빛의 자기처럼 가볍고 바닷물의 신선함을 가져다주는 굴들이 이 식탐의 제단 위에서 연약하고 매력적인 상징성을 띤 채 식탁보 위에 헝클어져 있다.

바닥에는 발로 급하게 밀어낸 듯한 물양동이가 있다. 칼 한 자루가 황금빛 레몬을 둥글게 썰다 만 채로 놓여 있는데, 이는 식탐을 상징하는 또 다른 기호로써 이와 같은 미적 쾌감의 장면을 완성한다.

그럼 이제 크기가 제각각인 항아리들, 능력 있고 충실한 하인들이자 성실하고 아름다운 인종인 항아리들이 부족을 이루어 지키고 있는 문지방을 넘어 부엌으로 들어가보자. 식탁 위에는 목적물을 망설임 없이 향하는 칼들이 위협적인 동시에 무해한 한가로운 모습으로 놓여 있다. 그런데 그 위에는 이상한 모양의 괴물, 바다에서 유유히 헤엄쳤을 법한 가오리 한 마리가 매달려 있다. 바다의 고요함과 폭풍을 모두 겪어 놀라운 증언을 할 수 있을 것 같은 이 가오리는 보는 이들의 호기심과 식탐을 순간적으로 자극한다. 활짝 펼쳐진 상태의 이 가오리는 붉은 피가 묻어 있고, 파란 신경조직과 흰 근육이 어울려 마치 알록달록한 성당의 중앙홀과 같은 섬세하고 넓은 아름다운 구조를 이룬다. 바로 옆

에는 죽음 앞에 모든 것을 포기한 채 눈이 튀어나온 생선들이 뻣
뻣하고 절망적인 곡선을 이룬 채 엎드려 있다. 이 바다생물들보
다는 한층 현명하고 의식 있는 형태의 모호한 생명력을 불어넣는
고양이 한 마리가 있다. 가오리를 바라보는 시선을 번뜩이며 고
양이는 신중하면서도 다급하게 굴껍질 위에 발을 올려 놓고 있는
데, 이는 조심성 있는 성격과 까다로운 식욕, 행동의 대담함을 동
시에 보여준다. 다른 감각들과 어울리고 몇몇 색깔의 도움을 받
아 과거와 미래를 재구성하기 좋아하는 관람객의 눈은 싱싱한 굴
들이 곧 고양이의 발을 적시는 것을 보게 되고, 고양이의 무게를
버티지 못하고 아무렇게나 쌓인 굴들이 무너져 내리면서 내는
크고 작은 소리를 듣게 될 것을 안다.

　낯익은 물건들처럼, 일상의 얼굴에는 고유의 매력이 있다. 이
미 모든 것을 경험해서 많은 것들을 알고 계산하고 예상하는 눈
으로, 아직 아무것도 모르는 눈을 한 딸이 수놓은 융단을 검사
하는 어머니를 보는 것은 하나의 큰 즐거움이다. 손목이나 손은
다른 많은 것들과 마찬가지로 많은 것을 내포하고 있다. 그것을
알아볼 수 있는 관람객에게는 작은 손가락 하나조차 기분 좋은
진실성을 담은 채 많은 배역을 연기하는 훌륭한 배우가 될 수 있
다. 가지고 있는 것이라고는 말재주와 옷뿐인, 예술가인 체하는
사람들은 자연 속에서만 조화로운 비율을 한 대상을 찾는다. 하
지만 진정한 예술가에게는 주변의 모든 것이 호기심을 자극하
고 작은 근육 하나조차 의미를 가진다. 당신은 화려함이나 세련

됨과는 거리가 먼 노인들, 긴 세월에 채여 녹이 슨 낡은 기계처럼 불거진 노인들을 보는 것을 좋아하지 않을 것이다. 그렇다면 이제 샤르댕의 파스텔 작품들이 있는 갤러리에 가서 그가 일흔 살에 그린 자화상들*을 보라. 코 끝에 걸친 거대한 코안경을 구성하는 알 두 개 너머로는 많은 것을 보고 불평하고 또 기뻐하며, 닳을 대로 닳은 두 눈동자가 우리를 쳐다보고 있다. 그 눈동자는 스스로 자랑스럽고 감격한 투로 "그렇소. 난 노인네요."라고 말하는 듯하다. 나이로 뒤덮여 꺼져가는 부드러운 눈빛은 아직도 열기를 띤다. 하지만 두 눈꺼풀은 닳은 자물쇠처럼 끝부분이 붉은색이다. 몸을 감싼 낡은 옷처럼 보이는 그의 피부는 딱딱하고 건조하다. 천조각처럼 피부는 분홍색 홍조를 띠고 군데군데 금빛 진주조개와 같은 색으로 덮혀 있다. 자화상을 이루는 이런 부분들은 모두 나름대로 고유의 오래된 역사를 가지고 있으며 끝이 있는 모든 것들이 풍기는 느낌, 가령 꺼져가는 불꽃이라던가 시드는 나뭇잎, 지는 해, 해진 옷, 죽어가는 사람들이 느끼게 하는 섬세함, 풍요로움, 그리고 부드러움을 상기시킨다. 입술의 주름, 눈의 표정, 코의 찡그림이 서로 얼마나 직접적으로 연결되어 있는지 보게 될 때 우리는 놀란다. 미세한 주름 하나, 혈관 한 줄 모두가 그 사람의 성격, 인생, 그리고 감정이라는 세 가지 요소를 충실히, 그리고 흥미롭게 재현하고 있다. 이제부터 당신은 길에서건 집에서건, 그것을 풀이할 수 있는 능력만 갖추고 있다면 그 어떤 고서보다도 더욱 생동감 있고 풍부한 내용을 간직하고 더 많은 것들에 대해 이야기해줄 수 있는 노인들을 존경 어린 호기심으로 주의해서 관찰해보길 바란다.

위에서 언급한 초상화에서 샤르댕이 잠옷 차림을 하고 잠 잘 때 쓰는 모자를 쓴 모습은 그가 마치 나이 많은 할머니 같다는 인상을 준다. 파스텔로 그린 또 다른 초상화에서 그는 늙고 우스꽝스러우며 별난 영국인 관광객과 같은 모습을 하고 있다. 이마 깊숙이 눌러 쓴 챙모자와 목 주위에 두른 머플러는 우리에게 감출 여유도 주지 않고 웃음을 자아낸다. 지적임이 분명한, 동시에 괴팍하고 또한 조롱에도 온화한 미소를 띠는 이 독특한 노인을 정의하는 말이 있다면 그것은 무엇보다도 '예술가'가 될 것이다. 그의 이렇듯 놀랍고 무신경한, 잠잘 준비를 마친 듯한 차림새는 그의 취향을 보여주는 것이다. 낡은 분홍색 머플러는 같은 분홍색으로 상기된 이 노인의 얼굴을 더욱 온화하게 느껴지게 한다. 머플러 매듭의 분홍색과 노란색이 노인의 피부에 그대로 반사되고, 금속테 안경의 어두운 빛깔이 모자챙의 가장자리에 푸르게 반사되는 것을 보면서 우리는 노인이 만들어낸 놀라운 조화에 새삼 감탄하고, 그 놀라움은 곧 은은한 매력으로 변한다. 얼핏 보기에 정돈되지 않은 듯한 차림의 노인이 고귀한 색깔의 서열과 아름다움의 법칙을 표현했다는 사실에 놀라며, 보는 이는 그것을 발견하며 진귀한 감상에 빠진다.

하지만 당신은 이 파스텔화에 표현된 얼굴을 보며 웃어야 할지 울어야 할지, 그리고 그런 스스로를 어떻게 정당화할지 몰라서,

또한 어떤 표현이 적당할지 선택하지 못해서 당황하게 될 것이다. 젊은 사람이 노인 앞에 섰을 때, 만약 앞에 있는 사람이 같은 나이 또래의 사람이라면 느끼지 않을 이상한 감정을 갖게 되는 경우가 있다. 그것은 우리가 관상이라고 부르며 이미지와도 같이 비유적인 언어, 빠르고 직접적이며 즉각적인 언어를 젊은이들은 아직 정확히 이해하지 못하기 때문이다. 샤르댕은 자화상을 통해 자신을 진지하게 여기지 않는 노인의 허세를 가지고 우리를 놀리기 위해서, 혹은 자신이 아무것도 모르는 바보가 아니라는 것을 드러내며 아직도 건강에 문제가 없을 뿐만 아니라 유머가 넘친다는 것을 과장해 보임으로써 "아! 이 세상에는 당신들 같은 젊은이들만 있다고 생각하시오?"하고 반문하는 것일까? 아니면 우리의 젊음에 상처입은 그의 무기력이 온 힘을 다해, 하지만 헛되이 반란을 꾀함으로써 보는 이의 동정을 불러 일으키려는 것일까? 그가 자화상을 통해 보여주는 눈의 생명력, 넘쳐나는 입가의 결의는 우리에게 무엇이라도 믿게 할 듯하다. 우리 중 얼마나 많은 이들이 노인들이 하는 말의 의도나 의미, 특히 그들의 눈과 코의 찡그림, 입의 주름이 내포하고 있는 것을 이해하지 못했던가! 우리는 종종 나이 많은 사람들 앞에 서면 마치 정신이 약간 이상해진 사람들을 대하듯 동정 어린 미소를 짓고는 했다. 하지만 마찬가지로 그들 앞에 섰을 때면, 정신 나간 사람을 마주칠 때 느끼는 두려움을 느끼는 것도 사실이다. 그들이 거쳐온 인생의 폭은 너무나 깊어서 얼마나 여러 번 웃음이 그들의 입가에 맴돌았는지, 얼마나 여러 번 노여움 혹은 감동이 그들의 눈을 빛내고 목소리를 떨리게 하고 맥박을 빠르게 해서 볼을 상기시켰을지 우리는 모른다. 너무 오래 사용해 나사가 빠져버린 입은 이제 그 어떤 노력으로도 웃음을 띨 수 없고, 진지해야 하는 순간에도 굳게 닫힐 수 없게 되었다. 눈은 생명력을 잃고 안개가 가득 끼었다. 볼은 이제 그 어떤 감정에도 상기되지 않거나 반대로 웅덩이에 고인 오래된 물처럼 지나치게 붉다. 또한 그들의 얼굴은 생각이나 감정을 적절하게 표현할 수 있는 표정을 찾지 못해서 자신감은 농담으로, 용맹함은 위협으로 느껴지게 만든다. 두 개의 상반되며 연결되지 않는 감정이 그들의 얼굴에 표현되는 것을 읽으며 우리는 걱정하고 염려하여 멋대로 해석하게 되는 것이다.

당신은 사람처럼 살아 숨쉬는 사물과 과일들을 보았고, 반대로 과일과 같은 피부와 솜털, 색깔을 가진 사람들을 보았다. 샤르댕은 여기서 한 발 더 나아간다. 그가 방이라는 공간에 사물들과 사람들을 존재시킴으로써 방은 사물과 사람을 넘어 그 이상의 존재감을 갖게 된다. 방은 그들의 삶의 터전이자 그들간의 유사성이나 차이점을 드러내는 법칙, 그들의 매력이 담긴 은은한 향기, 그들의 영혼의 비밀을 간직함과 동시에 폭로하는 친구이자 그들의 과거를 간직한 신전이 된다. 최소한의 것만으로 오랫동안 동거해온 사이처럼 이들은 서로를 필요로 하고, 서로의 동반자가 된 것을 은근히 즐기며, 그들만의 우정을 키운 것이다. 주인의 명예를 대변하는 충실한 하인과 같은 오래된 장작 받침쇠는 장작

불이 애정 어린 시선을 보낼 때에만 그 도도함을 누그러뜨린다. 평생을 그 방 안에서 지낸 가구들은 언제나 같은 시간에 산책하는 노인들처럼 아침마다 먼지를 털기 위해 창가 쪽으로 움직여지고 그때마다 서로에게 아침 인사를 나눈다.

우리 옆을 스치거나 어깨 위에서 잠들어 있는 공기를 햇빛이 비추었을 때 미세한 먼지들의 소용돌이를 볼 수 있듯이, 겉으로 보기에 단조로운 방 안에서 우리는 특별한 형태의 우정을 목격하게 될 것이다. 〈근면한 어머니〉나 〈식사기도〉*를 보라. 늙은 개 한 마리가 매일 같은 자리에서 익숙한 자세로 부드럽고 게으른 등을 보드라운 천을 덧입힌 바느질함에 기대어 보낸 세월은 이 둘 사이에 우정을 쌓았다. 편안한 자세로 앉아 있는 어머니의 사랑스러운 두 발은 오래된 물레 쪽으로 자연스럽게 향해 있다. 어머니는 자신도 인식하지 못한 채 몸에 밴 습관을 따라 자세가 잡혀 있고, 이렇게 어머니와 물레 사이에도 우정이 형성되었다. 또한 난로불 앞쪽이 내는 색과 양모 실타래의 색 사이에, 식탁을 준비하는 여인의 앞으로 기울어진 몸, 즐겁게 움직이는 그녀의 손과 오래된 식탁보, 아직은 이가 나가지 않은 그릇들 사이에는 우정, 아니 애정이 느껴진다. 이 여인은 이미 몇 년 전부터 아무리 조심스러운 손놀림으로 그릇을 대한다 해도, 이 그릇들이 매번 식탁보의 같은 자리에 놓일 때마다 조금씩 약해져간다는 것을 알고 있다. 또한 매번 같은 시간에 식탁보 위를 방문하는 해질녘 빛은 그것에 부드러운 크림빛을 띠게 하여 플랑드르 화파의 그림을 방불

케 한다. 때로는 갑자기 방 안에 들어오고, 때로는 방 안에서 잠이 들고, 그러면서 같이 수년을 보낸 방과 빛, 온기와 옷감들, 사람과 사물, 과거와 삶, 빛과 어둠 사이에는 우정 그 이상의 것이 존재한다.

이제 우리는 정물화의 잊혀진 삶에 대한 입문 여행의 끝자락에 와 있다. 단테가 베르길리우스의 지도를 받았던 것처럼, 우리 자신을 샤르댕의 안내에 맡겨둔다면 우리는 이 여행을 완성할 수 있을 것이다. 이제 여기서 한 발자국 더 나아가길 원한다면 또 한 명의 스승을 따라야 한다. 하지만 렘브란트의 문지방을 넘지는 말자. 우리는 샤르댕을 통해 복숭아는 여인과 같은 생명력을 띠고, 보잘것없는 도자기는 귀중한 보석과 같은 아름다움을 지닐 수 있다는 것을 배웠다. 샤르댕은 사물을 대하는 영혼과 그것을 아름답게 감싸는 빛 앞에서 모든 것은 신성한 평등함을 갖는다고 선언했다. 그는 우리를 현실 속으로 안내함으로써 거짓 이상에서 탈출시켰다. 관습 안에 갇혀 약해진 아름다움 혹은 인위적인 취향이 아닌 자유롭고 강하고 범세계적인 아름다움을 현실 속에서 발견하게 해준 것이다. 그럼으로써 우리에게 세계를 열어주고, 아름다움의 바다에 안내했다. 렘브란트와 함께라면 우리는 이런 현실 자체를 초월하게 될 것이다. 아름다움이 사물 자체에 있는 것이 아님을 이해하게 될 것이다. 만약 정말 아름다움이 사물에 있다면 아름다움이라는 것이 그렇게나 깊고 신비하지 않을 것이기 때문이다. 사물이란 그 자체로는 아무것도 아니며, 변화하는 아름다움의 표현이자 신의 시선인 빛이 내려 앉는 공허한 궤도일 뿐이다. 〈두 명의 철학자〉*라는 그림에서 우리는 아궁이같이 창문을 붉게 물들이고 색유리를 통과한 듯 강렬한 빛을 발견한다. 이 빛에는 일상적이고 단순한 방을 성당의 장중한 화려함, 지하 예배당의 신비로움, 묘지, 밤, 미지, 범죄의 공포로 뒤덮는 강한 힘이 있다. 〈선한 사마리아인〉*에는 두 개의 창문에서 각각 어둡게 표현된 인물이 밝은 곳에 있는 사람이 보내는 미소를 회피하고 있는 것을 볼 수 있다. 이때 빛 한 줄기가 내려와 대지와 하늘을 하나로 연결시킨다. 팽팽하게 당겨진 밧줄의 떨림처럼 신비한 아름다움이 멀리 있는 언덕, 말의 등, 창문을 따라 내려오는 양동이를 미세한 떨림으로 덮는다. 너무나 익숙하고 평범한 사물에 반사되어 모든 곳에 존재하지만 그 어디에서도 찾아볼 수 없는 존재를 느끼게 하는 빛은 낮에는 아름다움을, 밤에는 신비감을 부여한다. 빛이 사라지는, 그토록 두려우면서도 아름다운 순간에 사물의 존재감 또한 완전히 바뀌기 때문에 우리는 빛이야말로 모든 사물의 정수라고 여기게 되고 그 순간에는 사물들 스스로도 죽음의 공포를 느끼는 듯하다. 그 순간, 우리는 모두 렘브란트의 철학자가 된다. 신비한 진리가 빛의 언어를 통해 벽에 적히는 것을 보고 우리는 떨리는 감동을 느낀다. 눈부시고 혼란스러운 강과 바다 너머, 반짝이며 불타오르는 창문과 지붕의 기와들 저쪽에 있는 대지에 비친 하늘이 보인다. 하늘의 모습은 우리가 절대로 알지 못함과 동시에 어디서나 볼 수 있는 모습이다. 그 모습은 우리가 보지 못한 모든 것들의 아름다움이자 미지의 신비함을 담고 있다. 그림 속의 철학자처럼 우리는 하늘을 쳐다보지만, 그 철학자처럼 기쁨이나 불안, 그것의 원인과 본질을 깨달으려 하지는 않는다. 철학자를 그린 렘브란트도 자신이 그린 철학자처럼 사고하지는 않았을 것이다. 하지만 하늘을 그린 것으로 미루어 그도 철학자가 보는 것처럼 하늘을 올려다본 것은 분명하다.

샤르댕과 함께, 나는 위대한 화가의 작품이 그에게 가졌던 것처럼 우리에게 어떤 의미를 가질 수 있는지를 사고해보았다. 샤르댕은 특별한 재주를 그림에 나열했다기보다는 자신의 삶에서 가장 은밀한 부분, 사물의 가장 내부적인 요소를 표현했다는 점에서 우리의 삶에 말을 걸고 영향을 주며 서로를 교감시킨다. 그림에서 자신들이 의도하지도 않은 것을 비평가들이 만들어내 해석한다고 지적하는 화가들에게 나는 이렇게 말하고 싶다. 만약 그 화가들이 내가 말한 바를 그렸다면, 아니 정확히 말해서 만약 샤르댕이 내가 그의 그림들에 대해서 말한 것을 표현했다면, 그림을 그렸을 때 샤르댕은 그렇게 하고자 할 의도가 전혀 없었거나 적어도 의식적으로 그렇게 하지는 않았을 것이 분명하다. 만약 샤르댕이 굴로 하여금 신선한 바닷물을 맛보게 하고, 식탁과 식탁보, 식탁보와 햇빛, 어둠과 빛 사이에 은밀한 공감대를 형성했다는 것을 안다면 그 자신도 놀랄 것이다. 이는 마치 아기를 막 출산한 여인에게 의사가 방금 일어난 일을 의학적으로 상세히 설명하여 그 여인 자신도 모르게 한 신비한 일을 굳이 일깨워 놀라게 하는 것과 같다. 창조적인 행위는 그것에 관한 어떤 법칙을 알고 있어야 이루어지는 것이 아니라 이해하지 못하고 신비한 힘, 그것을 밝혀낸다고 해서 더 강해지지는 않는 그 어떤 힘에 의해 이루어진다. 의학에 대한 지식이 있어야만 산모가 아기를 낳는 것이 아니고, 사랑의 심리학을 알아야만 남자가 사랑에 빠지는 것이 아니며, 화를 내는 작용원리를 알아야만 화가 나는 것이 아니듯이……

〈여자 장사꾼〉
장 바티스트 시메옹 샤르댕, 1739. 캔버스에 유채, 47×38cm, 파리 루브르 미술관

〈근면한 어머니〉
장 바티스트 시메옹 샤르댕, 1740. 캔버스에 유채, 49×39cm, 파리 루브르 미술관

〈식사기도〉

장 바티스트 시메옹 샤르댕, 1740, 캔버스에 유채, 49.5×38.4cm,
상트페테르부르크 에르미타슈 미술관

〈안경을 쓴 자화상〉
장 바티스트 시메옹 샤르댕, 1771, 종이에 파스텔, 46×38cm, 파리 루브르 미술관

〈안경을 쓴 자화상〉
장 바티스트 시메옹 샤르댕, 1775. 종이에 파스텔, 46×38cm, 파리 루브르 미술관

〈가오리〉
장 바티스트 시메옹 샤르댕, 1728,
캔버스에 유채, 114×146cm,
파리 루브르 미술관

〈식탁〉
장 바티스트 시메옹 샤르댕, 1728,
캔버스에 유채, 194×129cm,
파리 루브르 미술관

〈두 명의 철학자〉

렘브란트 판 레인, 1628, 목판에 유채, 72. 3×59.5cm, 빅토리아 국립미술관

〈선한 사마리아인〉
렘브란트 판 레인, 1633년 이후, 캔버스에 유채, 68.5×57.3cm, 런던 월리스 컬렉션

렘브란트

미술관은 생각만을 저장해놓는 집이다. 생각을 제대로 이해하지 못하는 사람일지라도 자신 앞에 나란히 정렬되어 있는 것은 생각들이고, 그림은 진귀한 것이지만 그것이 그려진 화판, 그 위에 칠해진 말라버린 물감, 황금색을 입힌 나무액자 등에는 아무 의미가 없다는 것쯤은 알고 있을 터이다.

렘브란트의 그림 한 점에서 우리는 젊은 여자의 발톱을 깎아주고 있는 할머니, 털옷 속에서 어둡게 빛나고 있는 진주 목걸이, 붉은 양탄자, 인도산 적색 천조각을 볼 수 있다. 어두운 방에 초저녁의 저물어가는 햇살이 창문을 통해 들어와 입구를 비추고 한구석에서 타오르는 난롯불이 보인다. 소녀의 윤기 나는 긴 머리칼을 할머니가 빗겨주고, 강의 수문은 햇볕을 받아 빛나고, 말탄 사람들이 그 강가를 지나고, 바람에 돌아가는 풍차가 배경으로 보인다. 우리는 이 모든 풍경은 자연을 구성하는 요소들이고 렘브란트는 다른 것들을 그렸던 것처럼 그것들을 그린 것이라고 생각한다. 하지만 당신이 렘브란트의 다른 그림들을 하나하나 검사한다면, 소녀의 옆에 그녀의 발톱을 다듬어주는 또 다른 할머니와 털옷 속에서 마찬가지로 어둡게 빛나는 또 다른 진주들을 발견하게 될 것이다. 이제 그녀는 더 이상 렘브란트의 여인이 아니라 '간음한 여인'[01]이 되고 '에스더'[02]가 되는 것이다. 그녀는 마찬가지로 순종적이며 슬픈 얼굴을 하고 있지만 화려한 금단 실크와 진주가 장식된 붉은 캐시미어로 몸을 치장하고 있다. 그것은 더 이상 철학자의 집이 아닌 목수의 작업실, 혹은 독서하는 남자의 방으로[03] 실내에는 바깥의 빛이 겨우 들어와 부분적으로 밝히고, 난롯불은 더욱 생동감 있는 반사광을 투영한다. 여기 정육점에 소고기 덩어리 하나가 있다. 그것은 더 이상 왼쪽에 어느 여자가 무릎을 굽힌 채 바닥을 닦고 있는 그림이 아니고, 오른쪽에서 방을 나가려다가 잠시 돌아보는 여인이 있는 그림이다.[04] 발톱을 다듬어주는 혹은 머리를 빗겨주는 나이 많은 여인, 털옷과 진주들로 치장한 슬프고 조용한 표정의 여인, 어두운 방 구석에서 타오르는 난롯불에 의해 실내가 밝혀지는 집 등과 마찬가지로, 이런 것들은 렘브란트가 그린 소재들이 아니라 그의 취향이자 위대한 예술가를 자극시키는 흥미롭고 유익한 소재를 구성하는 생각들로, 그것을 대했을 때 예술가 내부에 존재하고 있던 어떤 사고를 재발견시킴으로써 예술가가 그 소재에 더욱 애착을 느끼게 하는 것들이다.

한 철학가가 미술관에서 작품을 감상하다 갑자기 영감을 받고 다른 진귀한 생각들이 샘솟듯 터져나올 때, 그 방문은 진실로 가치를 띠게 된다. 화가의 작품은 그 화가 자신보다는 자연과 더 닮은 경우가 많다. 하지만 이후에 자연과의 놀라운 교감을 통해 더욱 활발해진 그의 본질은 그의 생각을 완전히 흡수한다. 마지막에는 그에게 오로지 이것만이 현실이고, 그는 이것을 완전히 재현하기 위해서 점점 더 투쟁하게 된다. 청년기의 렘브란트가 그린 자화상들은 서로 많이 다르고, 여느 위대한 화가의 자화상들과 다르지 않다. 그러다 어느 순간부터 그의 자화상들은 모두 황금빛 물질로 감싸인 듯한 느낌을 주고, 마치 그 자화상들을 모두 같은 날에 그린 것은 아닌가 하는 착각을 일으킨다. 이 날은 해가 저물며 광선이 물체에 닿았을 때 그것을 황금빛으로 물들인 바로 그날이다. 렘브란트의 여러 작품들에 보이는 이러한 닮은 특성은 손톱 다듬어주는 늙은 여인이나 머리 빗겨주는 여인, 저무는 햇빛의 방이나 난롯불 등이 서로 닮은 것보다도 훨씬 강한 것이다. 그것은 렘브란트의 취향이고, 그의 자화상들과 그림들에 있는 그 빛은 그의 자각의 날이자 우리가 사물들을 새로운 방법으로 바라보고 생각하게 되는 바로 그날의 것이다. 렘브란트 자신도 그날이 자신에게 의미 있는 날임을 인식하고 지금까지 똑같았던 사물이 갑자기 다르게 보이며, 새로운 독창적인 생각이 꼬리를 물고 이어져서 무언가 높은 곳에 도달했으며 창조하게 될 것이라는 즐거운 예감을 받았던 날이다. 이제 그 빛을 발견한 이상 렘브란트는 오로지 그것만을 그리고, 생산적이며 이상적이지 않은 다른 빛은 쳐다보지 않게 되었다. 렘브란트의 천재성에만 주어지는 특권은 우리가 그의 황금빛 물질을 봤을 때 기쁨을 선사하는 형태로 연관된다. 렘브란트의 누이의 슬픈 얼굴, 고요한 저녁시간 지붕에서 미끄러져 내려오는 양동이, 이미 오래 전에 진 태양의 흩어진 마지막 섬광들, 선한 사마리아인의 삶이 끝나는 집 앞 등 관찰된 사물들의 절대적인 깊이를 그가 보여줄 것이라는 생각에 우리는 기꺼이 그러한 즐거움에 스스로를 맡긴다.

렘브란트가 노후에 그린 그림들에서는 그에게 그토록 중요했던 황금빛 날, 그래서 그토록 생산적이고 감동적일 수밖에 없었던 그날이 이제 그에게 현실의 모두가 되었으며, 그는 그것을 가장 고통스럽게, 완전하게 번역하려는 노력만을 기울였음을 볼 수 있다. 그는 더 이상 어떤 아름다움이나 외부적인 진리에 신경 쓰지 않고, 오로지 그것만이 그에게 중요함을 깨닫고 그것을 잃지 않기 위해 모든 것을 희생한다. 이제 그의 모든 그림들 깊은 곳에는 그가 잡으려 애썼던 현실에 집중한 순간들이 보이며, 그는 우리에게 "이것입니까?" 혹은 "이것을 보시오."라고 요구하는 것 같다. 그의 시선은 이해한 시선이자 온화한 시선으로 간음한 여인 앞 그리스도의 시선, 모든 의미를 이해한 채 시를 읊는 시인 호메로스의 시선, 모든 비참함을 보고 모든 부드러움을 가지고 있으며 울고 싶은 심정의 시선, 〈엠마우스의 순례자들〉*속에 있는 그리스도의 시선이다. 간음한 여인 앞의 그리스도, 호메로스, 〈엠마우스의 순례자들〉의 그리스도는 모두 왜소한 체구를 하고 있으며, 생각에 몰입한 몸짓과 똑바르고 자신감 있는 시선이 아닌 고정된 시선, 생각으로 가득한 시선을 하고 있다. 우리는 그들의 궤도에 어떤 생각이 있는지 알아보고 거기에서 생각이 빠져 나오지 않도록 노력하는데, 그들은 허리가 굽었으며 겸손한 표정을 짓고 있다. 마치 호메로스나 그리스도의 생각과 같은 위대한 생각은 모두 그 생각을 하는 사람 자체보다 더 위대하다고 말하는 것 같다. 위대하게, 깊이 있게 생각하는 것은 생각에서 아무것도 빠져 나가지 못하도록 존경심을 담아 생각하는 것과 마찬가지이다. 하지만 일단 그림을 완성한 렘브란트는 이제 생각에서 자유로워진 상태로 그의 그림 안쪽에서부터 별 근심 없이 우리를 보고 있다. 우리가 그에 대해서 어떤 말을 하건 예술가의 작업 목적은 명예가 아니라 생각을 완전하게 전달하는 것이다. 그리고 그의 작품에 있어서만은 그가 표현하고자 하는 것에 충실한 그림을 끝낸 이상 마음이 편해질 수 있는 것이다. 그는 젊은 시절 커다란 욕망이 느껴지는 초상화를 남겼는데 그것이 나중에는 걱정스러운 신중함, 내면의 현실로 바뀌는 것을 볼 수 있다. 그를 타오르게 했던 천재적인 영감을 그 자신도 인식하고 있었지만 그것을 온전하게 그림으로 표현하는 것이 어려웠기 때문이다.

렘브란트의 작품은 이 세상의 가장 위대한 이들이 평생을 바쳐 연구하게 만들기에 충분히 진지하다. 죽음 이후에는 물질적으로 불가능하기 때문에 그렇게 하지는 못하더라도 그들 삶의 마지막 날들에도, 시간이 흘렀다고 하여 중요성이 줄어들지 않는 다른 것들처럼 그의 그림들은 위대한 인물들에게 남은 마지막 몇 해, 마지막 몇 주에 더욱 중요하고 현실적인 것으로 생각되는 것이다. 암스테르담에서 렘브란트 전시회에 갔을 때의 일이다. 전시회장에 나이 많은 하녀와 함께 구불거리는 긴 머리를 하고, 절룩거리며, 호남형이기는 하나 눈이 꺼지고 얼이 빠진 듯한 노인 한 명이 들어오는 것을 보았다. 노인들과 환자들은 이미 죽은 자 혹은 얼간이 같은 모습을 한 놀라운 존재들이다. 우리는 그 노인의 떨리는 손이 사실은 어떤 가문 전체를 놀라게 하거나 국가의 운명을 바꿀 수도 있고, 자신의 따뜻한 방에서 사형수를 사면시킬 수 있는 종이에 서명하는 것을 그 어떤 외부적인 요소도 막을 수 없으며, 그가 방에서 슬픈 꿈을 꾸면서도 팔십 노인의 손으로 쓴 헤아리기 힘든 글씨들은 그의 생각을 여전히 완전한 상태로 유지시키며 책과 시의 형태로 나타난다는 것을 그 순간에는 알지 못한다. 그의 작품에는 주름진 영혼의 모순이 미소 짓고 있지만, 반쯤 마비된 노인의 얼굴을 보게 되면 우리는 그저 어느 얼간이가 산책하러 나온 것이라고 생각하게 된다. 전시장의 그 노인은 구불거리는 긴 백발을 어깨에 늘어뜨린 채 빛 바랜 두 눈을 하고 들어왔다. 어디선가 본 듯한 얼굴이었다. 그 순간 갑자기 내 옆 누군가가 이미 불멸성을 띤 그 노인의 이름을 말했고, 그럼으로써 그의 이름은 죽음에서 탈출했다. 그는 다름 아닌 러스킨이었다. 이미 인생의 막바지에 접어들었음에도 스무 살 때부터 자신을 사로잡았던 렘브란트의 그림들, 나이 든 자신에게 어느 때보다도 더 현실성을 띤 그 그림들을 마지막으로 한 번 더 보기 위해서 영국에서부터 온 것이다. 그는 그림들을 보는 듯 마는 듯했다. 지팡이를 짚고, 힘겹게 기침하고, 겨우 고개를 가누는 등 나이 듦에 수반되는 수없이 많은 필수적인 행동들이 노인이자 아기와도 같은, 환자인 그를 미라처럼 감싸고 있는 듯했다. 그러나 지나간 수많은 날들의 두꺼운 안개에 싸여 있는 그의 얼굴과 이미 영혼을 알아볼 수 없게 된 눈동자를 통해, 우리는 그가 허약하지만 여전히 자신의 것인 두 다리를 이끌고 렘브란트에게 진심 어린 경의를 표하러 왔음을 느낄 수 있었다. 바로 그 러스킨, 상응할 수 없는 두 가지 이미지를 갖고 있는 러스킨이었다. 지팡이에 몸을 의지한 무력한 노인의 이미지와 러스킨이라는 이름 자체가 사람들에게 상기시키는 이미지, 그 위대한 영혼과 재능이 눈앞에 있는 구겨진 종이조각 같은 몸 안에 공존한다는 사실, 영혼이 육체를 빌려 존재하고, 보잘것없는 육체 속에 불멸성을 띤 영혼이 있다는 사실, 정신이 이런 육체 속에 건재하고, 보잘것없는 육체가 정신으로 가득한 사람을 담고 있으며, 그 정신은 불멸의 것임을 인지하는 그 자체가 가히 초현실적이었다. 가장 비물질적인 러스킨이 어떻게 이런 모습으로 존재한다는 말인가? 젊은 시절에 렘브란트의 그림들을 보고 감동하여 그에 대해 열정적인 글을 남긴 사람과 이 노인은 같은 사람인 것이다. 시간에 의해 주름 잡힌 러스킨은 황혼의 그림자에 가린 자화상 속의 렘브란트처럼 아름다움을 이해하고자 이곳에 발걸음을 옮긴 것이다. 러스킨이 그토록 멀리서 와서 전시장에 들어선 순간, 렘브란트의 그림들은 한층 더 가치가 높아진 듯했다. 또한 렘브란트에게도 러스킨의 방문은 의미 있는 보상으로 느껴졌을 것이다. 완성된 그림 저편에서 우리를 보고 있는 듯한 화가의 시선이 러스킨을 볼 수 있었다면, 이는 마치 왕이 군중 속에서 또 다른 왕을 알아보는 것과 마찬가지였을 것이다. 렘브란트는, 아니 정확하게 표현하자면 그의 그림들은 러스킨이 전시장에 들어온 그 순간부터, 그토록 고귀한 영혼이 여전히 보러 오는 것을 안 순간부터 더욱 위대하게 느껴졌다. 그 나이가 되면 이제는 어떤 즐거움에도 왠만해서는 무감각한 법인데, 죽음에 임박한 그가 죽음이 방해할 때까지 그것을 보러 갈 만큼 절대적으로 가치 있는 무언가를 담고 있는 것이니까.

하지만 우리에게 기쁨을 주는 것은 어떠한 것에 대한 습관이나 익숙함일 수도 있는데 이를 거꾸로 놓고 생각해보면 러스킨도 마찬가지로 이와 비슷한 이유로 누구도 줄 수 없는 즐거움, 즉 자신만의 특성과 지나간 세월에 의해 형태가 잡힌 기쁨을 누리기 위해 렘브란트전을 보러 온 것일 수도 있다. 마치 의사가 환자를 치료하기 위해 환자의 가족에게 그가 좋아하는 것이 무엇인지 물어봐야 하는 것과 같은 이치이다. 렘브란트의 그림을 봄으로써 러스킨이 느낀 것은 자신에게만 알려졌고 친근한 기쁨, 몸에 밴 오래된 습관에 의한 즐거움이었을 수도 있다. 그것은 마치 어린 손녀를 보는 할아버지, 카드놀이에서 기다리던 자기 순서를 맞은 사람, 타인은 절대로 이해하지 못하는 기벽을 가진 이가 느끼는 즐거움과 같은 성질의 것이다. 러스킨의 하녀가 그를 전시장에 동반한 것은, 그녀가 러스킨이 아니라 다른 노인의 시중을 들었다면 카드놀이에 데려가거나 포도송이 하나를 내왔을 것과 같은 이치로 행동한 것이다. 우리와 가까운 사람들은 우리가 좋아하는 것들의 이름을 알고 있는 법이다. 그들이 이제껏 우리에게만 기쁨을 주던 것들의 엄숙한 이름을 그것이 무엇을 의미하는지조차 모르는 채 부를 때, 그것이 현실에 우리보다 더 종속된 이들에 의해 이같이 다루어질 때 우리는 회심의 미소를 짓게 된다.

〈목욕하는 밧세바〉
렘브란트 판 레인, 1643. 목판에 유채, 57×76cm, 뉴욕 메트로폴리탄 미술관

〈목욕하는 밧세바〉
렘브란트 판 레인, 1654. 캔버스에 유채, 142×142cm, 파리 루브르 미술관

〈에스더, 하만, 아수에루스〉
렘브란트 판 레인, 1660. 캔버스에 유채, 73×94cm, 모스크바 푸슈킨 미술관

〈간음한 여인 앞의 그리스도〉
렘브란트 판 레인, 1644. 목판에 유채, 83.8×65.4cm, 런던 국립미술관

〈사색하는 철학자〉
렘브란트 판 레인, 1632. 목판에 유채, 28×34cm, 파리 루브르 미술관

〈엠마우스의 순례자들〉

렘브란트 판 레인,1648. 목판에 유채, 65×68cm, 파리 루브르 미술관

〈도살된 소〉
렘브란트 판 레인, 1638?, 목판에 유채, 61×49.3cm, 글래스고미술관

와토

나는 연민이 섞인 호감을 가지고 종종 화가 와토의 삶을 생각한
다. 그의 작품은 회화이자 알레고리, 사랑과 즐거움의 예찬이라
고 할 수 있는데 그의 전기작가들은 한결같이 그가 너무나 허약
해서 사랑의 즐거움을 한 번도, 거의 한 번도 경험할 수가 없었다
고 전한다. 그러다 보니 그의 작품 속 사랑은 구슬퍼 보이고 왠지
즐거움조차도 그런 것 같다. 우리는 그가 처음으로 근대적인 사
랑을 그렸다고 이야기한다. 이 말은 즉 대화, 식탐, 산책, 슬픈 분
장, 흐르는 물과 시간 등이 그림 속에서 즐거움 그 자체보다 더 큰
자리를 차지하고, 그러한 것들을 일종의 무기력한 화려함으로 보
여주었음을 의미한다. 그는 친구가 많았던 만큼 적들도 많았다
고 한다. 그의 기분은 수시로 바뀌었는데 한 친구의 저택에서 반
년 정도 신세를 지다가 더 이상 그곳에 머물지를 못하고, 다른 곳

을 꿈꾸고, 그곳을 떠날 때까지 고통스러워하곤 했다. 그러면 와토에게 집을 내주었던 친구는 그를 배은망덕한 사람으로 생각하는 것이다. 와토의 모습 속에서 자신을 알아보는 예술가가 오늘날에도 적지 않을 것이라 생각하게 되는데, 마찬가지로 "예전에 그가 매일 저녁 여기 와서 식사하던 것만 생각하면 분통이 터진다!"며 그런 이에게 원한을 가지고 있는 사람들도 많을 것이다. 순진하기는 하지만 덜 영광스럽게 많은 예술가들이 야심을 품고 이를 모방한다. 악마는 이러한 예술가들을 새로운 장소와 영혼들에게 안내하지만 그곳에 머물도록 허락하지는 않는다. 와토에게 변덕은 신체적인 것과 관련이 깊었다. 그의 변덕은 그의 삶을 앗아간 폐병과 함께 커갔다. 말년에 그는 육체적인 고통보다는 플랑드르의 공기를 직접 가서 마셔보지 못한다는 데서 오는 절망감으로 더욱 괴로워했다고 한다. 그곳에 가면 치유가 될 것이라 믿었지만 그는 이동할 수가 없었다.

와토는 그것이 사람이건 장소이건, 주변의 모든 것이 자신의 병과 연관되어 있다고 생각하고 늘 불만족스러워했다. 와토의 병이 그의 이런 성향의 근원이라고 할 수는 없겠다. 육체의 병이 정신의 병을 좌지우지하지는 않지만 우리의 육체와 정신은 서로 밀접하게 연결되어 있어서 같은 운명을 띠고 있다. 나는 와토의 변덕스러운 성향이 계산이나 야망에 의한 것이라고 생각하지는 않는다. 오히려 그의 진실함과 용기는 놀라울 정도이다. 죽음의 문턱에 다다랐음을 느끼고, 언젠가 그가 모욕을 주었다고 여겼던

제자인 페이터[01]를 자신이 침상에 누워 있는 노장(Nogent)에 오게 했다. 그러고는 죽음을 맞게 될 때까지 남은 두 달 동안 매일같이 그림과 데생에 대한 자신의 모든 지식을 전수했다고 한다. 후에 페이터는 화가로서 자신을 형성한 것은 모두 이 두 달 동안 배운 것들이라고 서술했다.

와토에게서 그의 회화의 가장 놀라운 비밀을 캐낸 위대한 예술가 공쿠르(Goncourt)는 고서점에서 카일러스[02]가 쓴 전기를 발견했는데, 그 책에는 와토가 얼마나 순진한 사람이었는지 단적으로 보여주는 일화가 소개되어 있다. 어느 날, 와토는 별로 비싸 보이지 않는 가발 하나를 정말 마음에 들어 했다. 이발사는 돈을 받는 것을 재주껏 거절했고, 대신 와토의 스케치 아무거나 하나면 좋겠다고 말했다. 와토는 거대한 작품을 그려야 하는 줄로 생각했고, 그것을 주고 나서도 너무 약소한 것은 아닌지, 가발 가격보다도 못하면 어쩌나 염려했다는 것이다. 카일러스는 도도함 섞인 동정의 시선으로, 와토가 고른 문제의 가발은 매우 추한 것이었다며 그것을 고른 와토의 취향을 의심하는 언급을 한다. 나는 이 두 사람 중에서 옳은 이가 와토이며 또한 카일러스가 보기에 매우 흉측한 그 가발을 와토가 원했던 더욱 흥미로운 다른 이유가 있을 것이라 말하지는 않겠다. 하지만 예술가들의 취향은 언제나 이성적이지는 않다. 그들이 폭군적이며 인위적인 성향일 때 그들이 선호하는 것들은 대중에게 어리석은 경탄을 불러일으킨다. 하지만 예술가들이 와토처럼 온화하고 멸시를 관용하는 성향이라면, 동시대 사람들은 그러한 예술가들의 취향을 얼토당토 않은 것이라며 자신들의 기준이 올바름을 상대방에게 과시하는 것이다. 다른 이들이 중요하다고 여기는 모든 것들로부터 자유롭고 자신만이 유일하게 볼 수 있는 것들에 민감한 예술가들은 이런 문제 앞에서 쉽게 패한다. 환자였던 와토는 다른 누구보다도 더 이러한 독재적이며 모순적인 상대방의 승리 앞에 고통을 받았을 것이다. 그는 나쁜 건강과, 자신을 찾아와 그림 한 점을 요구하는 모든 불청객들에게 둘러싸였던 것이다.

이렇듯 불행했던 사람 좋은 와토는 자신이 위대한 화가라는 사실로 위안을 삼았다. "다른 왕궁의 정원들보다 덜 그려졌다"는 이유로 그가 뤽상부르 공원을 좋아했고 그곳에 오랫동안 머물며 그림을 그렸다는 사실은 우리에게 유쾌하게 다가온다. 하지만 그가 직접 사거나 선물로 받은 엄청난 양의 이탈리아 극단 배우 의상들로 진정한 작품 컬렉션을 구성했다는 사실을 나는 더욱 의미심장하게 생각한다. 그의 큰 즐거움은 친구들이 찾아왔을 때 그들을 그 의상으로 분장시키는 것이었다. 그는 그들에게 자세를 취할 것을 부탁했고, 그토록 비현실적인 아름다운 옷을 입고서 살아 숨쉬며 웃고 이야기하는 사람들을 통해 안개 덮인 삶 속에서 빛과 색채에 매료된 영혼을 보는 것으로 위안 삼았던 것이다.

〈이탈리아 극단〉
장 앙투안 와토, 1716, 캔버스에 유채, 37×48cm, 베를린 국립미술관

〈야외의 즐거운 무리〉
장 앙투안 와토, 1720, 캔버스에 유채, 60×75cm, 드레스덴 미술관

〈키테라 섬의 순례〉
장 앙투안 와토, 1717, 캔버스에 유채, 129×194cm, 파리 루브르 미술관

〈사랑의 음계〉
장 앙투안 와토, 1717, 캔버스에 유채, 51.3×59.4cm, 런던 국립미술관

귀스타브 모로의
신비세계에 관한 노트

풍경 속을 날아가는 특정한 새들, 강에서 하늘로 비상하는 백조, 높은 테라스에서 새와 꽃에 둘러싸여 신선한 공기를 마시는 여인에 관해 어떻게 해서 위대한 영혼이 끊임없이 생각하는지, 이러한 것들이 그의 모든 그림 속에 주된 특성처럼 재등장하고, 후대가 경탄하는 이유가 되며, 그의 작품들만을 수집하는 한 애호가의 절대적인 기쁨이 되는지 이해하기란 쉽지가 않다. 그 애호가는 〈십자가에서 내려지는 예수〉에 등장한 백조를 〈사랑과 뮤즈들〉에서도 발견하고, 반대로 화가가 유일하게 단 한 마리의 파란 새를 등장시킨 그림01을 소유하고 있다는 이유로 기쁨을 느끼는 것이다. 그런 그림들을 그렸을 때 화가가 과연 무슨 의도로 작품에 임했는지 관객인 우리로서는 알 길이 없다. 하지만 이는 화가 그 자신도 알 수 없을 것이다. 그가 〈테라스의 여인〉을 그렸을 때 여신들의 신호에 따라 저녁놀을 배경으로 날개를 펼치는 백조를 형상화함으로써 그는 그 당시 자신이 본 것에 최대한 충실했을 뿐이고, 이는 그 어떤 설명보다도 정확하다. 왜냐하면 우리가 하고자 하는 것, 우리가 그것을 언제라도 할 수 있다는 사실을 말하는 것은 결국 아무것도 아니다. 반면 우리 앞에 모습을 드러냈던 생각을 다시 하기 위해서는 영감이 찾아오기를 기다려야 하고, 그것을 다시 볼 수 있도록 노력해야 하며, 그것에 가까이 가서 결국은 그것을 그려야 하는 것이다. 하지만 모로의 이런 풍경들에는 신이 지나가고, 환영이 등장하고, 하늘의 붉은 기운은 어떤 것에 대한 분명한 예고이고, 사슴의 출현은 길한 징조이며, 산은 완전하게 축성된 장소이기에 이러한 것들 옆에서 단순한 풍경은 지나치게 속된 것으로 보인다. 이러한 풍경은 지성이 완전히 배제되어 마치 산, 하늘, 동물, 꽃이 순식간에 그들 역사의 소중한 본질을 잃은 것처럼 보인다. 하늘, 꽃, 산은 비극적인 시대의 봉인을 더 이상 간직하지 못하고, 빛은 더 이상 신이 지나가고 여인이 등장하는 곳이 아니며, 지성이 배제된 자연은 통속적이고 드넓은 것이 된다. 반면 모로의 풍경들은 주로 계곡 사이에 끼어 있거나 호수에 갇혀 있으며, 도처에서 신이 출현하고, 한 영웅의 특정한 순간의 추억을 영원한 것으로 승화시킨다. 의식이 있는 듯한 자연의 이러한 풍경처럼, 기도 드리기 위해 찾고 신전이 위치하고 있는데 그 자체가 하나의 신전과도 같은 고귀한 봉우리가 있는 산들처럼, 신의 영혼을 숨기고 있는 듯하고 인간과도 같은 시선을 가졌으며 신이 가리키는 대로 방향을 타고 비상하는 것 같은 새들처럼, 영웅의 얼굴은 그림 전체가 표현하고 있는 신비함에 막연히 동참하고 있는 듯하다. 자신의 선택이나 자연의 섭리에 의해서가 아니라 숙명에 의해서 날아가는 새처럼 여인은 그저 어쩔 수 없이 여인인 것처럼 보이고, 슬프면서 아름다운 얼굴을 한 그녀는 꽃들 사이에서 긴 머리를 땋고 있다. 여신은 자신도 어쩔 수 없다는 듯이 리라를 켜며 노래를 부르는 채 지나간다. 성 요한[02]이 용을 죽일 때 그는 자신의 용맹함을 침착하게 받아들이는 것처럼 보이며, 그 신화적인 행동은 막연한 꿈 같은 전설적인 장소를 제공하는 듯하다. 그가 지나가는 산처럼, 다양한 보석으로 장식하고 성난 시선을 던지며 등을 굽히는 사나우면서도 유순한 말처럼, 우리는 고대 미술과도 같은 그 그림들이 사실 과거의 거장이 아니라 바로 이 남자의 것임을 단번에 알아본다. 꿈들을 그릴 때 그는 꽃과 보석으로 장식된 붉은 의복들, 여인들의 진지한 얼굴과 영웅들의 부드러운 얼굴을 표현하는데 이 모든 것들은 그의 그림 속에서 거행된다. 삶은 사물들이 배제된 것이 아니며, 또한 사람들로 가득하다. 산은 전설적이며, 사람 또한 전설적일 뿐이고, 사람의 형상을 한 것은 신비함을 표현하고 있다. 처녀와 같은 부드러운 인상을 한 영웅, 성녀의 진지함을 가지고 있는 여인, 무의미한 여행객의 느낌을 한 여신은 각자의 행동이 완수하는 바가 무엇인지 모르는 듯 하다. 괴물은 동굴 속에 숨어 있고, 새들은 어떤 징조를 띠고 있고, 구름은 피를 머금고 있으며,

시간은 신비하고, 하늘은 땅에서 벌어지는 신비로운 일을 관조하고 있는 듯 하다.

* * *

그림이란 신비한 세계를 구성하는 한 조각이 일종의 출현처럼 나타나는 것이다. 우리는 그 세계를 구성하는 다른 조각들도 알고 있는데 그것은 모두 같은 화가의 그림들이다. 우리는 어떤 살롱에서 이야기를 나누고 있다. 그때 갑자기 눈을 들어 그림 한 점을 보게 된다. 그것은 우리가 아직 알지 못하는 그림이지만 전생의 기억처럼 이미 알고 있는 것이다. 귀중한 보석들과 장미꽃으로 치장된 길들여지지 않았으나 유순해 보이는 말들, 짙은 파란색 망토를 걸치고 손에 리라를 든 여성스러운 형상의 시인, 그리고 수국으로 된 화관을 머리에 쓰고 식물의 가지를 구부리고 있는 여성의 형상을 한 모든 미소년들, 시인을 뒤따르는 역시나 짙은 파란 새, 진지하고 부드러운 노랫소리로 부풀어올라 그 둘레를 감싸고 있는 장미꽃 줄기를 살짝 들어올리는 시인의 가슴. 그리고 이 모든 것들의 색채는 우리가 사는 세계의 색채가 아니라 바로 그 그림 속에서만 존재하는 색채이다. 해가 자주 지고, 언덕 봉우리에는 신전이 있고, 새는 시인을 따라가며, 꽃은 계곡 사이에서 피어나는 지적인 분위기의 세계이다. 그 세계를 지배하는 법칙은 우리 세계의 법칙과는 다른 것이며, 새로 하여금 시인을 알

160

아보고 그를 따라가며 그에게 애정을 갖게 만드는 법칙이다. 그러한 새의 비상에는 소중한 현명함이 충만하고, 꽃이 계곡에 있는 여인 옆에서 피는 이유는 그녀가 곧 죽음을 맞이할 것이기 때문이다. 죽음의 꽃인 그 꽃이 다른 곳이 아닌 바로 그곳에서 피어난 이유는 그것이 일종의 징조이기 때문이고, 그 꽃이 점점 커지는 위협처럼 빠르게 피어나는 이유는 여인의 마지막 순간을 옆에서 지키기 위해서이다. 바로 그 순간 처음 보는 그 그림은 그러한 신비한 세계를 구성하는 부분들을 우리가 예전에 봤기 때문에 알아볼 수 있는 것으로, 바로 귀스타브 모로의 작품임을 알게 되는 것이다.

예술작품은 그것이 속한 나라를 보여주는 부분들이다. 그 나라는 시인의 영혼, 진정한 그의 영혼이자 가장 깊은 곳에 있는 영혼이다. 시인의 영혼은 그의 진정한 조국이지만 시인은 그곳에 매우 드물게밖에 머물 수 없다. 바로 이런 이유 때문에, 이와 같이 드문 순간들을 밝히는 날에 그곳에서 빛나는 색채들과 움직이는 사람들은 지적인 색채이자 지적인 사람들이다. 영감이 떠오르는 순간은 시인이 이와 같은 가장 내면의 영혼에 접근할 수 있는 때이다. 예술가의 작업은 그곳에 완전히 머물기 위한 노력이며, 그가 쓰거나 그리는 동안 외부의 그 어떤 것도 혼합시키지 않는다. 그럼으로써 시인은 단어를 수정하고, 화가는 모델 앞에서 색채를 수정하는데, 그렇게 하는 것은 시인과 화가에게 그 어떤 것보다도 현실적이며 절대적인 의미를 갖는다. 또한 우리는 시인이 가져온 신비한 세계를 담은 그림들을 보는 것을 좋아한다. 신비한 색채를 여전히 간직하고 있는 그 세계는 진정한 것이라기보다는 우리의 세속적인 세계 속에 끼어든다. 그러한 세계는 가장 외부에 있는 우리의 영혼에 해당되는 세계이다. 그 그림은 이제 내 앞에 있다. 통과할 수는 없지만 색채가 쉽게 부러질 수 있는 프리즘을 통해 보는 움직이지 않는 그 그림은 조금 전 귀스타브 모로의 생각에 의해서 그토록 빠르게 떠다닌 것으로, 기슭에는 연약한 해파리가 보이고 푸른 색감의 신선한 창백함을 유지하고 있다. 그 그림은 〈페르시아인 음악가〉이다. 여성과 사제의 얼굴을 하고, 왕가의 휘장을 찼으며, 새가 따라다니고 말을 탄 그는 실제로 노래를 부르고 있다. 그의 앞에서 여성들과 사제들은 고개 숙여 인사를 하고, 꽃들 또한 고개를 숙이고 있다. 말은 모든 것을 이해하는 듯한 시선을 주인에게 던지는데 그 시선은 주인을 사랑하는 듯 부드럽다가도 증오심으로 집어 삼킬 듯이 사납게 느껴지기도 한다. 노래 부르는 그의 입은 반쯤 열려 있고, 부풀어 오른 가슴은 그것을 감싸고 있는 장미 줄기를 살짝 들어올린다. 이것은 우리가 어리둥절해지는 순간, 더 이상 단단한 땅 위에 있지 않은 순간으로, 바다에 띄운 배는 벌써 기적처럼 앞을 향하고 리듬감 있는 물결에 의해 우리가 하는 모든 말이 노래로 바뀌는 순간이다. 눈에 보이는 이러한 떨림은 고정된 그림 속에서 영원히 지속된다.

바로 이와 같이 시인들은 완전히 죽는 것이 아니고 그들의 진정한 영혼, 자신을 있는 그대로 느끼던 유일하며 가장 내면에 있는 영혼은 간직되어 우리에게 전달될 수 있는 것이다. 우리는 시인이 죽었다고 생각하고 그의 묘지를 찾는 것처럼 뤽상부르에 순례여행을 떠난다. 우리는 죽은 오르페우스의 머리를 들고 있는 여인처럼 단순히 〈오르페우스의 머리를 든 여인〉* 앞에 간다. 우리는 오르페우스의 머리에서 우리를 응시하고 있는 그 무엇, 생각의 색채로 가득한 아름다운 두 눈, 바로 귀스타브 모로의 생각을 보게 된다.

화가는 우리를 바라보고 있지만, 그가 우리를 진정으로 본다고 감히 단언할 수는 없다. 우리가 그에게 소중한 존재였을지는 몰라도 큰 의미를 갖지는 못하는 것이 사실이다. 우리는 계속해서 그의 시선을 볼 수 있고 우리 앞에 있으며, 바로 그 점이 중요한 것이다.

귀스타브 모로의 집은 이제 그가 죽은 이상 미술관이 된다고 한다. 바람직한 일이다. 이미 그가 살아 있을 때에도 그 집은 단순한 집이 아니었다. 모로가 자신의 집에서 행한 예술행위는 이미 그 순간부터 그만의 것이 아니라 우리 모두와 공유되고 있었다. 그가 자신의 가장 깊숙한 영혼에 도달했던 순간들에, 다시 말해 매우 자주 그것은 한 사람의 집이 아니었다. 그 집은 지구의 이상적인 점들의 집합체, 마치 적도와 양극, 신비한 기류들이 만나는 장소이다. 하지만 그 사람 자체가 그러한 영혼이 활동하는 공간이기도 하다. 그런 면에서 그 사람은 신성화되었다고 말할 수도 있다. 그는 신을 섬기는 데 인생을 바치고, 마음에 드는 신성한 동물들을 돌보고, 영감을 자극하는 향을 피우는 일종의 사제와도 같다. 그의 집은 반은 성당이고 반은 사제의 집이다. 이제 그는 죽었고, 남아 있는 것은 오로지 그의 내면에서 *끄집어낼* 수 있었던 신적인 것들뿐이다. 갑작스러운 변신으로 집은 개조되기도 전에 바로 미술관이 되었다. 침대와 화덕만 처리하면 된다. 순간적으로 신이 되기도 했던 그는 이제 완전한 신이 되었고, 자신을 위해서가 아니라 다른 이들을 위해 존재하게 된다. 다른 사람과 마찬가지였던 한 개인으로서의 장벽이 무너진 것이다. 가구들을 처리하라. 내면의 영혼에 호소하고 모든 이들을 대상으로 하는 그림들만 있으면 된다. 그는 작업을 통해 영감을 자극함으로써 그 개인의 장벽을 점점 더 무너뜨리려 했다. 그와 같은 작업은 그가 내면의 영혼에 도달할 수 있는 순간들을 더욱 빈번하게 하는 것과 같은 일이었다. 또한 그 작업은 세속적인 영혼이 끼어들 수 없도록 이미지를 고정하는 작업이기도 했다. 점점 더 그의 그림들은 모든 방을 가득 채웠고, 식사를 하고 친구를 맞이하고 잘 수 있는 공간은 반대로 거의 없어졌다. 내면의 영혼에 도달하지 않는 순간들, 그가 한 개인으로 남아 있던 순간들은 점점 줄어들었다. 그의 집은 이미 거의 미술관이 되어 있었고, 그는 작품이 창조되는 하나의 공간이 되었다.

이는 내면의 영혼을 가지고 있고 간혹 그곳에 도달할 수 있는 모든 이들에게도 해당하는 것이다. 그들이 내면의 영혼에 들어가는 유일하게 진정한 순간에 그들은 비밀스러운 기쁨을 느낀다. 그러지 못하는 인생의 나머지 부분들은 종종 일종의 의도적인 유배이며, 슬프다고 할 수는 없지만 침울한 순간이다. 왜냐하면 그들은 지적인 유배자들이기 때문이다. 그들은 유배지에 있는 동안 그들의 진정한 나라의 기억을 잊어버린 채 단지 그들이 그러한 나라를 가지고 있었다는 사실만 안다. 그들은 그곳이 살기 좋은 것은 알지만 어떻게 돌아가야 하는지 모른다. 그들이 다른 곳에 가기를 원하는 순간, 다른 곳을 원하는 것 자체가 유배인 것이다. 하지만 그들이 진정으로 자신들일 때, 다시 말해 그들이 유배되지 않고 내면의 영혼에 도달했을 때, 그들은 일종의 본능에 의해 행동한다. 그것은 마치 곤충들의 본능과도 같아 그들의 임무가 얼마나 거대하며 삶은 얼마나 짧은지 비밀스러운 예감을 받게된다. 그렇게 되면 그들은 후세가 머물 수 있는 장소를 창조하기 위해 다른 모든 일을 손에서 내려놓고 그곳에 후세를 정착시키기 위해 죽을 각오를 하는 것이다. 화가가 그림을 그릴 때의 열정을 보고, 거미가 거미줄을 칠 때 더 열심이라고 감히 말할 수 있는지 한번 비교해보라.

시인들의 이러한 모든 내면의 영혼들은 친구이며, 서로를 끌어당긴다. 나는 다른 사람과 마찬가지로 그 살롱에 있었는데, 눈을 들어 〈인도인 음악가〉[03]를 보았다. 나는 그의 노랫소리를 듣지 못했는데 그는 움직이지 않고 있었고, 다만 그를 덮고 있는 장미꽃들을 그의 가슴이 들어 올리고 있었으며, 그의 앞에서 여인들은 꽃을 바치고 있었다. 그 순간 내 안에 있던 음악가가 깨어났다. 그를 잠에서 깨운 이상 무엇도 그가 하고자 하는 말을 막을 수는 없었다. 그리고 비밀스러운 본능이 내가 해야 할 말의 단어 하나하나를 가르쳐주었다. 더욱 빛나는 생각들, 그리고 나를 더욱 지적으로 느끼게 하는 생각들이 떠올랐다. 나는 보이지는 않지만 제시된 임무로서 그것들을 들었다. 내 안에 있는 음악가는 여성처럼 온화하지만, 사제처럼 진지하다. 우리 앞에 그 신비한 나라가 펼쳐지기에 그것은 진실로 존재하는 것이다. 우리가 흠뻑 취해서 빠른 속도로 그것을 뛰어넘을 때 우리 앞에 나타나는 모든 그림들은, 정말로 우리가 그것들을 찾으려 한다면, 다시 말해 우리가 진정으로 영감을 받았고 속된 영혼을 그것에 섞지 않으려 애쓴다면, 그리고 우리의 의식이 깨어 있다면, 그 그림들은 서로 닮게 마련이다. 바로 이런 이유 때문에 내가 살롱에서 눈을 들어 사나운 입과 온화한 시선을 한 채 진귀한 보석들과 장미꽃으로 장식된 말에 탄 진지하고도 온화한 음악가를 보았을 때, 그를 감싸고 있는 장미꽃들의 들리지 않는 리듬에 맞추어 그의 가슴이 들썩이며 그를 알고 있는 새가 그를 따라다니고 이러한 모든 것들이 평소와 같은 석양 속에서 펼쳐질 때, 나는 그것이 귀스타브 모로의 그림이라고 말할 수 있었던 것이다. 그 음악가는 다른 것들보다 더 아름다운 존재일 수도 있다. 그는 다른 것들에 비해 더 아름다운 언어, 음악인 것이다. 장미꽃들로 둘러싸인 젊은 음악가의 가슴처럼 그는 감동에 취해 있다. 그는 바로 그러한 색채를 띤 나라, 시인들은 여성의 얼굴을 하고 왕가의 휘장을 가지고 있으며, 새들의 사랑을 받고, 진귀한 보석들과 장미꽃들로 덮인 말들이 알아보는 그 나라, 알레고리가 존재의 법칙인 그 나라에서 온 것이다.

* * *

귀스타브 모로의 그 그림 앞에서 경험한 나의 기억을 떠올리자니, 그런 인상은 내게 일 년에 한 번 정도밖에 생기지 않는데, 나는 삶이 너무나 잘 정돈되어서 매일매일 예술을 즐길 수 있는 자들이 부러울 뿐이다. 간혹, 특히 그들이 나보다 덜 흥미로운 자들이라고 생각될 때, 그들이 그런 인상을 받는다고 말하는 것이 사실은 그들이 결코 그런 인상을 받지 못해서가 아닌지 자문하게 된다. 진정으로 사랑을 한 적이 있는 자들은 우리가 사랑이라고 부르는 쉽게 빠져드는 감정이 진정한 사랑보다 얼마나 못한 감정인지를 알고 있다. 만약 예술작품과 사랑에 빠질 수 있는 능력이 모두에게 있다면, 마치 모든 이가(적어도 내게는 그렇게 생각되는데) 이성과 사랑에 빠질 수 있는 능력이 있는 것처럼(나는 진정한 사랑을 이야기하고 있다) 우리는 예술작품을 진정으로 사랑하는 것이 얼마나 드문 일이며, 재능 있고 정돈된 삶을 사는 사람들이 말하는 수많은 예술적 즐거움들이 진정한 사랑과는 얼마나 거리가 먼지 알 수 있다.

작가에게는 그의 생각을 개인적으로 투영할 수 있는 것, 즉 그의 작품들만이 진정한 것이다. 그가 대사이건, 왕자이건, 유명하건, 이런 것들은 아무 의미도 없다. 인간으로서의 허영심이 그러한 것들을 갈망하게 만든다면 그것은 작가로서는 치명적일 수 있지만, 만약 그런 것조차 없다면 그는 게으름으로 피폐해지거나, 방탕함으로 망가지거나, 질병으로 소진될 수도 있다. 하지만 적어도 그에게는 문학적인 현실감이 없다는 것을 알아야 한다. 바로 이것 때문에 나는 샤토브리앙[04]이 불편하게 느껴지는데, 이 작가는 자신이 위대한 인물이었다는 사실에 만족감을 느끼는 것 같기 때문이다. 마찬가지로, 문학적으로 위대한 인물이라는 것이 무슨 의미란 말인가? 그것은 문학의 위대성을 물질적으로 바라보는 것이며 결과적으로 잘못된 것이다. 문학이란 정신적인 것이기 때문이다. 그럼에도 그는 멋진 인물임이 분명하며 그의 매력에는 위대함이 있다. 하지만 그것은 그가 귀족이었기 때문은 아니며, 귀족적인 상상력이 있었기 때문이다.

상황이란 아무것도 아닌 것일까? 간혹 나는 상황이란 정말 아무 중요성이 없는 것처럼 생각될 때가 있다. 하지만 로덴바흐(Rodenbach)는, 보들레르가 보들레르인 이유는 그가 아메리카 대륙에 갔기 때문이라고 한다.[05] 물론 상황에 의미가 있기는 하다. 하지만 상황이 십 분의 일의 가능성이라면, 나의 의지는 십 분의 구를 차지한다. 낯선 어느 날, 내면의 목소리를 들을 수 있었던 그날 보게 된 귀스타브 모로의 그 그림은 신중하지만 닫힌 마음

으로 빠르게 갔다온 네덜란드 여행을 가치 있는 것으로 만들었
다…….

〈청년과 죽음〉
귀스타브 모로, 1865, 캔버스에 유채, 215.9×123.2cm, 보스턴 하버드대학교 포그 미술관

〈성 조지와 용〉
귀스타브 모로, 1890, 캔버스에 유채, 141×96.5cm, 런던 국립미술관

〈오르페우스의 머리를 든 여인〉
귀스타브 모로, 1865, 캔버스에 유채, 155×99cm, 파리 오르세 미술관

화가, 그림자, 모네

클로드 모네와 시슬리를 좋아하는 그림 애호가라면 가령 잔디 덮인 기슭을 따라 배가 지나가는 강, 앙티브의 파란 바다, 하루를 구성하는 다양한 시간들, 평평한 지붕들, 뾰족한 축이 올려져 있는 종탑 및 줄무늬로 장식된 궁륭이 보이는 정면들이 있는 성당이 집들 사이로 모습을 드러내는 루앙을 특징짓는 요소들을 알아보고 분명히 좋아할 것이다. 이는 연극배우를 애인으로 둔 남자가 자신이 사랑에 빠진 창조물이 연기한다는 이유로 줄리엣이나 오필리어 역할을 특히 좋아하는 것과 마찬가지다. 개양귀비를 담은 모네의 그림을 보기 위해 미술관을 찾는 그림 애호가라고 해서 반드시 그 붉은 꽃들이 펼쳐진 들판을 찾아 나서라는 법은 없다. 하지만 인생의 모든 단면을 보여주는 망원경을 소유하고 있는 천문학자가 사람들과 동떨어져 생활하며 자신의 방에서 고독하게 그 망원경을 들여다보는 것과 마찬가지로, 애호가들은 각자의 방에 나름대로 그림이라는 이름의 마술거울을 소유하고 있다. 그 그림들은 우리가 조금 멀리서 바라보는 방법만 터득한다면 인생의 중요한 면들을 보여준다. 마술거울을 들여다보듯 우리는 모든 생각을 접고 각각의 색이 의미하고자 하는 바를 이해하려 하는데, 이는 다채로운 색감의 건축물과 연관이 되어 과거의 특정한 인상의 기억 속에서 상상의 풍경을 만들어간다. 긴 수염을 기른 노인들이 바람이나 태양의 그을음을 이해하지 못하더라도, 그 거울이 태양과 바람이라는 재질의 진리를 발견할 때 즐거움을 느끼는 것은 마치 연극배우를 애인으로 둔 남자가 그녀가 존경하는 작가가 누구인지 알고 그 작가가 창조한 역할을 연기하는 그녀를 보며 즐거워하는 것과 마찬가지다. 모네의 그림은 보는 이로 하여금 그 안에 표현된 풍경을 좋아하게 만든다. 모네는 베르농에서 센 강변을 특히 많이 그렸다. 이는 우리가 베르농에 가도록 만들기에 충분하다. 물론 우리는 모네가 다른 곳에서도 아름다운 풍경을 많이 보았고, 그가 베르농에 간 이유는 순전히 삶의 우연에 의한 것이라고 생각할 수 있다. 하지만 무슨 상관이랴. 한 장소에서 진리와 아름다움을 끄집어내기 위해서는 일단 그곳에서 그런 미덕이 나올 수 있어야 하고, 그 토양은 신들로 가득하다고 믿어야 한다. 우리는 지금 우리가 있는 이곳 외의 축성된 장소에서 신성한 날들에 기적이 일어나기를 기도할 수는 없다. 분명히 이는 모네나 코로[01]에 대한 허황된 우상숭배라고 할

176

수는 없다. 그들은 그 장소를 좋아할 것이고 우리도 그것을 좋아하게 될 것이다. 하지만 좋아하기 전에 우리는 조심스럽다. 우리에게 다른 사람이 "자, 이제 좋아해도 됩니다."라고 말한 다음에야 우리는 그것을 좋아한다. 모네의 그림들은 아르장퇴유, 베퇴유, 엡트, 지베르니[02]에서의 환희의 본질을 보여준다. 그렇기 때문에 우리는 그 신성한 장소에 가보고 싶어 한다. 그 그림들은 이제까지 우리가 눈여겨보지 않았던 것들, 가령 오후의 정지된 시간 속에서 점점이 떠 있는 섬들이 있는 하얀 강, 파란 하늘과 구름, 초록빛 잔디와 나무, 붉게 지는 햇살이 비추는 나무 밑동, 거대한 달리아가 자라는 정원의 잡목림 등이 될 수도 있고, 이러한 것들을 통해서 상상력이 찾아낼 수 있는 천상의 양식을 보여준다. 그것은 들판, 하늘, 해변가, 강을 우리가 가고자 욕망하는 신성한 것들로 만드는데, 그것을 보기 전까지 우리는 들판을 산책하면서, 해변가를 서둘러 걸으면서 숄을 움켜쥔 여인이나 손을 맞잡고 가는 연인을 보았을 때 실망했던 것이다. 우리는 우리가 좋아하는 신성한 것들을 매우 높은 곳에 위치시키는 반면, 우리가 이미 알고 있기에 실망시키는 것들은 낮은 곳에 위치시킨다. 우리는 이상에 눈이 멀어 있다. 우리는 화가가 우리에게 그 장소가 어디이고, 형체가 불분명한 절벽을 뒤로 바다 속 깊은 곳까지 떨어지는 비 속에서 붉게 물든 저녁의 시선을 한 신비로운 인물이 누구인지 —그런데 우리는 그 인물과 우리 사이에 한 쌍의 연인을 또한 발견한다 — 우리에게 말해줄 것이라 믿는다. 그런데 우리가 신비하다고 느낀 인물, 조약돌에 의한 바다의 웅성거림이 드리워진 적막 속에 있는 그 인물에 대해 화가는 거의 신경 쓰지도 않았으며, 우리가 별로 중요하지 않다고 느낀 한 쌍의 연인과 마찬가지로 별 주의를 기울이지 않고 그려 넣은 것을 발견하고는 이상에 대한 우리의 기대감은 무너진다. 우리는 그 어떤 곳도 아닌 바로 그 지상의 장소들, 가령 절벽의 한쪽 면밖에 보지 못하고 밤낮으로 바다의 투덜거림을 들어야 하는 조약돌들, 단 하나의 강과 여름이면 라일락이 핀 숲만을 봐야 하는 언덕 위의 마을과 같은 장소들에 목말라 했다. 이러한 풍경 속에서 사람의 모습을 보게 되면 우리는 불편함을 느끼는데, 우리는 아무것도 첨가하지 않은 오로지 자연만을 보기를 원하기 때문이다. 이것이 우리의 이상이 요구하는 바다. 어린 시절, 우리가 책 속에서 달과 별들을 찾을 때《피키올라(Picciola)》[03]에 등장하는 빛나는 행성으로써의 달은 우리를 현혹시킨다. 하지만 둥근 치즈에 비유된《콜롱바(Colomba)》[04]의 달은 우리를 실망시킨다. 너무나 속된 치즈에 비유된 달은 우리가 소설을 통해 기대하는 이상적인 이미지의 달과는 한참이나 동떨어져 있다. 뮈세의《하얀 티티새 이야기(Histoire d'un merle blanc)》[05]에서 하얀 깃털과 붉은 주둥이, 똑똑 떨어지는 물방울에 대한 묘사 앞에서 우리는 작가의 표현에 감탄하지만 하얀 티티새가 비둘기를 "후작부인님"이라고 부를 때 이 남자들과 여자들, 즉 우리가 인생이라 부르는 것들, 시적이 아닌 것들은 우리를 방해하고 모든 인상을 지워버리는 것이다. 이

때는 우리가 미술관에서 오로지 글리르[06]와 앵그르[07]의 그림들만을 좋아하는 시기이자, 감탄할 만한 형태와 별들이 박힌 하늘에 은빛 초생달을 필요로 하는 시기이고, 〈가나의 혼인잔치〉[08]에 표현된 색채들이 시적인 세계와는 한참이나 동떨어졌다고 느끼고, 의자에 걸쳐놓은 코트의 주름이나 식탁 위 포도주 얼룩만큼이나 속된 것으로 보이는 시기이다……

〈루앙 대성당, 저녁, 갈색의 조화〉
클로드 모네, 1894, 캔버스에 유채, 107×73cm, 파리 오르세 미술관

〈베퇴유 근교의 개양귀비밭〉

클로드 모네, 1879, 캔버스에 유채, 71.5×90.5cm, 취리히 E.G. 뷜 컬렉션

〈지베르니의 일본식 다리〉

클로드 모네, 1899, 캔버스에 유채, 81.3×101.6cm, 워싱턴 국립미술관

〈베르농 근처의 센 강 아침 풍경〉
클로드 모네, 1894, 캔버스에 유채, 49.5×81.3cm, 개인 소장

〈아르장퇴유의 가을 풍경〉
클로드 모네, 1873, 캔버스에 유채, 55×74.5cm, 런던 코톨드 갤러리

〈앙티브의 오후 햇살〉
클로드 모네, 1888, 캔버스에 유채, 49x61cm, 개인 소장

〈엡트 강에서의 뱃놀이〉
클로드 모네, 1887, 캔버스에 유채, 133×145cm, 개인 소장

단테 가브리엘 로세티와
엘리자베스 시달

OI

위의 제목으로 〈벌링턴(Burlington)〉지(5월호)에 글이 한 편 실렸는데 매우 흥미로웠기에, 〈르뷔 데 르뷔(Revue des Revues)〉에 짧게 언급하고 지나치기에는 아쉬워서 이렇게 풀어 쓴다.

〈벌링턴〉지는 해롤드 하틀리(Harold Hartley)가 소장하고 있던 로세티(Rossetti)의 미공개 데생 다섯 점을 실으면서, 그 유명한 화가의 동생인 W. M. 로세티[01]에게 각각의 데생에 해석을 첨가하도록 요청한 것이다. W. M. 로세티는 "이 기회를 빌려 형의 삶에 그토록 큰 역할을 했던 여인에 관한 짧은 연구물"을 선보이겠다고 밝혔다. 그녀는 라파엘전파 운동과 밀접한 관계가 있었을 뿐만 아니라, 그녀 자신도 사랑과 고통에 의해 하루가 다르게 발전했던 뛰어난 감각의 소유자로서 주목을 받을 자격이 충분하다는 것이다.

엘리자베스 시달(Elizabeth Siddal)은 셰필드의 칼붙이 판매상의 딸이었다. 그녀는 1834년에, 로세티는 1828년에 태어났다. 그녀가 여섯 살 어렸던 것이다. 그녀의 가족은 런던에 정착했다. 그곳에서 그녀는 매우 평범한 교육을 받았고, 옷 가게에 견습공으로 들어갔다. 후에 그녀는 질병을 앓게 되는데, 그 근본적인 이유에 대해 많은 이들이 그녀의 지나치게 활발했던 영혼이 과로로 지친 육체에 갇혀 있었기 때문이라고 했다. 부트루[02] 씨는 "영혼에 짓눌린 육신"이라고 말하기도 했다. 실제로 그녀는 이미 질병의 씨앗을 가지고 있었는데, 그것은 그녀가 사랑에 빠졌던 시기를 고통스럽게 만들었으며 오랜 시간 죽음과 싸우게 하였다.

그녀는 초록빛 도는 푸른 눈을 한 매우 매력적인 젊은 여인이었다. 그녀는 교육을 제대로 받지 못했으나 테니슨[03]의 시를 읽은 적이 있는데, 그녀가 산 버터를 포장한 종이에 우연히 그의 시가 적혀 있었기 때문이라고 했다. 후에 그녀는 로세티의 영향을 받아 가장 '비전형적인' 여성들 중 한 사람이 되지만 그때에도 '다른 세상 사람' 같았으며 거리감이 있었고, 그녀에게 접근하는 모든 이들은 그 귀족적인 도도함에 압도되었다. 러스킨의 아버지가 그녀를 처음 만났을 때 "그녀는 백작부인으로 태어났을 수도 있었을 것이다."라고 했을 정도이다. 그녀는 말수가 적었고, 불쑥 말을 꺼내곤 했으며, 재미난 투로 이야기했다. 그녀는 결코 종교에 대해서 이야기하는 적이 없었지만, 그녀가 쓴 시들을 보면 그녀의 내면은 깊은 신앙심으로 가득했을 것이라 짐작할 수 있다.

헌트(Hunt), 밀레이(Millais), 로세티가 라파엘전파 형제회
(Pre-Raphaelite Brotherhood, P. R. B.)를 설립한 것은 1848년의 일
이다. 그 역사는 시즈란(Sizeranne)에 의해서 매우 매력적으로, 그
리고 어느 정도 엄격하게 《현대 영국 회화》에 서술되었다. 이 새
로운 학파의 원칙 중에 하나는 화가가 이상적이거나 시적인 소재
를 다루고자 할 때 아틀리에의 관습적인 모델을 차용하는 것이
아니라, 모델이 될 사람들의 성격과 특성을 고려하여 화가가 재
현하고자 하는 이상적인 인물과 유사성이 있다고 생각되는 사람
들을 실제 삶 속에서 찾아야 한다는 것이다. 그중 미래가 촉망받
는 젊은 화가였던 월터 호웰 데브렐(Walter Howell Deverell)은 라
파엘전파에 속해 있지는 않았지만 그들과 친분이 있었고 특히
로세티와의 우정은 남달랐는데, 어느 날 어머니와 함께 옷 가게
에 들렀다가 열린 문을 통해 한쪽에서 바느질을 하고 있는 젊은
여성의 모습을 보게 되었고, 그 순간 데브렐은 비올라(Viola)의
이상적인 모델을 발견했다는 것을 알 수 있었다고 한다(당시 그는
셰익스피어의 작품 〈십이야〉04 속 인물들을 그리고 있던 중이었다). 그
여자가 바로 엘리자베스 시달이었음은 굳이 설명하지 않아도 될
것이다. 데브렐은 어머니를 통해 그녀가 자신의 모델이 되도록 설
득하는 데 성공했고, 그럼으로써 그녀는 비올라로서 그의 거대
한 작품에 그려졌을 뿐만 아니라 〈씨앗〉이라는 잡지에 실린 스케
치에도 등장하게 된다.

로세티는 그녀와 함께 유화 작품을 위해 포즈를 취한다. 이 기

회를 통해 둘은 서로 알게 되었고, 그는 곧 그녀에게 자신의 수채화 작품 〈로소 베스티타〉*의 모델이 될 것을 부탁한다. 로세티는 엘리자베스 시달이 비올라뿐만이 아니라 자신의 진정한 베아트리체가 되어 그의 시적 상상력 속의 다른 꿈들도 실현시킬 수 있을 것이라 믿었다. 그 순간부터 그녀는 그를 위해 포즈를 취하기 시작했고, 이는 그 후로도 계속되었다. 그녀는 또한 헌트의 거대한 작품 〈드루이드에게 학대받는 선교사들〉(1850)과 밀레이의 〈오필리아〉*를 위해서도 모델이 된다. W. M. 로세티는 엘리자베스 시달이 라파엘전파의 아틀리에에서 모델을 하거나 직접 그림을 그리던 당시의 삶에 대해서 매우 자세하게 서술하지만, 우리는 아쉽더라도 그 부분들에 대해서는 넘어가도록 하자. 스윈번[05]이 그녀의 무한한 기품과 퇴색되지 않는 순수함에 대해 펼친 아름다운 증언들을 모두 나열하기에는 지면이 부족한 것이 사실이다.

O2

W.M. 로세티의 연구 중에서 우리에게 더욱 흥미롭게 다가오면서도 여기서 자세하게 서술할 수 없는 부분은, 이제는 약혼한 이 두 사람이 러스킨과 가졌던 당당하면서도 매력적인 관계이다. 러스킨이 당시 영국 대중의 의견에 맞서 라파엘전파를 열정적으로 지지했다는 것은 잘 알려진 사실인데, 그런 그가 상대적으로 젊고 무명이었던 신인 화가 로세티가 "앞으로 그리게 될 모든 것들"을 미리 높은 가격으로 다 샀던 것이다. 위대한 예술가만이 그토록 지적이며 자비로운 '애호가'가 될 수 있는데, 러스킨은 이 전제의 가장 결정적이며 매력적인 증거가 된다. 물론 로세티는 그의 보호자이자 스승, 친구, 새로운 학파의 천재 이론가에게 엘리자베스 시달을 하루 빨리 소개하고 싶어 했다. 그녀에게 놀라운 재능이 있다고 믿던 로세티는 러스킨에게 그녀의 그림들을 자신 있

게 보여주었다.

러스킨은 젊은 여인뿐만 아니라 그녀의 그림에도 감탄했다. 러스킨은 그녀와도 로세티와 맺었던 '계약'(만약 이 단어가 존경심과 자비로움에 의한 행위에도 적용될 수 있다면 말이다)을 체결했다. 후에 로세티와 엘리자베스 시달이 러스킨과 조금 멀어졌을 때, 러스킨은 '리지'에게 "치마를 입고 잠시 들를 것"과 둘이 자신을 보러 올 것을 애정 어린 투로 나무라듯이 요구했다. 결혼식에서 그녀에게 깊은 입맞춤을 받은 이후로, 러스킨은 로세티보다 그녀에게 더 신뢰를 가졌던 것이 사실이다(내가 인용한 러스킨의 편지는 그 둘의 결혼식 이후에 쓴 것이다). 그 결혼식에 이르기까지, W.M. 로세티는 엘리자베스 시달의 예술가적인 삶에 관한 흥미로운 에피소드라던가 그녀가 테니슨 가족과 가졌던 관계에 대해서 서술하고 있다. 한참이나 연기되었던 그 결혼의 성사에 관해서라면, 이미 절망적일 정도로 위태로워진 자신의 건강을 고려하고 그녀가 결정한 것이었다. 그 후 이미 몇 해 전부터 임종을 염두에 두고 연명되어온 그녀의 고통스러운 삶이 다시 시작되었다. 다른 많은 이들에게는 건강한 육신이 그 어떤 고귀한 임무를 수행하는 데도 도움이 되지 못하는 반면, 그녀의 재능이 질병에 의해 마비되는 것을 보며 로세티는 괴로워했다. 더구나 그녀의 끝없는 온화함과 숭고한 체념은 임종의 모습을 더욱 끔찍한 것으로 느껴지게 만들었다. 로세티가 극심한 고통을 느꼈을 것에는 의심할 바가 없다. 당시 로세티가 썼던 몇몇 편지들의 어투에는 고통이 느껴지는 것은 사실이지만 특이할 만한 점들도 보인다. 마침내 해방의 순간이 찾아왔다. 엘리자베스의 침대 근처에서 아편 약제가 든 병이 발견되어 한층 신빙성을 띠게 된 어떤 소문처럼 자발적으로 행해진 해방은 아니었고, 그저 자연이 가져온 해방이었다.

그 이후, 한 작가에게 있어 사랑에 비해 자존심의 우월성(합당한 우월성이라고 할 수도 있겠으나, 이것에 대해 여기서 설명하기는 참으로 곤란하다)을 가장 놀랍게 보여주는 내면의 드라마가 펼쳐진다. 이 부분에 대해서 W. M. 로세티 또한 감추지 않고 서술하고 있으며 형의 행동을 정당화하거나 설명하려 하지 않는다. 엘리자베스의 죽음으로 지극한 고통을 받은 로세티는 진심으로 자신의 인생도 끝났다고 믿고, 출간이 예정된 그의 모든 시들을 상자에 넣어 그녀와 함께 묻었다. 그러나 인간은 시간과 함께 사랑을 서서히 잊고, 고통도 어느 정도 가라앉게 된다. 그와 함께 영원에 대한 갈망이 다시금 고개를 들기 시작한 것이다. 그것이 명성에 대한 욕심이었다고 보기는 어렵다. 시달이 죽고 7년 동안 로세티가 얼마나 많이 주저하고 고통스러워했는지 충분히 알 수 있다. 하지만 그렇게 해서 도달한 결론이 결코 위대한 것이라고 말할 수는 없지만 반대로 무조건적으로 비난만 할 수 있는 성질의 것 또한 아니다. 로세티는 시달의 무덤을 파서 관을 열게 해 7년 전에 묻은 자신의 시들을 꺼내게 한 것이다. 그러나 시달이 로세티로부터 사랑받았음은 부정할 수 없는 사실이다. 화가로서 그리고 남편으로서 로세티는 시달을 사랑했던 것이다. 화가의 사랑은 다른 사랑보다 그 깊이와 정도가 두 배로 크다고 할 수 있겠다. 자신이 머리 속에서 꿈꾸던 이상적인 아름다움을 실현하고 있는 여인을 눈앞에 둔 화가는 그 창조물을 보통 사람들이 가지고 있지 못하는 생각과 본능적인 시선으로 감싸고 사랑을 줄 수 있는 것이다. 러스킨은 로세티에게 다음과 같은 편지를 보내 그를 위로한다. "엘리자베스는 분명 행복할 것입니다. 당신이 엘리자베스를 모델로 해서 그림을 그릴 때에만 도달하는 경지를, 완성도를, 애정을 보면서 그녀는 자신을 향한 당신의 사랑을 느낄 것입니다. 그녀를 그릴 때는 당신의 가장 취약한 약점 또한 극복하게 되는 것을 나는 확인한 바 있습니다." 이 부분에서 러스킨은 사랑의 감정에 있어서 누구보다도 섬세한 지각을 소유하고 있는 어느 사람이 사용했던 것과 같은 표현을 사용한 것을 알 수 있다. 그 사람은 바로 미슐레 부인(Mme Michelet, 결혼 전 이름은 미아라레[Mialaret] 양)으로, 그녀는 남편[06]이 콜레주 드 프랑스에서 했던 가장 아름다운 강연 중 마지막 부분에서, 유럽의 다양한 국가들에 해당하는 표현이었지만, 그녀가 남편이 될 사람에게 보냈던 첫 연애편지의 첫 문장을 남편이 강연에 그대로 인용하는 것을 듣는 순간 느꼈던 벅찬 감동을 내게 이야기한 바 있었다……. 우리 또한, 엘리자베스 시달의 삶이 얼마나 잔인하고 고통스럽고 짧았는지는 몰라도 그녀는 "분명 행복할 것"이라고 믿기를 원하는 것이다.

〈로소 베스티타〉

단테 가브리엘 로세티, 1850, 종이에 수채, 26×15.6cm, 버밍엄 미술관

〈오필리아〉
존 에버릿 밀레이, 1852,
캔버스에 유채, 76×112cm,
런던 테이트 미술관

역주

독서에 관하여

01 Archduke Eugen Ferdinand Pius Bernhard Felix Maria of Austria-Teschen(1863~1954), 합스부르크 왕가 출신으로, 오스트리아의 대공이자 헝가리 및 보헤미아 왕이었다.

02 manqué : 표면에 아몬드 크림을 바른 스펀지케이크의 일종.

saint-honoré : 둥그런 파이반죽 주위에 슈 반죽을 얹어 굽고 위에 캐러멜 묻힌 소형 슈를 늘어놓은 뒤 중앙에 캐러멜 크림을 짜놓은 과자.

génoise : 스펀지케이크에 버터를 더해 만든다. 이탈리아 제노바 지방에서 생겨났다 하여 붙여진 명칭이다.

03 Théophile Gautier(1811~1872), 프랑스의 낭만주의 시인이자 작가.《프라카스 대위》는 그가 25년에 걸쳐 완성한 소설이다.

04 Saintine, 본명은 조세프 그자비에 보니파스(Xavier Boniface, 1798~1865), 프랑스의 극작가, 소설가.

05 Silvio Pellico(1789~1854), 이탈리아의 시인, 극작가, 애국 지사.

06 Cour de Cassation : 하급심 판결에 대해 파기권한을 가진 프랑스의 민사 및 형사상 최고 상소법원.

07 모리스 마테를링크(Maurice Maeterlinck, 1862~1949), 벨기에의 시인, 극작가. 1911년 노벨문학상을 받았다.

08 안나 드 노아유(Anna de Noailles, 1876~1933), 루마니아 귀족 출신으로, 파리에서 태어나 노아유 백작과 결혼하였고 작가로 활동하였다. 프루스트 및 당대 문인들과 널리 친분을 맺

었다.

09 Jansenism : 벨기에의 대표적 신학자 얀센(C. O. Jansen, 1585~1638)이 주창했다. 원죄로 타락한 인간은 은총을 통해서만 자유로워지고 그 은총은 오직 선택된 사람에게만 주어진다고 주장함으로써 칼뱅파 개신교의 영향, 특히 예정설을 되살렸다. 극도로 엄격한 생활을 강조한 이 교파는 프랑스와 여러 국가로 퍼져나갔고, 교회가 복음에서 멀어지고 세속에 휩쓸리고 있다고 우려한 신자들로부터 호응을 받으며 19세기까지 많은 영향을 미쳤다.

10 Rogier Van der Weyden(1399?~1464), 벨기에 초기 플랑드르 화파의 대표적 화가. 종교화와 초상화를 주로 그렸다.

11 제프리 드 빌라르두앵(Geoffrey de Villehardouin, 1150?~ 1213?), 프랑스의 군인, 연대기 작가. 제4차 십자군(1199~1207)의 지도자 중 한 사람으로, 미완성 작품인 〈콘스탄티노플 제국의 역사(Histoire de l'empire de Constantinople)〉로서 프랑스어로 산문 역사를 쓴 최초의 작가로 간주된다.

12 Jacob Cats(1577~1660), 플랑드르의 시인, 유머 작가. 당대의 엠블럼들을 모은 그의 저서는 성서 다음으로 잘 팔린 책이었다고 한다.

13 안토니우스 샌더루스(Antonius Sanderus, 1586~1664), 플랑드르의 성직자, 역사가.

14 〈Oidipous epi Kolōnō〉: 소포클레스(Sophoklēs, 기원전 497~기원전 406)가 쓴 아테네 비극. 테베 3부작 중 마지막으로 소포클레스가 죽기 직전에 쓰였다. 오이디푸스의 삶의 마지막을 묘사하고 있다.

15 〈Hippolytos〉: 에우리피데스(Euripides, 기원전 480?~기원전 406)가 쓴 고대 그리스 비극. 테세우스의 왕비 파이드라가 의붓아들 히폴리토스를 사랑하게 되고, 거부당하자 그를 처형당하게 하고 자신도 자살하는 이야기를 담고 있다.

16 외젠 프로망탱(Eugène Fromentin, 1820~1876), 프랑스의 화가, 작가. 조르주 상드에게 헌정한 《도미니크(Dominique)》(1862)는 19세기 소설 중에서도 상상력이 풍부한 관찰로 주목할 만하다.

17 장 프랑수아 레냐르(Jean-François Regnard, 1655~1709), 프랑스의 극작가. 몰리에르를 잇는 희극 작가로 유명했으며, 1681년 여행하며 쓴 일기로도 유명하다.

18 뱅생 당디(Vincent d'Indy, 1851~1931)는 프랑스의 작곡가다. 피에르 알렉상드르 몽시니(Pierre-Alexandre Monsigny, 1729~1817) 역시 프랑스의 작곡가로, 희가극 장르의 창시자 중 하나이다. 에두아르 뷔야르(Édouard Vuillard, 1868~1940)는 프랑스의 화가로, 보나르와 함께 나비파의 대표자로 꼽힌다. 실내의 정물과 일상생활을 제재로 인상파의 영향을 벗어나 고갱의 화풍을 따랐으며 형태의 단순화와 색면의 장식적 배합, 깊이 있는 배색을 지향했다. 모리스 드니(Maurice Denis, 1870~1943)는 프랑스의 화가이자 나비파의 이론적 지도자이다.

러스킨에 의한 아미앵의 노트르담

01 프루스트가 쓴 이 서문이 아니라, 《아미앵의 성서》 본문을 번역하며 붙인 주석을 말한다.

02 귀스타브 모로(Gustave Moreau)는 프루스트가 특히 좋아한 프랑스 화가로, 프루스트는 이 화가를 다양한 글에서 여러 차례 언급한다. 모로의 작품 중에서 〈청년과 죽음(Le Jeune homme et la mort)〉(1881)을 보면 죽음을 상징하는 여인 앞에 젊은 청년이 서 있고, 그의 오른편으로 파란 새가 한 마리 날아가는 모습을 볼 수 있다. 프루스트는 〈귀스타브 모로의 신비세계에 관한 노트〉에 이 그림의 제목을 언급하고 있지는 않지만, 모로가 "유일하게 단 한 마리의 파란 새를 등장시킨" 그림인 것처럼 묘사하고 있다. 또한 《잃어버린 시간을 찾아서》 제3권인 《게르망트 쪽》에서 게르망트 공작부인은 이 그림을 언급한다.

03 André Hallays(1859~1930), 프랑스 사학자이자 미술평론가. 프랑스의 문화유산에 깊은 애정을 가지고 있었던 그는 전국을 여행하며 《예술 마을(Villes d'Art)》 시리즈를 집필하는데, 그중에서 가장 대표적인 것으로는 아비뇽과 낭시를 다룬 저서를 들 수 있다.

04 "Aimez ce que jamais on ne verra deux fois": 낭만주의 시인 알프레드 드 비니(Alfred de Vigny, 1797~1863)가 쓴, 총 336행으로 이루어진 사랑에 대한 장시 〈목동의 집(La Maison du Berger)〉에서 따온 시구이다.

05 에밀 갈레(Émile Gallé, 1846~1904)는 유명한 공예가로 유리와 나무를 주로 사용하였다. 아르누보에 지대한 영향을 끼쳤다.

06 Marie Nordlinger(1876~1961), 영국에서 태어났고 어려서부터 회화와 조각에 소질을 보여 파리로 미술 공부를 하러 왔다. 그녀는 프루스트와 각별한 사이가 되고, 영어를 거의 하지 못했던 그가 러스킨의 책 두 권을 번역하는 데 거의 절대적인 역할을 한다. 그녀의 사촌이자 음악가인 레날도 한(Reynaldho Hahn)은 프루스트와 오랜 연인 관계를 유지하며, 세 명은 같이 베네치아로 여행을 가기도 한다. 놀랍거가 프루스트에게 보여주었다는 러스킨의 편지는 1855년 5월 22일 F. J. 퍼니발(Furnival)에게 보낸 것으로 "《노트르담의 꼽추》를 읽어 보았나? 난 그것이 사람이 쓴 가장 역겨운 책이라고 생각하네."라고 적고 있다.

07 Gavin(Gawin/ Gawane/ Gawain) Douglas(1475~1522), 중세 스코틀랜드의 성직자이자 시인. 정치인으로도 활동했으나 그의 가장 큰 업적은 베르길리우스의 서사시 《아이네이스(Aeneid)》를 영어로 번역한 것이다. 이는 고대 로마의 문학을 최초로 영문 번역한 작품으로 꼽힌다.

08 고대 그리스 신화에 나오는 여인의 이름, 아폴론한테서 받은 능력으로 여러 예언을 하였다. 하지만 후대로 내려오면서 무녀의 총칭으로 사용되었으며, 총 12명의 시빌레가 등장한다. 나폴리 서쪽에 있는 쿠마이의 시빌레가 그중 가장 유명하다. 베르길리우스는 《아이네이스》에서 트로이의 용사 아이네아스가 새로운 국가를 건설하기 위한 여정에서 쿠마이의 시빌레를 방문하는 이야기를 전한다. 시빌레는 아이네아스를 죽음의 나라로 안내해서 돌아가신 아버지를 만나고 돌아오게 한다.

09 구약성서의 시서와 지혜서 다음에 위치하는 예언서는 총 17권으로 구성되어 있는데 그중 첫 5권이 대선지서로 이사야, 예레미아, 에스겔, 다니엘 네 명의 저자가 기록했다고 한다. 나머지 12권이 소선지서인데, 앞의 5권에 비해 본문 내용이 상대적으로 짧은 데서 소선지서라 일컬어진다. 이들 12권을 합친 길이가 첫 번째 대선지서인 이사야서 한 권의 길이와 대략 일치

한다. 소선지서는 바빌론, 페르시아 제국을 포함하는 약 4백 년 동안의 역사를 망라하고 있지만 실제로 저자들에 대해 알려진 바는 거의 없다.

10 신약성서에서 어느 날 그리스도가 베드로, 야고보, 요한을 데리고 산에 올라가는데, 그에게서 갑자기 빛이 나고 하늘에서는 모세와 엘리아가 나타나 그와 대화를 한다. 동시에 하늘에서는 갑자기 구름이 몰려와 그들을 덮더니 그 속에서 목소리가 들려와 그리스도를 가리켜 '나의 아들'이라고 말함으로써 그리스도가 신의 아들임을 공언한다. (마태오 17: 1~9 마르코 9: 2~8 루가 9: 28~36)

11 에밀 말(Émile Mâle, 1862~1954), 프랑스의 중세 미술사가. 프루스트는 이 책을 번역하면서 말의 저서인《프랑스 13세기의 종교예술(Art religieux du xiiie siècle en France)》(1878)을 탐독하였고, 그와 여러 차례 서신을 교환하기도 한다.

샤르댕과 렘브란트

01 베로네세(Veronese)는 16세기 르네상스 시대의 베네치아를 담은 화가, 반다이크(van dyck)는 17세기 플랑드르 출신으로 영국 찰스 1세의 궁정화가, 클로드 로랭(Claude Lorrain)은 17세기 유럽의 가장 대표적인 풍경화가이다. 이 세 화가들은 모두 화려한 축제, 권력의 상징, 이상적인 아름다움으로 가득한 회화를 구축한 대가들이다.

렘브란트

01 그리스도가 감람산의 성전에 있을 때 율사들과 바리새인들이 간음하다가 붙잡힌 여자를 데려와 돌로 치려고 하자 그리스도는, "당신들 가운데 죄 없는 사람이 먼저 돌을 던지시오."라고 한다. 그러자 듣고 있던 사람들이 하나하나 떠났다는 이야기이다(요한복음 8장 1~11절). 렘브란트의 그림을 보면 그리스도와 주변에 둘러싼 사람들이 어두운 색의 옷을 입고 있는 반면, 무릎을 굽힌 가운데의 여인은 화려한 하얀색 옷을 입고 있다.

02 에스더는 구약성서에 언급되는 인물로, 페르시아 제국의 황제인 아수에루스와 결혼하여 황비가 된다. 유대인이었던 그녀는 당시 군주였던 하만이 페르시아의 노예들이었던 유대민족을 대량 학살하려는 계획을 무산시킴으로써 유대민족의 영웅이 된다. 그녀의 이야기는 17세기 프랑스의 비극작가인 라신에 의해 희곡화되기도 하는데, 프루스트는《잃어버린 시간을 찾아서》에 이 연극을 언급한다. 어머니가 유대인이었던 프루스트는 스스로 유대인이라고 자각하고 있었으며 프랑스 사회에 흐르고 있는 반유대 감정을 소설 속 곳곳에서 지적한다. 렘브란트의 그림 속에 등장하는 슬픔에 잠긴 에스더 또한 화려하게 장식된 옷을 입고 있다.

03 각각 〈사색하는 철학자〉(1632), 〈성가족〉(1640), 〈책 읽는 철학자, 혹은 성인 아나스타시우스〉(1631)를 떠올리게 한다.

04 렘브란트는 1638년부터 '고깃덩어리'를 소재로 여러 그림을 남긴다. 왼쪽에서 바닥을 닦는 여인이 있는 그림은 당시 글래스고 미술관이 대여하여 렘브란트전에 선보이고 있었고, 오

른쪽에서 등을 돌린 채 막 나가려는 듯한 여인이 그려진 그림은 루브르 미술관이 소장하고 있다. 정육점으로 보이는 곳에 가죽이 벗겨지고 속이 갈라진 거대한 고기 한 덩어리가 거꾸로 매달려 있는 모습에서 그리스도 십자가 처형의 은유를 보기도 한다.

와토

01 월터 페이터(Walter Pater, 1839~1894), 영국의 비평가로 19세기 말의 데카당스적 문예 사조의 선구자이다. 옥스퍼드 대학교에서 수학할 당시 러스킨으로부터 사사하였다. 대표작으로는 평론집《르네상스사 연구(Studies in the History of Renaissance)》(1873)가 있다.

02 카일러스 백작(Comte de Caylus, 1692~1765)으로 알려졌으며, 고대 로마와 그리스 유적의 발굴에 전념한 고고학자이자 회화와 조각에 관한 다양한 저서를 남긴 작가이기도 하다. 와토와 친분을 나누며 와토로부터 회화를 배우기도 했다. 프루스트가 언급하는 와토에 관한 전기는 카일러스가 집필한《와토의 삶(La Vie de Watteau)》을 말한다.

귀스타브 모로의 신비세계에 관한 노트

01 〈청년과 죽음〉(1865). 프루스트는 이 그림을 〈러스킨에 의한 아미앵의 노트르담〉에서도 다음과 같이 언급한다. "귀스타브 모로의 한 유명한 그림에서 신비한 새 한 마리가 죽음이 찾아오기 전에 날아가는 것처럼……."

02 원래는 성 조지(Saint Georges)로, 프루스트의 실수를 보여준다.

03 앞에서 프루스트는 〈페르시아인 음악가〉라고 했는데, 완성된 원고가 아니고 수정 작업 없이 한 번에 써 내려갔을 습작 노트임을 감안하면 그림 제목을 혼동한 것으로 생각할 수 있다. 원래 제목은 〈아랍인 음악가〉이다. 모로는 1890년 에드몽 드 로스차일드(Edmond de Rothschild)에게 〈아랍인 음악가〉라는 제목의 거대한 유화를 선물한다. 이 그림은 곧 스트로스(Strauss) 가족이 소장하게 되었고, 스트로스와 친분이 깊었던 프루스트는 그의 집을 방문했을 때 모로의 이 그림을 보았던 것이다.

04 프랑수아-르네 드 샤토브리앙(François-René de Chateaubriand, 1768~1848), 프랑스의 소설가이자 외교 정치가.

05 이 부분에서 프루스트가 착각했을 것이라는 게 플레야드(Pléiade)판 편집인들의 생각이다. 보들레르가 1841년 인도양 남서부에 있는 모리셔스 섬과 동아프리카에 있는 부르봉 섬(현재의 레위니옹 섬)을 여행한 것은 사실이다. 하지만 보들레르가 아메리카 대륙에 간 적은 없다. 프루스트가 '샤토브리앙'이라고 써야 할 것을 두 차례나 '보들레르'로 실수해서 적은 것은 아닐까 생각해볼 수도 있다. 샤토브리앙은 프랑스 대혁명 당시 모험심에 불타 아메리카로 건너가 거의 일 년 동안 오지를 탐험하고 돌아와 그곳의 생생한 인상이 담긴 책《아탈라(Atala)》(1801)를 발간하는데, 당시 이 책의 성공은 가히 놀라운 것이었다.

화가, 그림자, 모네

01 장 바티스트 카미유 코로(Jean-Baptiste-Camille Corot, 1796~1875), 프랑스의 화가로 19세기 바르비종 화파를 대표한다. 신고전주의에서 근대 풍경화로 이동하는 데 중요한 역할을 했다. 야외에서 그림을 그리는 작업 방식으로 인상주의의 선구자가 되었다.

02 프루스트가 언급하는 이 네 지명은 모두 파리 근교에 위치한 곳으로 모네가 즐겨 그림을 그리던 장소들이다.

03 생틴(Saintine, 1798~1865)의 1836년작 소설. 나폴레옹에 반한 음모를 꾸민 죄목으로 감옥에 갇힌 샤르니 백작에 관한 이야기. 감옥 벽 사이에서 자라기 시작하는 꽃에 백작은 피키올라라는 이름을 붙여주고 온갖 정성을 들여 자라게 한다. 이 꽃은 희망과 사랑을 상징하는 은유가 된다.

04 프로스페르 메리메(Prosper Mérimée, 1803~1870)의 1840년작 콩트. 코르시카 섬을 무대로 펼쳐지는 한 가족의 복수극을 소재로 하고 있다. 딸 콜롱바가 당시 여자로서는 불가능했던 아버지의 복수를 남자 형제에게 요구한다. 프랑스 남부의 코르시카 섬이라는 이국적인 배경을 묘사하는 중 작가가 달을 치즈에 비유해서 표현하는 부분이 있다.

05 19세기 프랑스 낭만주의 소설의 대표주자 중 한 사람인 알프레드 드 뮈세(Alfred de Musset, 1810~1857)가 쓴 소설로, 하얀 털 때문에 가족을 비롯한 주변의 모든 검은 티티새들에게 따돌림을 당하는 새가 결국은 시인으로서의 정체성을 찾아가는 이야기. 다름을 인정하고 그 안에서 자신의 가치를 찾아가야만 하는 예술가로서의 고된 삶을 새를 통해 그려낸 우화이다.

06 샤를 글리르(Charles Gleyre, 1806~1874). 스위스에서 태어나 프랑스에서 활동한 아카데믹한 전통의 화가. 그의 대표작인 〈잃어버린 환상(Les Illusions perdus)〉(1843)은 그를 한때 유명하게 만들었다.

07 장 오귀스트 도미니크 앵그르(Jean Auguste Dominique Ingres, 1780~1867). 19세기 프랑스의 대표적인 신고전주의 화가. 초상화와 역사화에 뛰어난 재능을 보였고 대표작으로〈오달리스크(La Grande Odalisque)〉(1814),〈터키탕(Le Bain turc)〉(1862) 등이 있다.

08 이탈리아 르네상스 화가 파올로 베로네세(Paolo Veronese, 1528~1588)의 대형 유화작품. 요한복음 2장 1~11절에 표현된 그리스도의 첫 기적, 즉 가나에서 거행된 한 혼인잔치에서 그리스도가 물을 포도주로 바꾸는 이야기를 전한다. 하지만 베로네세는 그림의 무대를 성서에 나오는 갈릴리 지방이 아닌 베네치아로 옮겨놓았을 뿐만 아니라 화가 자신을 비롯해 동시대 화가들을 같이 등장시킨다. 프루스트에게 베로네세는 아름다운 여인, 화려한 축제, 권력의 절정기에 있던 르네상스 베네치아를 담은 화가로 인식된다.

단테 가브리엘 로세티와 엘리자베스 시달

01 윌리엄 마이클 로세티(William Michael Rossetti, 1829~1919), 화가 단테 가브리엘 로세티의 동생이자 그 자신 또한 라파엘전파를 창립한 7명의 회원 중 한 명이었다. 라파엘전파의 사상을 정리하고 알리는 데 일조한 문예지 〈씨앗〉의 편집주간이었으며 그들에 관한 평론과 전

기를 집필하였다.

02 에티엔 부트루(Étienne Boutroux, 1845~1921), 프랑스 19세기의 저명한 종교 및 과학철학자, 역사가.

03 앨프리드 테니슨(Alfred Tennyson, 1809~1892), 영국 빅토리아 시대의 시인. 제1대 계관 시인으로 낭만적, 고전적 시풍을 지녔다.

04 〈Twelfth Night〉: 윌리엄 셰익스피어의 5대 희극 중 하나이자 가장 사랑받는 희극이다. 여주인공 비올라가 폭풍으로 난파해 닿은 땅에서 남장을 하고 공작의 시종이 되어 결국 사랑을 이루는 내용이다.

05 앨저넌 찰스 스윈번(Algernon Charles Swinburne, 1837~1909), 영국의 시인이자 평론가. 옥스퍼드 대학에서 공부하다 라파엘전파에 가담하여 시를 쓰기 시작했다.

06 쥘 미슐레(Jules Michelet, 1798~1874). 프랑스의 역사가. 가난한 어린 시절을 보낸 그는 국립고문서보관소 역사과장으로 재직하던 당시 《프랑스 역사(Histoire de France)》를 40여 년에 걸쳐 집필한다. 가난한 자들과 소외된 자들에 대한 한없는 애정이 그의 사상에 깊이 자리하고 있으며, 넘치는 열정과 박애정신이 그대로 전달된 콜레주 드 프랑스에서의 강연들은 유명하다.

프루스트와 러스킨, 그리고 화가들[1]

나는 본질적인 그 책, 유일하게 진실된 책이란 일반적인 의미로 말하듯 위대한 작가가 창조해야 하는 것이 아니라 번역해야 함을 깨달았다. 왜냐하면 그 책은 이미 우리 안에 존재하기 때문이다. 작가의 의무이자 임무는 번역가의 그것과 동일하다.[2]

마르셀 프루스트(Marcel Proust, 1871~1922)는 《잃어버린 시간을 찾아서(À la recherche du temps perdu)》(1913~1927)의 소설가로 널

---

1   이 글은 유예진, 〈프루스트와 러스킨: 번역가에서 소설가로〉(프랑스학연구 64집, 2013, 193~216쪽), 〈라파엘전파와 프루스트: 로세티에서 엘스티르까지〉(불어불문학연구 97집, 2014, 457~484쪽) 및 《프루스트의 화가들》(현암사, 2012)을 참조하였다.

2 . Marcel Proust, *Le Temps retrouvé*, Paris: Gallimard, 1989~1990. p. 197.

리 알려진 것이 사실이다. 하지만 이보다 덜 알려진 사실은 프루스트가 소설가이기 전에 번역가이기도 하다는 것과 그가 소설 외에도 방대한 양의 다양한 에세이를 남겼다는 것이다. 프루스트는《잃어버린 시간을 찾아서》라는 대작을 집필, 출간하기 전에 이미 영국의 대문호 존 러스킨(John Ruskin, 1819~1900)의 저서 두 권을 번역하였던 것이다. 이 책은 프루스트의 덜 알려진 글들, 즉 그가 번역가로 활동하며 남긴 역자 서문 두 편(〈러스킨에 의한 아미앵의 노트르담〉과 〈독서에 관하여〉)와 화가들에 대해 쓴 에세이들을 소개하고자 한다.

《잃어버린 시간을 찾아서》는 국내에서 1977년에 처음으로 김창석에 의해 능성출판사에서 완역되었다. 1927년 즉 프루스트가 사망한 지 5년이 지나서야 전권이 완간되고, 정확히 반세기 후 한국에 도착한 것이다. 김창석의 번역은 이후 두 차례 출판사를 달리하여 '수정된' 판본이 제시되면서 삼십여 년 동안 유일한 완역본으로 존재했는데 2010년 이후 민희식, 김희영, 이형식 3인의 번역이 선보이면서 이러한 독점적 지위는 막을 내렸다.[3]

이 책에서 소개하는 러스킨에 대한 프루스트의 역자 서문 두 편 중 〈러스킨에 의한 아미앵의 노트르담〉의 경우 국내에 처음으로 소개되는 것이다. 반면 프랑스에서 여러 차례 별도로 출간

---

3 이충민, 〈프루스트 작품의 판본 정립과 한국어 번역의 상관관계〉, 2013 프랑스학회 가을학술대회 발표집, 176~177쪽.

되었던 〈독서에 관하여〉는 《마르셀 프루스트의 문학세계》(조종권 편역, 청록출판사, 1996)를 통해 한 차례 소개된 바 있다. 하지만 이 책은 절판된 상태이고, 프루스트가 번역가로서 작성한 두 서문을 함께 묶어 선보인다면 프루스트의 예술세계에 다가갈 수 있는 새로운 기회가 될 듯하다.

이 책에서 소개하는 첫 두 편의 에세이는 프루스트가 번역가로서 붙인 서문이지만, 내용과 형식면에서 독립적으로 읽을 수 있다. 번역하는 과정에서 프루스트는 수십 쪽에 달하는 역자 서문을 작성하는데, 이 글들은 이후 《잃어버린 시간을 찾아서》에 펼치게 될 미학의 씨앗을 보인다는 점에서 흥미롭다. 초기에 프루스트는 러스킨의 글에 심취하여 열성적으로 그를 탐독하고 연구하지만, 러스킨을 번역하는 데 7년이라는 시간을 보내면서 점차 자신만의 예술론을 구축하며, 그런 과정에서 점점 러스킨의 미학에 회의를 느끼고 거리를 두게 된다. 이러한 변화는 특히 두 번째로 쓴 역자 서문인 〈독서에 관하여〉에서 찾아볼 수 있다.

이 책에서 소개하는 화가들에 관한 여섯 편의 에세이는 생전에 지면 발표된 〈단테 가브리엘 로세티와 엘리자베스 시달〉을 제외하고 다섯 편 모두 러스킨의 책을 번역하기 전에 작성했으나 미완성 상태로 남아 있다가 작가 사후에 출간되었다. 따라서 집필 시기도 확실하지 않고 여러 자료들을 바탕으로 추정할 뿐이다. 이 책에서 화가들에 관한 에세이를 포함한 이유는 프루스트와 러스킨을 잇는 공통분모는 '미술'이기 때문이다. 사실 프루스트는 러스킨을 접하기 전에도 미술과 화가들에게 각별한 관심을 가지고 있었고, 러스킨을 번역하기 전에 작성한 이 에세이들이 그것을 증명하고 있다. 렘브란트, 샤르댕, 와토, 모로 등의 화가는 알퐁스 도데의 아들이자 화가인 뤼시앵 도데(Lucien Daudet)와 함께 루브르 미술관을 비롯하여 파리의 다양한 미술관을 방문하며 접한 화가들이다. 프루스트는 이 화가들을 실제로 《잃어버린 시간을 찾아서》에 여러 차례 언급하며 소설의 전체적인 구성과 이야기 전개에 있어 중요한 자리를 부여한다. 반면 라파엘전파인 로세티는 러스킨을 통해 발견한 화가인데, 프루스트가 그에 관한 에세이를 완성하고 생전에 출간했음에도 정작 소설 속에는 로세티에 대한 언급을 하지 않는 사실이 의미심장하다.

러스킨의 생애와 작품세계

러스킨은 1819년 부유한 포도주 판매상의 가정에서 태어난다. 어린 시절 그는 주로 집에서 가정교사를 통해 교육을 받고, 당시 영국의 유명한 화가들에게 직접 그림을 배운다. 특히 데생에 뛰어난 재능을 보이며 화가로서의 꿈도 꾸지만, 다방면에 호기심을 갖고 있었던 그는 옥스퍼드 대학교로 진학한다. 러스킨은 대학 시절 반추상에 가까운 터너의 그림들을 발견하는데, 당시 터너의 비전통적인 그림들은 혹독한 비난의 대상이었다. 하지만 터너에 대한 개인적인 관심과 존경으로 그를 옹호하는 글들을 발표하던 것이 부피를 더하여 이후 총 5권에 이르는 《근대 회기론

(Modern painters)》(1843~1860)이라는 대작으로 이어진다. 러스킨의 이 저서들은 19세기 영국에서 가장 권위 있는 미술비평서로 자리 잡는다. 터너를 시작으로 화가들에 대한 러스킨의 관심은 점차 폭넓어지며, 그는 라파엘전파의 든든한 후원자가 된다. 또한《파도바의 조토(Giotto and his works in Padua)》(1853~1860),《베네치아 아카데미 갤러리 안내서(Guide to the principal pictures in the Academy of Fine Arts at Venice)》(1877)등의 저서를 통해 중세와 르네상스 이탈리아 화가들에 특별한 애정을 표현한다.

이렇듯 러스킨은 주로 예술 분야의 평론가로 활동하지만 노후로 접어들수록 사회정의 실현을 위하여 고심한다. 그는 점차 사회주의자로 변모해가고, 특권층이 자비를 실현해야 한다는 믿음과 부유한 사회주의자는 존재할 수 없다는 생각으로 아버지로부터 물려받은 대부분의 재산을 사회에 헌납한다. 그는 저소득층을 위한 주택 건설과 런던의 극빈층 거주지역의 위생시설 개선을 위해 엄청난 금액을 투자하는 등 자신의 부를 이용하여 사회적인 이상을 실현하고자 하였다. 특권층이 나눔 정신을 실현해야 한다는 러스킨의 사상은 후에 영국 기독교노동당의 창립 이념에도 영향을 준다. 이렇듯 이론으로만 그치지 않고 그것을 실제로 구현하는 사상가로서 러스킨은 빅토리아 시대 영국에서 가장 명망 높은 인물 중 한 명으로 굳게 자리매김하고 있었다. 굳이 프랑스에서 그와 대적할 만한 위상을 갖춘 인물을 꼽자면 빅토르 위고 정도가 있었다. 하지만 후기 러스킨의 바로 이러한 예술론, 즉

만년의 러스킨
1894년 일흔다섯 살 때의 사진.

예술을 윤리학과 사회학적 시각으로 바라보는 자세에 프루스트
는 환멸을 느낀다. 프루스트에게 예술은 도덕적 임무를 띠고 사
회정의를 실현하는 도구가 아니라, 진리를 발견하고 개인의 삶을
영원으로 승화할 수 있는 유일한 해법이었기 때문이다.

프루스트의 생애와 작품세계
프루스트는 1871년 부유한 유대인 가문 출신인 어머니 잔 베일
(Jeanne Weil, 1849~1905)과 시골의 유복한 집안 출신인 아버지

아드리앵 프루스트(Adrien Proust, 1834~1903) 사이에서 태어난다. 아버지는 프랑스 시골마을인 일리에서 식료 잡화점을 운영하던 집에서 자라나 파리로 상경하여 의대에 진학했고, 그 후로 승승장구한다. 반면 어머니는 19세기 당시의 전형적인 여성상이었다고 할 수 있다. 순종적이며 남편을 존경하고 자식들에게 헌신적이었던 여인이었다. 이런 어머니와 야심 찬 아버지가 이룬 가정은 프루스트에게 심리적·경제적 안정을 가져다준다.

여유로운 환경에서 자란 소년 프루스트는 어린 시절 여름방학이면 파리를 떠나 아버지가 자라난 일리에의 시골집에서 긴 여름방학을 보내는데, 이 집의 2층 방과 정원에서 한 독서가 바로 이 책에서 프루스트가 말하는 어린 시절의 특별했던 독서에 관한 기억을 제공한다. 또한 일리에는《잃어버린 시간을 찾아서》에서 주인공 마르셀이 유년기를 보내는 콩브레의 무대가 된다.

프루스트는 학창시절 문예지를 창간하여 시와 에세이를 발표하기도 하고, 귀족 부인의 살롱에 초대되어 다양한 군상의 인물들을 관찰하며, 노르망디 해변에 있는 호화로운 호텔에서 여유로운 휴가를 보내기도 했다. 그런 프루스트지만 평생 글쓰기는 게을리 하지 않았다. 시, 에세이, 편지이든, 또는 전날 밤 파리의 살롱에서 있었던 모임을 묘사하는 신변잡기 신문 기사와 같은 형태의 글이든 그는 끊임없이 썼다.

1894년, 그는 처녀작인《즐거움과 나날(Les Plaisirs et les jours)》을 발표하는데 이는 학창시절 썼던 시와 산문의 모음집이다. 이

소년 시절의 프루스트
1887년 3월 24일 줄 나다르가 촬영한 열여섯 살 때의 사진.

후 곧 자전적인 소설《장 상퇴유(Jean Santeuil)》의 집필에 착수하
는데, 5년에 걸쳐 총 천 쪽이 넘는 방대한 양을 남기지만 완성하
지 못한 채 포기하고 만다. 이 소설에는 이미《잃어버린 시간을
찾아서》에 등장하게 될 많은 요소가 싹터 있는 것을 볼 수 있다.
또한 문학비평에도 관심이 있던 그는 동시대 프랑스의 시인이자
비평가인 생트뵈브에 관한 평론서를 구상한다. 생트뵈브는 문학
작품의 가치를 판단할 때 그것을 쓴 작가의 생애, 성격, 인성 등

을 기준으로 삼았는데, 프루스트는 이러한 생트뵈브의 전기적 비평을 정면으로 반박한다. 프루스트는 작가로서의 '나'와 개인으로서의 '나'는 분리되어야 하며 작품을 판단하는 데 있어 개인적이며 주관적인 '나'를 그 잣대로 삼아서는 안 된다고 믿었다. 그러나 프루스트의 문학론을 이해하는 데 중요한 밑거름이 되는 이 문학평론서 《생트뵈브에 반박하여(Contre Sainte-Beuve)》도 완성이 되지 못했으며 그의 생전에 출판되지 못한다.

그러다가 마침내 1909년, 마흔을 바라보던 프루스트는 《잃어버린 시간을 찾아서》의 집필에 착수하여 숨을 거두는 1922년에 이르기까지 13년에 걸쳐 소설을 완성한다. 《잃어버린 시간을 찾아서》는 3천여 쪽에 달하는 방대한 양으로도 놀라운데, 총 7권으로 구성되며 각 권은 다시 여러 개의 장으로 이루어져 있다.

제1권 《스완네 집 쪽에서》
　제1부 콩브레 | 2부 스완의 사랑 | 제3부 고장의 이름 : 이름
제2권 《꽃핀 처녀들의 그늘에서》
　제1부 스완 부인의 주변에서 | 제2부 고장의 이름 : 고장
제3권 《게르망트 쪽》 1, 2부
제4권 《소돔과 고모라》 1, 2부
제5권 《갇힌 여인》
제6권 《사라진 알베르틴》
제7권 《되찾은 시간》

주인공 마르셀이 작가로서의 소명을 찾아가는 이 소설은 작가 자신의 다양한 자전적인 경험에 바탕을 두고 있음을 부정할 수 없고, 그 독특한 구성과 전개, 문체로 인해 현대문학의 새로운 장을 열었다는 평가를 받게 된다.

러스킨을 통한 이탈리아 회화의 발견

프루스트가 러스킨으로부터 받은 긍정적이며 생산적인 영향은 중세와 르네상스에 활동한 이탈리아 화가들 및 고딕 성당의 발견이라고 할 수 있다. 이는 프루스트가 러스킨의 저서를 번역하기 이전에 썼던 글들과 그 이후에 쓴 글들을 비교하면 현저히 드러난다. 회화와 건축이라는 두 예술 장르는 프루스트가《잃어버린 시간을 찾아서》에 중요도 있게 접목하는 요소인데, 이는 그의 초기 글들에서는 찾아볼 수 없는 것들이기 때문이다. 사실 프루스트는 러스킨을 접하기 전에도 미술과 화가들에 각별한 관심을 가지고 있었다. 처녀작《즐거움과 나날》을 보면〈화가의 초상(Les Portraits de peintres)〉이라는 소제목으로 화가 네 명에게 바친 짧막한 시들이 있다.[4] 이 네 명의 화가들이란 알베르트 코이프

---

4 다음은《즐거움과 나날》중〈화가의 초상〉편에서 프루스트가 와토에 관해 쓴 시다. "푸른 망토를 입고, 불확실한 가면 뒤에서/ 나무와 얼굴을 분장시키는 황혼./ 기력 없는 입술 주변으로 입맞춤의 조각……/ 파도는 부드러워지고, 가까운 것은 멀어진다.// 우수에 젖은 상태로 먼 곳에 벌어지는 또 하나의 가면무도회는/ 더욱 거짓되고, 슬프면서, 매력적인 몸짓으로 사랑을 속삭인다./ 시인의 변덕 — 혹은 연인의 신중함./ 사랑은 현명하게 장식될 필요가 있기에 —/ 여기 선박, 음식, 침묵, 그리고 음악이 있다."

(Aelbert Cuyp), 파울루스 포터(Paulus Potter), 앙투안 와토(Antoine Watteau), 앤서니 반다이크(Anthony van Dyck)이다. 그러나 이들은 프루스트가 이후에《잃어버린 시간을 찾아서》에 인용하는 화가들은 아니다. 이 네 명의 화가들 중에서 유일하게 지속적으로 프루스트가 관심을 갖는 화가는 와토로서 소설에 여러 차례 그의 이름이 언급되지만, 나머지 화가들은 이내 기억 저편으로 사라져버린다.《잃어버린 시간을 찾아서》에 가장 빈번하게 언급되는 화가들이 바로 베네치아와 피렌체에서 활동한 이탈리아 화가들인데, 프루스트는 러스킨을 통해 이 화가들을 발견한 것이다.

러스킨은 윌리엄 터너(William Turner)를 중심으로《근대 화가론》을 썼지만, 이 밖에도《베네치아 아카데미 갤러리 안내서》,《파도바의 조토》등의 저서를 통해 미술에 관한 그의 폭넓은 지식을 드러낸다.《근대 화가론》에 러스킨은 화가들의 그림을 모사한 드로잉을 삽화로 여럿 삽입하는데 그중에는 러스킨이 특별히 자랑스럽게 생각한〈십보라(Zéphora)〉가 있다. 십보라는 모세의 아내가 되는 인물로, 르네상스 화가 보티첼리는 그녀의 모습을 시스티나 성당의 한 벽면을 차지하는 모세의 일생을 다룬 프레스코화에 표현하였다. 러스킨은 바로 그 그림에서 십보라의 모티브만을 수 시간 동안 꼼꼼히 모사하여《근대 화가론》에 삽입한 것이다. 러스킨의《근대 화가론》전권을 소장하고 있던 프루스

(Marcel Proust, "Antoine Watteau", *Les plaisirs et les jours*, Paris: Gallimard, 1971. p. 81)

트는 러스킨의 손을 통해 표현된 십보라를 통해《스완네 집 쪽에서》의 오데트를 묘사하기도 한다. 이 밖에도 러스킨의 책에는 비토레 카르파초(Vittore Carpaccio)의《성녀 우르술라의 삶》연작, 젠틸레 벨리니(Gentile Bellini)의《산마르코 광장 앞의 행렬》를 비롯하여 베로네세, 틴토레토 등 베네치아 아카데미 갤러리에 있는 많은 그림들의 도판이 들어 있다. 이 그림들은 프루스트가 앞으로 쓸 소설의 중요한 밑거름이 된다.

또한 러스킨의 저서 중《파도바의 조토》에서는 중세에 활동한 조토가 스크로베니 성당에 남긴 악덕과 미덕의 알레고리를 표현한 인물들의 도판을 볼 수 있다. 이 중에서 '자비'라는 개념을 표현한 여인은 소설 속에서 프랑수아즈에 괴롭힘당하는, 부엌일을 거드는 만삭 여인의 모습을 통해 재현되기도 한다. 스완은 그녀를 조토가 그린 '자비'에 빗대어 마르셀에게 그녀의 안부를 물을 때면 "우리 조토의 '자비'는 어떻게 지내고 있는가?"라고 묻는 것이다[5]. 프루스트는 1913년 소설의 제1권을 구성하는《스완네 집 쪽에서》를 출간하는데 이 책의 마지막 부분에 앞으로 전개될 소설의 목차를 미리 예고한다. 그 당시 프루스트는 소설을 크게 세 부분으로 나누고 있었다.[6] 그중에서 마지막 권인《되찾은 시간》

[5] Marcel Proust, *Du Côté de chez Swann*, Paris: Gallimard, 1988, p. 80. 프루스트는 러스킨을 통해 조토를 발견하였다.
[6] 그 세 부분이란《스완네 집 쪽에서》,《게르망트 쪽》,《되찾은 시간》이었다(Ibid., p. 451 주석 참조). 그러나 원고 분량이 늘어나면서 결국에는 현재의 총 7권으로 구성되기

을 이루는 한 단원의 소제목으로 '파도바와 콩브레의 미덕과 악덕'을 생각했던 것을 감안하면, 조토의 알레고리 형상이 그에게 얼마나 깊은 인상을 주었는지를 알 수 있다. 이는 결국 러스킨을 통해 발견하게 된 이탈리아 미술이 프루스트 소설의 전반적인 구성과 전개에 커다란 영향을 준 것을 의미한다.

러스킨의 영향은 이렇듯 소설 속 이탈리아 미술뿐만 아니라 건축을 통해서도 간접적으로 드러난다. 프루스트는 《아미앵의 성서》를 번역하는 과정에서 '성당'을 개인이 미사를 드리고 기도를 올리는 종교적인 장소로써가 아니라 견고하고 통일된 하나의 구조를 향해 여러 장인들이 수 세기에 걸쳐 완성한 건축물로써 이해하고, 이러한 발견을 소설 속에 흡수시킨다. 그럼으로써 자신의 소설도 중세의 성당과 마찬가지로 유기적이며 조화로운 하나의 거대한 구조물이 되도록 완공하고자 한 것이다.

러스킨을 통해 형성된 중세의 고딕 성당에 대한 애정은 특히 허구의 화가인 엘스티르[7]의 입을 통해 드러난다. 마르셀이 엘스티르에게 처음에 발베크 성당을 방문했을 때 자신이 상상했던 이

에 이른다.

7 많은 평론가들이 엘스티르의 실제 모델로 다양한 화가들을 제시하였다. 그중에 가장 설득력 있는 모델은 터너(바다와 하늘을 혼동하여 그리는 기술에 근거하였다), 미국 출신 화가 휘슬러(Elstir라는 이름은 Whistler의 아나그람[anagramme]이라고 알베르 푀이유라[Albert Feuillera]가 처음 주장하였다) 등이며, 상징주의 화가 귀스타브 모로 및 인상주의 화가 에두아르 마네를 제시한 경우도 있다(소설 속에서 엘스티르가 초기에 그린, 신화에서 소재를 따온 작품들과 후기 바닷가와 항구 등을 표현한 작품들에 근거하였다).

미지와 너무나 달라서 실망했다고 말하자 엘스티르는 발베크 성당에 대해 예찬을 펼치며 마르셀이 놓친 부분을 열거하는데, 그의 말 속에서 우리는 고딕 성당을 찬미하는 러스킨의 일면을 볼 수 있다.[8] 발베크 성당의 정문을 "여태껏 존재했던 어떤 성서 중에서도 그 역사가 가장 아름답게 표현된 것"에 비교하는 것, 성모 마리아상과 그녀의 삶을 나타내는 부조들을 "중세 시대가 마리아에게 바친 가장 애정 깊고 영혼을 울리는 예찬의 시"에 비교하는 것 등은 러스킨이 아미앵 성당을 묘사할 때 펼친 표현들을 연상시킨다. 발베크 성당에 대한 엘스티르의 찬사는 계속해서 이어지는데 이번에는 그것을 만든 장인 조각가에게 향한다.[9] 엘스티르에 의하면 성서에 있는 내용을 최대한 충실하게 조각으로 표현하기 위해 무명의 조각가가 발베크 성당의 외관을 장식하는 성모 마리아상의 "깊은 배려와 달콤한 시적 감각"은 그 자체로 놀라울 따름이다. 천사들이 성모 마리아의 몸에 직접 손을 대기는 너무나 신성하기에 거대한 천으로 그녀를 감싼 채 옮길 생각을 조각으로 표현한 것은 그 조각가의 천재성을 드러낸다.

엘스티르는 다시 한 번 성당이라는 건축물을 하나의 문학작품, 즉 "천상을 구성하는 신학적이며 상징적인 거대한 서사시"에 비유하며 예찬한다. 실제로 훨씬 재주가 없는 이탈리아 조각가

---

8 Marcel Proust, *À l'ombre des jeunes filles en fleurs*, Paris: Gallimard, 1988, p. 404.
9 같은 책, pp. 404~405.

들이 그대로 모방하기도 했지만 이는 이탈리아 그 어디에서도 찾아볼 수 없는 것이라고 한다. 엘스티르가 하나의 성당을 조각으로 표현한 성서에 비유하는 것, 그리고 정문 앞에 조각된 각 부조들의 역사적·신학적·상징적 의미를 하나하나 파헤치며 열거하는 방법은 프루스트가 번역한 러스킨의《아미앵의 성서》에 그대로 나타나 있다. 마르셀이 발베크에 있는 엘스티르의 화실을 방문하고 화가와 나눈 대화를 통해서나 그의 그림들 앞에서 얻은 깨달음은 마치 번역가 프루스트가 러스킨과 가진 초기의 관계를 투영시키는 듯하다. 이렇듯 '프루스트 : 러스킨=마르셀 : 엘스티르'라는 등식은 이후 마르셀이 엘스티르의 예술론에서 회의를 느끼는 점에서도 후기 프루스트와 러스킨의 관계를 떠올린다.

이 밖에도 소설 속에는 여러 성당들이 등장하는데 각각 고유의 역할을 가지고 마르셀에게 다양한 사색거리를 제공한다. 어린 시절을 보내는 콩브레의 생틸레르 성당에는 게르망트 공작의 선조들이 스테인드글라스에 표현되어 있기에 그들을 선망의 대상으로 여기게 되는 결정적인 역할을 하며 여기에 시간이라는 개념이 예술작품에 가미될 때 그것을 특별한 매력으로 감싸게 한다는 사실을 처음으로 깨닫게 한다. 또한 인근 마을인 마르탱빌 성당이 멀어져가는 모습을 마차 안에서 바라보는 마르셀은 성당을 이루는 두 개의 종탑과 바로 옆 마을에 있는 또 다른 성당의 종탑 하나가 보는 각도에 따라 때로는 한 개로, 때로는 두 개나 세 개로 보이는 것을 글로써 표현하고 싶다는 충동을 느끼며 작가로서의

열망을 처음으로 자각하게 된다.[10]

반면 발베크 성당은 상상에 의해 만들어진 이미지가 실제와 다를 때 그 거리감에 얼마나 실망할 수 있는지 깨닫게 함으로써 상상력의 파괴적인 힘을 느끼게 하고, 발베크 근처의 마르쿠빌 성당의 보수된 부분과 원래 부분이 현저히 차이가 나는 모습을 보며 후대에 새로 보수한 부분이라고 해서 고풍스러운 성당을 덜 아름답게 만든다고 여기는 것은 올바른 접근 방법이 아니라는 결론을 내리게 한다. 아름다운 귀부인의 고급스러운 치맛단이나 세속적인 요트의 펄럭거리는 돛대가 동등하게 예술작품의 소재가 될 수 있듯이, 마르쿠빌 성당의 보수된 부분이나 오래 전 지어진 부분 등은 그 자체로 미학적인 가치를 매길 수 없으며 그것을 비추는 해는 이 둘을 차별하지 않는다는 진리를 깨닫게 된다.[11]

러스킨의 도덕론에 반대

이렇듯 소설 속 곳곳에서 중세·르네상스 이탈리아 미술과 다양한 성당들의 접목을 통해 프루스트가 러스킨의 저서를 번역하면서 얻은 수확을 살펴볼 수 있다. 그러나 프루스트는 러스킨을 이해할수록 그와 다른 자신을 발견하고 그의 책을 번역하는 데 회

10　Marcel Proust, *Du Côté de chez Swann*, op. cit., pp. 177~179.

11　Marcel Proust, *Sodome et Gomorrhe*, Paris: Gallimard, 1989, p. 402. 알베르틴은 엘스티르를 신봉하여 그의 말을 그대로 따라 보수된 마르쿠빌 성당을 비난하는데 마르셀은 의견을 달리한다.

의를 느낀다. 그 이유는 우선 도덕에 입각한 러스킨의 미학에 프루스트가 근본적으로 동의할 수 없었다는 데 있다. 실제로 러스킨은《근대 화가론》에 자신이 선택한 미의 기준을 다음과 같이 정의한 바 있다. 러스킨에 의하면 아름답다는 인상을 받는 이유는 그것이 관능적이거나 지적이라서가 아니라 도덕적이기 때문이라는 것이다. 이러한 자신의 선택을 뒷받침하기 위해 러스킨은 자연과 동물의 세계를 예로 드는데 우리가 자연 속에서 아름답다고 느끼는 동물들은 도덕적 가치를 표현하고 있다는 것이다.[12]

러스킨의 저서를 번역, 탐독하는 과정에서 이러한 도덕론에 대면한 프루스트는《아미앵의 성서》역자 서문에 다음과 같이 도덕을 미의 기준으로 삼는 러스킨의 미학을 비판한다.[13] 프루스트에 의하면 미는 '도덕(la morale)'이 아니라 '진리(la vérité)'에 의해 결정되어야 하기 때문이다.[14] 프루스트는 러스킨의《베네치아의 돌》에서 도덕론에 입각한 미학을 상징적으로 드러내는 부분을 발췌하여 역자 서문에 인용한다. 러스킨에 의하면 베네치아 주민들의 범죄가 다른 곳에 거주하는 주민들보다 더욱 비난받아

---

12 몇몇 평론가는 러스킨의 이러한 미의 기준이 놀랄 정도로 순진한 해석이라고 비난하기도 한다. 가령 미셸 브리(Michel Brix)의 경우 러스킨이《건축의 일곱 등불》에서 사나운 악어의 흉측함과 칙칙한 회색을 무해한 도마뱀의 윤기 나는 녹색에 대조시키는 것을 예로 든다. 또한 긴 겨울 끝에 꽃이 만개하고 새 생명이 탄생하는 봄이 더욱 아름다운 이유는 그것이 그리스도의 부활의 시기와 겹치기 때문이라는 러스킨의 논리는 현대인에게 더 이상 아무런 설득력이 없다고 강조한다.

13 Marcel Proust, *Préface à La Bible d'Amiens*, Paris: Bartillat, 2007, pp. 69~70.

14 Ibid., p. 72.

야 마땅한 이유는 그 범죄가 일어난 장소의 아름다움 때문이라는 것이다. 베네치아라는 역사적·예술적으로 뛰어나고 아름다운 곳에서 범죄를 행했다는 사실은, 일반적인 다른 도시에서 행한 범죄보다 더욱 무겁게 처벌받아야 마땅하다는 논리이다. 하지만 프루스트는 러스킨의 이러한 논리에 공감할 수가 없었고 러스킨이 그러한 논리를 펼치는 것 자체가 스스로에게 정직하지 못한 것이라고 지적한다.[15]

프루스트가 러스킨의 도덕론에 입각한 미학을 비난한 또 다른 이유는 러스킨이 그러한 논리를 통해 일종의 가르침을 유도하려는 태도에 있다. 프루스트는 그것이 그림이건 책이건 음악이건, 어느 형태의 예술작품 앞에 섰을 때 그것을 보고 읽고 듣는 감상자의 능동적이며 적극적인 자세에 더욱 큰 비중을 두고는 했는데 러스킨은 그러한 감상자에게 초점을 맞추는 것이 아니라 이것을 어떻게 받아들여야 한다는 원작자, 즉 그것을 창조한 예술가에 초점을 맞춤으로써 예술작품을 대하는 감상자에게 해석해야 할 방향을 제시하고자 한 것이다.

감상자가 나아가야 할 방향을 직접적이며 노골적으로 제시했다는 점에서, 프루스트는 러스킨의《베네치아의 돌》을 베네치아 산마르코 대성당에 성경 장면들을 모자이크로 새겨 넣음으로써 민중에게 성경의 가르침을 전달하려 했던 중세 조각가들의 노력

15   Ibid., pp. 71~72.

에 비교한다.[16]

도덕적으로 올바른 것이 아름답다는 러스킨의 논리는 문명과 과학기술의 발달이 형성한 '도시'라는 공간, 그 안에서도 특히 '기차역'이라는 장소를 강도 높게 비난하는 것으로 이어진다. 러스킨에 의하면 도시 공간은 인간을 자연과 멀어지게 하며 미적으로는 아무런 임무를 띠고 있지 않은 흉물스러운 건물들과 도로들에 갇히게 만듦으로써 불행으로 몰아넣는다고 주장한다. 그중에서 대도시의 기차역이야말로 악(le mal)과 추함(le laid)이 공존하는 공간으로 현대인들의 불행을 상징한다는 것이다. 러스킨은 증기 기관차가 내뿜는 검은 연기와 출발하는 기차를 놓치지 않으려고 심각한 표정으로 분주히 움직이는 여행객들을 묘사하며 기차역의 불길하고 지저분한 분위기를 강조한다. 기차역은 러스킨에게 "불편함의 성지"이자 "오늘날의 악의 기운"[17]이 느껴지는 장소이며, 자연이 완전히 배제되고 문명의 발달이 야기한 가장 부정적인 장소를 상징하기에 이른다.

그런데 기차역이라는 같은 장소를 프루스트는 전혀 다르게 이해하고 받아들이는데 이러한 차이점은 소설의 제2권인《꽃핀 처녀들의 그늘에서》에 잘 드러난다. 마르셀은 외할머니와 하녀 프랑수아즈와 함께 처음 발베크에서 여름휴가를 보낼 계획으로 파

---

16 Ibid., p. 73.
17 John Ruskin, *The Art criticism of John Ruskin*, ed. by Robert L. Herbert, Gloucester, MA: Peter Smith, 1969, p. 146.

리의 생라자르 기차역에 있는데 여행을 떠난다는 설레임이나 흥
분도 느끼지만 한편으로는 어머니와 헤어져야 한다는 불안함과
낯설고 새로운 장소에 대한 염려가 가득하다. 이러한 그의 심리
상태를 기차역이 상징하는데, 화자는 기차역을 "환상적이며 비
극적인 장소"[18]라고 표현한다. 이어서 화자는 생라자르 기차역의
특색인 거대한 유리창들로 둘러싸인 모습을 "창문이 있는 작업
실"[19]에 비교하는데, 작업실에 대한 언급은 곧 떠나게 될 발베크
의 여행지에서 방문할 엘스티르 화가의 작업실을 예고하는 듯하
다. 엘스티르의 작업실에서 마르셀은 처음으로 예술가의 창조 과
정을 지켜보고 엘스티르의 그림들 앞에서 그가 앞으로 펼칠 글
쓰기의 원칙이 될 '은유의 법칙'을 발견함으로써 인생의 커다란
전환점을 맞는다.

　마르셀은 기차역에서 새로운 장소로 자신을 안내할 기차를 기
다리는 불안하면서도 흥분되는 심정을 거장들이 그린 그리스도
의 십자가 거행 장면에 비교한다.[20] 여행을 떠날 때 느끼는 불안
감을 그리스도의 십자가 거행이라는 거대하며 비극적인 사건에

18　Marcel Proust, À l'ombre des jeunes filles en fleurs, op. cit., p. 214.
19　Ibid. 모네는 〈생라자르역〉(1877)에서 유리창 아래 증기를 내뿜는 기차들을 표현히
였다. 프루스트는 소설 속 이 장을 묘사할 때 모네의 그림을 염두에 두었을 것이다.
20　마르셀이 언급하는 이 두 개의 그림은 만테냐의 〈십자가 거행〉과 베로네세의 〈골고
다〉일 가능성이 크다. 두 점 모두 루브르 미술관에 소장되어 있기에, 프루스트가 학창시
절 이곳을 거의 매일같이 방문했던 것을 생각하면 이 그림들을 보고 소설 속에 차용한
것이 틀림없다. (Ibid., p. 538. 편집인 피에르 루이 레의 주석 참조)

비교하는 것은 아이러니하다. 그럼에도 마르셀이 파리의 익숙한 자기 방과 가장 사랑하는 어머니로부터 멀어지며 낯선 장소로 출발해야만 하는 심정을 거장들의 그림에 나타난 십자가 거행에 비교하는 것은, 이미 프루스트에게 기차역이란 러스킨이 지적한 바처럼 악과 추함이 공존하는 비난해야 마땅한 장소가 아니라 여행객의 기대와 불안이 공존하는 모순된 심리를 가장 적절히 표현하는 현대적인 공간으로 탈바꿈했다는 의미이다.

예술작품을 통해 민중에게 교훈을 주고, 도덕적으로 올바른 것을 추구하려 했던 러스킨의 미학은 예술가의 정치적이며 사회 참여적인 자세를 유도하기에 이른다. 이는 다시 말하면 모든 훌륭한 예술가는 자신이 속한 시대에 국민의 삶의 질을 개선할 수 있는 예술작품을 창작해야 한다는 논리로까지 전개될 수 있다. 실재로 러스킨은 예술을 위한 예술을 비난하고, 민중을 위한 예술이 아니라 자신을 후원한 귀족의 구미에 맞춘 예술 활동을 펼친 예술가들을 비난한다.[21] 역사가 증명하는 위대한 교훈은, 민중의 믿음이나 행복을 위한 예술이 아니라 권력을 유지하는 것이 목적인 이기적인 귀족의 구미에 맞춘 모든 순수예술 행위는 그것이 행해진 국가의 몰락만을 촉진시켰다는 것이다. 그 예로 벨라스케스는 에스파냐를, 티치아노는 베네치아를, 레오나르도 다 빈치는 밀라노를, 라파엘로는 로마를 몰락하도록 촉진시켰는데

---

21 John Ruskin, *The Art Criticism of John Ruskin*, op. cit., p. 151.

이 거장들은 모두 민중의 삶과는 별개의 작품 활동을 했기에 그와 같은 결과를 야기시켰다는 것이다.

여기서 우리는 다시 한 번《잃어버린 시간을 찾아서》를 통해 19세기 말 프랑스의 벨 에포크(Belle Époque)를 상징하는 요트 경기, 승마장, 살롱, 노르망디 해안의 고급호텔 등에서 화려하게 치장한 귀족들의 마음에 들기 위해 고군분투하는 마르셀을 떠올리게 된다. 프루스트는 '예술' 그 자체 외에 다른 목적을 띤 예술 작품을 비난한다. 그 대표적인 예로 1차 세계대전을 전후해서 애국심을 고취시킬 목적으로 소설을 쓴 민족주의 작가 모리스 바레스(Maurice Barrès)를 예로 든다.[22] 소설 속에서 프루스트는 예술을 민중의 삶을 개선하기 위한 도구로 바라본 러스킨의 예술론을 직접적으로 비난하는 대신 민족주의 작가 바레스의 예술론을 비난하지만, 프루스트가 동의할 수 없는 것은 여전히 민중을 위한 예술을 한다는 명목으로 '진리'를 추구해야 하는 예술가의 본질을 망각한 이들이다. 바레스는 예술가란 조국의 영광을 그려야 한다고 주장했지만 프루스트에 의하면 예술가가 그렇게 하기 위해서는 진정한 예술가로서의 임무를 수행해야, 즉 "과학의 법칙과도 같이 매우 섬세한 예술의 법칙을 발견하고 경험하고 분석할 때 그 어떤 다른 것도 개의치 않고―비록 그것이 조국이라 할지라도―오로지 자신 앞에 펼쳐진 진리만을 생각해야 하

---

22   Marcel Proust, *Le Temps retrouvé*, op. cit., p. 195.

는 것"이다. 이렇듯 프루스트에게 있어 예술가의 임무는 숨어 있는 진리를 발견하고 그것을 글이건 그림이건 구체적인 형태로 표현하여 예술작품으로 승화하는 것이다. 따라서 예술가가 추구해야 할 절대적인 기준은 오로지 진리의 추구인 것이다. 《되찾은 시간》에서 작가로의 소명을 되찾은 화자는 예술가로서 자신이 나아갈 방향은 '진리'의 탐구임을 다시 한 번 강조한다.[23]

애국소설과 마찬가지로 프루스트가 비난의 화살을 겨냥하는 또 다른 문학 장르는 민중소설이다. 프루스트가 보기에 민중소설은 애국소설과 마찬가지로 위험한 것은 아니라고 해도 매우 우스운 것이었다.[24] 프루스트는 민중소설을 내용과 형식에서 모두 비난하고 있다. 우선 형식면에서 민중이 쉽게 접근할 수 있도록 '한량들에게만 통하는' 고상한 문체를 포기하는 것은 그의 개인적인 경험을 통해 불필요한 희생임을 알기 때문이라는 것이다. 그런 의미에서 "민중소설은 노동자 연맹의 회원들이 아니라 경마 클럽을 드나드는 사람들을 겨냥해야 한다"는 것이다. 반면 민중소설의 내용, 즉 선택한 소재 또한 잘못되었는데 "아동소설을 읽으며 아이들이 지루해 하는 것처럼 민중소설은 민중에게 따분하게 느껴질 뿐이다. 독자는 소설을 통해 새로운 세계를 발견하기를 원하는데, 귀족이 노동자에 호기심을 갖듯이 노동자 또한

---

23 Ibid., p. 349.
24 Ibid., p. 195.

귀족의 세계를 알고 싶어 하기" 때문이다. 예술작품이 겨냥한 대중이 누구인지에 따라 작품의 소재나 문체를 바꾸는 것이 잘못되었다는 주장은 다시 한 번 민중을 위한 예술론을 펼친 러스킨의 논리를 간접적으로 비난한 것으로 생각할 수 있다.

우리는 여기서 조르주 상드(George Sand)를 떠올리지 않을 수 없다. 프루스트는《잃어버린 시간을 찾아서》에서 상드의 전원소설인《사생아 프랑수아(François le Champi)》(1848)를 언급하지만 그 책의 문학적·예술적 가치를 이야기하는 것이 아니라 그것을 둘러싼 어린 시절의 추억에 더 중심을 둔다. 상드의 이 소설을 어머니가 머리맡에서 읽어준 후 수십 년이 지난 어느 날 게르망트 대공의 서재에서 우연히 다시 접한 순간, 그 책은 마들렌 과자와 마찬가지로 비의도적 기억의 작용을 수행하며 콩브레의 유년기를 떠올리게 만든다. 즉 상드의 민중소설은 고유의 예술적 가치로써 중요한 역할을 하는 것이 아니라 그것이 속했던 유년기와 맞물려 화자에게 개인적인 의미를 갖는데, 이는 민중소설의 허망함을 간접적으로 드러내는 것이자 러스킨의 사회주의적 의도에 대한 프루스트식 답변이다.

러스킨의 우상숭배 비판

우상숭배(Idolâtrie)라는 표현은 러스킨이 직접《아미앵의 성서》에 사용한 것으로, 작가는 아미앵 성당의 정문을 장식하고 있는 조각상 중 하나를 이 표현으로 묘사하고 있다. 문제의 그 조각상은 바오로 성인을 둘러싼 미덕을 표현한 형상들의 맞은편에 자리 잡고 있는데, 털로 덮인 흉칙한 상상 속 동물의 형상에 절을 하는 사람을 표현하고 있다. 러스킨은 그를 "괴물 앞에서 무릎 끓고 있는 '우상숭배'. 믿음의 반대 — 믿음의 '부족'이 아님. 우상숭배는 거짓 신들에 대한 믿음이며 아무것도 믿지 않는 것과는 구분된 다."[25]라고 묘사하고 있다.

이 개념은 프루스트를 특별히 매료시킨 듯한데, 그는 역자 서문에 우상숭배의 다양한 형태를 구분하고 있다. 우선 프루스트는 현실세계에서 어떤 사물이나 대상을 아름답다고 느끼는 이유가 그것이 과거에 위대한 예술작품 속에 표현되었기 때문인 경우가 있는데 바로 그런 자세가 우상숭배의 첫 번째 유형이라고 말한다. 프루스트는 직접적으로 그 사람의 이름을 언급하지는 않지만, 동시대 인물이며 무자비한 유머와 폭군에 가까운 언행으로 당시 파리 사교계에서 악명 높은 인물이자 소설 속 샤를뤼스 남작의 실제 모델이 되는 로베르 드 몽테스키우(Robert de Montesquiou)의 초상을 그린다. 몽테스키우는 유명 여성 연극배우의 의상을 아름답다고 말하고는 했는데, 프루스트에 의하면 그 이유는 상징주의 화가인 귀스타브 모로가 그린 〈청년과 죽음〉에서 죽음을 상징하는 여인이 걸친 천과 동일하기 때문이다.[26] 또한 러

25 John Ruskin, *La Bible d'Amiens*, traduction de Proust, op. cit., p. 261.
26 Marcel Proust, *Preface a la Bible d'Amiens de John Ruskin*, ed. yves-Michel Ergal, Paris: Bartillat, 2007, p.75.

스킨은 사과나무 꽃을 보고 아름답다고 여기는데 그 이유는 꽃 자체가 내재하고 있는 아름다움 때문이 아니라 틴토레토의 어느 특정한 그림에 사과나무 꽃이 표현되었기 때문이라는 것이다.

　프루스트는 이어서 예술작품이 아름답다고 판단하는 이유가 그것이 담고 있는 소재의 아름다움 때문일 때 그것 또한 우상숭배의 또 다른 형태라고 이야기한다. 프루스트는 역자 서문에서 러스킨은 이 두 번째 형태의 우상숭배자에 해당한다고 이야기한다. 가령 러스킨은 부르주(Bourges) 성당의 정문이 그 자체로 뛰어난 하나의 예술작품이라고 여기는데 그 이유가 정문에 장식되어 있는 아름다운 산사나무 꽃 형상 때문이라는 것이다. 산사나무 꽃이라는 아름다운 소재를 표현하고 있기 때문에 그것이 조각되어 있는 정문이 하나의 뛰어난 예술작품이라고 보는 러스킨의 논리를 프루스트는 우상숭배라며 비난한다. 프루스트는 예술작품의 가치는 그것이 표현하고 있는 소재와는 별개여야 한다고 믿었다. 예술작품은 아름다운 소재를 표현하고 있다고 해서 아름다운 것이 아니라 소재를 바라보는 예술가의 시선, 그리고 소재를 구체적으로 표현하는 예술가 고유의 방식 때문에 그렇다는 것이다. 특별히 뛰어나거나 아름다운 소재가 아닌 일상의 평범하고 소소한 사물들을 표현하고도 위대한 예술작품을 탄생시킨 화가로, 프루스트는 18세기 프랑스 정물화가인 샤르댕을 그 대표적인 예로 든다.

　소재의 내용보다는 그것을 표현하는 방식에 초점을 두어야 한다는 프루스트의 논리는 비단 예술작품을 판단하는 데 머무는 것이 아니라 일상생활에서 접하는 풍경이나 대화에도 적용된다. 《되찾은 시간》에서 마르셀은 "사람들이 말하는 내용은 내 관심 밖이었다. 내가 관심을 가지는 것은 그들이 무엇을 말하는지가 아니라 어떻게 말하는지이기 때문이다. 그 방식이야말로 그들의 특성이나 어리석음을 드러내는 것이기 때문이다."[27]라고 말한다.

프루스트는 소설 속에서 다양한 인물들을 통해 러스킨의 우상숭배를 간접적으로 비난한다. 가령 앞에서도 잠시 언급했던 몽테스키우에 바탕을 두고 창조된 샤를뤼스의 경우 그는 현실세계와 예술세계를 끊임없이 혼동하는 경향이 있다. 주변에서 문학이나 회화작품 속에 표현된 인물이나 대상과의 유사점을 발견하려 하고 실제로 발견하는 데 성공하면 실제의 그 대상에 무한한 애정을 느끼는 식이다. 이는 실제로 그 인물이나 대상의 본질적인 특성이 어떤지는 전혀 고려하지 않은 것으로 타인에 의해 인위적이며 임의적으로 정의되는 특성이다. 가령 샤를뤼스는 빅튀르니앙이라는 이름을 가진 어느 후작에게 소개되는데 샤를뤼스는 빅튀르니앙이라는 이름이 "발자크의 《고미술품 진열실》에 나오는 인물의 이름과 같다"는 이유만으로 그 후작에게 소개받는 데 큰 기쁨을 느낀다.[28] 또한 샤를뤼스에게 축제(fête)라는 단

27　Marcel Proust, *Le Temps retrouvé*, op. cit., p. 24.
28　Marcel Proust, *Sodome et Gomorrhe*, op. cit., p. 96.

어느 특별한 의미를 가지는데 그가 아는 사람들이 주최하는 만찬이나 모임이 아니라, 그가 특별히 애정을 가지고 있는 카르파초나 베로네세 등과 같은 이탈리아 화가들이 그림 속에 표현한 화려한 축제를 떠올리기 때문이다.[29]

하지만 무엇보다도《잃어버린 시간을 찾아서》에서 러스킨의 우상숭배를 의인화하는 인물은 샤를 스완이다. 부유한 유대인이자 미술품 애호가 겸 수집가인 스완은 어린 마르셀을 미술과 문학 등 예술 세계로 안내하는 역할을 한다. 마르셀은 스완이 귀부인의 살롱을 출입하면서 만난 여러 문인, 화가, 음악가 들과의 대화를 전해 들으며 그를 경의에 찬 시선으로 바라본다. 스완은 주변 인물들에게서 자신이 아는 미술작품 속 인물들의 모습을 찾아내는 데 타고난 재주를 가졌다. 가령 자신의 마부 레미의 튀어나온 광대뼈를 보고 앙투안 리초(Antoine Rizzo)가 제작한 로레단 총독의 흉상을 떠올리고, 팔랑시의 독특한 코를 통해 기를란다요(Ghirlandajo)가 그린 〈할아버지와 손자〉 속 노인의 코를, 불봉 박사의 턱수염과 가라앉은 코와 날카로운 시선에서 틴토레토가 그린 초상화를 떠올린다.[30]

그러나 스완은 스스로 우상숭배의 희생양이 되는데, 그는 베르뒤랑 부인을 통해 오데트라는 여인을 소개받는다. 그녀는 과거

29 Ibid., p. 49.
30 Marcel Proust, *Du Côté de chez Swann*, op. cit., p. 219.

에 화류계 여인이었으며 이미 한 번의 이혼 경험이 있다. 처음에 스완은 오데트를 성가시다고 생각한다. 깡마르고 피곤해 보이는 그녀가 루벤스 등이 그린 풍만하고 육감적인 여성들, 즉 자신이 사귀던 여성들과는 정반대라며 관심을 두지 않는다. 그러던 어느 날, 오데트의 모습에서 이탈리아 르네상스 시대의 화가인 보티첼리가 시스티나 성당 벽화에 그린 십보라라는 여인의 모습을 본다.[31] 오데트의 볼을 따라 흘러내리는 긴 머리와 피곤해 보이는 커다란 두 눈, 한쪽 무릎을 약간 굽힌 채 상체를 앞으로 숙인 모습에서 영락없이 보티첼리가 그린 그림 속 여인의 모습을 떠올리게 된 것이다.[32] 이때부터 스완은 오데트에게 빠지기 시작한다. 프루스트가 러스킨에게서 지적했던 우상숭배를 스완에게 투영시킨 것이다. 그 이후 스완은 오데트를 보티첼리가 그린 여인들과

---

31 십보라는 구약성서에 나오는 미디안의 사제 이드로(Jéthro)의 일곱 딸 가운데 하나로 모세의 부인이다. 구약성서 〈출애굽기〉 2장 16~22절을 보면 이드로의 딸들이 돌보는 양들에게 물을 먹이기 위해 우물가에 다가가자 주변의 다른 양치기들이 그녀들을 내쫓으려 한다. 그때 마침 우물가 옆에 앉아 있던 모세는 그 장면을 목격하고 양치기들을 나무라고 그녀들이 무사히 물을 뜨게 도와주었다고 전한다. 이 사실을 알게 된 이드로는 딸들 중 십보라를 모세가 아내로 맞이하게 한다. 1481년에 보티첼리는 시스티나 성당에 프레스코화 세 점을 제작하는데 그중 하나에 모세의 삶을 묘사한다. 프레스코의 중앙 앞쪽에는 모세가 양동이에 물 따르는 두 자매를 돕는 모습이 보인다. 한 여인은 등을 보이고 다른 한 명은 45도 정도 몸을 튼 채 관객을 향하고 있다. 그녀가 바로 십보라이다. 러스킨은 1874년, 바티칸의 시스티나 성당 내부에 있는 프레스코화를 오랜 시간을 들여 모사하는데 특히 십보라를 마음에 들어 하여 자신이 그린 십보라를 39권으로 구성된 전집 중 제23권의 겉표지 안쪽에 싣는다. 러스킨 전집을 소유하고 있던 프루스트는 보티첼리가 아닌 러스킨의 손으로 그린 십보라를 눈앞에 두고 오데트를 묘사한 것이다.

32 Marcel Proust, *À l'ombre des jeunes filles en fleurs*, op. cit., p. 219.

〈십보라〉(〈모세의 생애〉일부)
보티첼리, 1481, 석회에 템페라, 348x588cm, 바티칸 시스티나 성당 남쪽 벽

동일시하려 계속해서 애쓴다. 가령 오데트에게 보티첼리의 그림 〈프리마베라〉에 등장하는 꽃의 여신 플로라가 입고 있는 옷(수레 국화, 물망초, 초롱꽃 등 온갖 종류의 꽃이 수놓인 가운)을 선물하기 도 한다.[33] 스완은 자신이 입힌 허상과 사랑에 빠져 오데트와 결 혼까지 하지만 결혼생활은 불행하기만 하고, 오데트가 다른 남 자와 만난다는 의심은 무서운 질투로 이어져 결국은 이혼에 이르 고 만다. 또한 스완은 실패한 예술가의 전형으로 묘사된다. 스완

33 Ibid., p. 187.

은 17세기 네덜란드 화가 베르메르(Vermeer)에 관한 연구를 한다고 묘사되기도 하지만 언제나 연구 상태에만 머물 뿐 이를 완성시킬 능력과 의지는 부족하다. 베르메르에 관한 스완의 연구는 결국 미완성인 채로 남겨진다. 프루스트는 현실에 예술의 허상을 입히는 스완을 통해 러스킨식 우상숭배의 전형을 묘사한다.

부정할 수 없는 러스킨의 의미

7년이라는 짧지 않은 시간 동안 러스킨의 저서들을 탐독하고 이해하고 번역하는 데 할애함으로써 프루스트는 회화와 건축 분야에 있어 중세와 르네상스 이탈리아 예술이라는 새로운 세계를 발견한다. 그 결과 《잃어버린 시간을 찾아서》에는 그의 초기 에세이에서 자주 인용되던 화가들이 종적을 감추고 그 대신 조토, 보티첼리, 카르파초 등 이탈리아 거장들이 등장한다. 뿐만 아니라 고딕 건축양식 예찬론을 펼쳤던 러스킨의 영향은 소설 속에서 다양한 고딕 성당들의 묘사를 통해 나타나고 이는 소설의 전체 줄거리와 전개 및 인물들과 긴밀하게 관계하며 소설을 더욱 풍부하고 다채로운 매력으로 가득하게 하는 데 기여한다.

이러한 생산적인 영향에도 불구하고, 결국 프루스트는 러스킨으로부터 거리두기를 하며 그의 저서를 계속해서 번역하는 데 그치지 않고 소설가로 거듭난다. 그 이유는 프루스트가 러스킨의 미학을 구성하는 근본적인 두 요소, 즉 도덕에 입각한 미의 기준과 현실과 예술을 혼동하는 러스킨식 우상숭배에 동의할 수 없었기 때문으로 보인다. 윤리적으로, 도덕적으로 올바른 것이 아름답다는 러스킨의 생각에 프루스트는 '도덕'이 아닌 '진리'라는 그만의 잣대를 제시한다. 그렇기에 프루스트가 창조한 인물들은 모범적이어서 본받아야 할 전형이라기보다는 여러 모순과 단점을 안고 있음에도 실제 인간의 다양한 군상을 재현하였다고 할 수 있다. 또한 현실에 예술의 허상을 입히는 우상숭배의 위험에 빠지지 않고 소재의 중요함이 아니라 그것을 표현하는 예술가의 개인적이며 차별되는 방식에서 예술작품의 가치가 결정된다는 생각으로, 프루스트는 평범한 자신의 삶을 담은 이야기를 그만의 시선과 방식으로 구체화하여 예술작품으로 승화하는 데 성공한 것이다.

〈독서에 관하여〉

〈독서에 관하여(Sur la lecture)〉는 프루스트가 러스킨의 《참깨와 백합》(원작 1865, 번역 1906)에 붙인 역자 서문이다. 《참깨와 백합》은 두 부분으로 구성되는데, 첫 부분인 〈참깨: 왕들의 보물〉은 1864년 12월 6일에 맨체스터의 도서관 설립을 위한 기금을 마련하는 자리에서 한 연설이며, 두 번째 부분인 〈백합: 여왕들의 정원〉은 그로부터 일주일 후에 젊은 여성들을 위한 학교의 설립을 추진하는 자리에서 한 연설이다. 서문치고는 그 길이가 상당하다는 것도 그렇지만, 프루스트가 후에 《잃어버린 시간을 찾아서》에 펼치게 될 미학의 씨앗이 보인다는 점에서 흥미롭다. 프랑스에서는 이 글을 《독서에 관하여》라는 제목의 단행본으로 출간하기도 하였다.

프루스트가 처음으로 러스킨에 관심을 갖고 언급한 시기는 그가 28살이던 1899년으로 거슬러 올라간다. 그는 편지에 "저는 두 주 전부터, 러스킨과 어떤 성당들에 대한 글을 쓰고 있는데 이는 지금까지 제가 해왔던 작업과는 전혀 다른 형태의 것입니다."[34]라고 쓴다. 이 시기는 그가 5년을 할애했지만 결국 미완성으로 남긴 《장 상퇴유》의 집필을 포기한 시기와도 일치한다. 프루스트는 자전적인 이 소설을 상당히 진전시켰지만 어떻게 끝을 맺을지 몰라서 답답해하던 상태였고, 이런 상황에서 러스킨을 발견한 것이다. 그의 어머니 또한 성년이 되어서도 변변한 직업 없이 허송세월을 보내는 듯하던 아들이 영국의 대문호인 러스킨에 관심을 갖고 그의 책을 번역하기 시작하자 이를 매우 반갑게 맞았다. 성공한 의사 아버지의 그늘에 가려 있던 아들이 당시 영국에서 최고의 권위를 누리던 러스킨을 다루는 전문가가 되는 상상을 하며 즐거워했던 것은 아닐까.

초기에 러스킨에게 완전히 매료되었던 프루스트는 《아미앵의 성서》를 번역하면서 〈메르퀴르 드 프랑스〉의 편집주간이었던 알프레드 발레트(Alfred Vallette)에게 자비를 들여서라도 출간하겠

---

34 1899년 12월 5일, 마리 놀링거(Marie Nordlinger)에게 보낸 편지. L. A. Bisson, "Proust and Ruskin: Reconsidered in the light of Lettres à une amie", *Modern Language Review*, vol.39(Jan. 1944), p.28에서 재인용.

다는 의욕적인 편지를 쓴다. 이 편지에서 프루스트는 "만약 러스킨의 책들 중에서 단 한 권을 번역해야 한다면 바로 이 책입니다. …(중략)… 왜냐하면 이 책만이 유일하게 프랑스에 관한 것이고, 동시에 프랑스의 역사, 프랑스의 마을, 프랑스의 고딕에 관한 것이기 때문입니다."[35]라고 설득한다.

1906년 두 번째 번역인 《참깨와 백합》을 출간하기까지 러스킨의 책들과 함께한 7년이라는 짧지 않은 시간 동안 프루스트는 그를 깊게 이해하게 된다. 하지만 러스킨을 번역하면 할수록 그는 처음의 맹목적인 숭배에서 벗어났고, 《참깨와 백합》의 번역을 마친 무렵 그는 지인에게 보낸 편지에 "이 책을 번역하면서 러스킨에 대한 저의 애정은 완전히 식어버렸습니다. 이 책이 아마도 러스킨이 쓴 가장 형편없는 책이 아닐까 싶습니다."[36]라며 러스킨과의 거리두기를 확실히 하고 있다. 그로부터 몇 년 후 또 다른 편지에는 "제가 러스킨을 좋아했던 것은 사실이지만, 그에 대한 회의감이 커지는 것은 어쩔 수 없었습니다."[37]라고 쓰기도 한다.

실제로 러스킨이 《참깨와 백합》을 이루는 1부에서 삶에 있어

---

35 *Correspondance de Marcel Proust*, t. III, p. 180 cité par Yves-Michel Ergal, *La Bible d'Amiens de John Ruskin*, p. II.

36 1906년, 레옹 벨루구(Léon Bélugou)에게 보낸 편지. L.A.Bisson, op. cit., p. 32에서 재인용.

37 1912년 11~12월, 로베르 드 몽테스키우에게 보낸 편지. Marcel Proust, *Contre Sainte-Beuve*, précédé de Pastiches et mélanges, et suivi de Essais et articles, Paris: Gallimard, 1971, p. 718 주석 참조.

서 독서의 절대적인 존재나 교훈적인 역할을 피력하고 있는 반면 프루스트는 번역가로서 원작가와는 전혀 다른, 거의 반대된다고 할 수 있는 생각을 역자 서문에서 펼치고 있다. 프루스트는 서문 에서 독서에 관한 자신의 의견을 다음과 같이 밝히고 있다.

> 나는 …(중략)… 러스킨이 이 작은 책을 통해 주장하는 것처럼 독서가 인생에 절대적인 역할을 한다고 믿지 않는다.[38]

이보다 더 명확할 수는 없다. 프루스트에 의하면, 독서가 삶에 있어서 어떤 의미를 갖는다면 그것은 그 당시 읽은 내용이 아니 라 그것을 어떻게, 어디서, 무엇을 느끼며 읽었느냐에 따른 독자 의 개인적인 의미이다. 즉 독서의 내용보다는 방법에 초점을 맞 추었다는 사실인데 이는 다르게 해석하면 책을 쓴 작가가 아니라 그것을 읽는 독자의 역할에 더 큰 비중을 싣는 셈이다. 같은 책이 라도 그것을 읽는 독자에 따라 다르게 해석되고 받아들여진다는 점에서 전통적이며 아카데믹한 러스킨의 독서론에 비해 현대적 이며 주관적인 프루스트의 독서론이 맞물리고 있다. 책을 쓴 작 가보다는 그것을 읽는 '나', 독자로서의 '나'의 목소리에 무게감을 두는 것은 그로부터 반세기가 더 지난 후에 롤랑 바르트가 '작가 의 죽음'을 이야기하게 될 것을 예고하는 듯하다.

---

[38] Marcel Proust, *Sur la lecture*, Arles: Actes Sud, 1988, p. 26.

그렇지만 프루스트가 러스킨을 번역하면서 얻은 긍정적이면서 생산적인 영향이 전혀 없었다고 할 수는 없다. 프루스트에 대한 러스킨의 영향은 근본적으로 중세와 르네상스에 활동한 이탈리아 화가들의 발견이라고 할 수 있다. 이는 프루스트가 러스킨의 저서를 번역하기 이전에 썼던 글들과 그 이후에 쓴 글들을 비교하면 현저히 드러난다.

〈러스킨에 의한 아미앵의 노트르담〉

1900년 1월 러스킨이 사망하자 프루스트는 그를 기리기 위해 같은 해 4월, 「아미앵의 노트르담에 간 러스킨(Ruskin à Notre-Dame d'Amiens)」이라는 글을 〈메르퀴르 드 프랑스(Mercure de France)〉에 게재한다. 당시 프루스트는 이 글을 알퐁스 도데의 첫째 아들이자 작가, 기자, 정치인이었던 레옹 도데(Léon Daudet)에게 헌정한다.[39]

이후 1904년, 프루스트는 러스킨이 완성한 생애 마지막 저서인 《아미앵의 성서》(원작 1885)를 번역하여 출간하고 총 4부분으

---

39 레옹 도데는 프루스트의 작가적 천재성을 일찍이 간파한 몇 안 되는 작가 중 한 명이었다. 프루스트가 《잃어버린 시간을 찾아서》의 첫 번째 권인 《스완네 집 쪽에서》를 출간하려 했을 때 여러 출판사들이 모두 거절하자 그는 자비로 출간하기에 이른다. 그렇게 해서 1913년 빛을 보게 된 제1권은 당시 무관심 혹은 비난의 대상이었지만 레옹 도데만큼은 이 독특하고 새로운 소설을 환영하였다. 이후 1919년 제2권인 《꽃핀 처녀들의 그늘에서》가 출간되었을 때 공쿠르 아카데미의 심사위원 중 한 명이었던 그는 프루스트가 이 소설로 공쿠르 상을 수상하는 데 크게 기여한다.

로 구성된 서문을 작성한다. 서문의 목차는 다음과 같다.

들어가기 전에
러스킨에 의한 아미앵의 노트르담
존 러스킨
추신

이 책에서 소개하는 부분은 그중에서 길이가 가장 긴 두 번째 부분인 〈러스킨에 의한 아미앵의 노트르담〉이다. 이 글은 앞서 언급한 〈메르퀴르 드 프랑스〉에 게재되었던 기사의 제목만을 약간 변형시켰을 뿐 내용은 거의 수정하지 않은 것이다.

《아미앵의 성서》는 관광객이 쉽게 발길을 들이지 않는 프랑스 북부의 아미앵이라는 작은 마을에 있는 고딕 성당을 묘사한 것으로 전문적인 종교와 미술사 지식으로 가득한 일종의 여행 안내책자이다. 러스킨은 이 책을 쓰기 위해 아미앵에서 반년을 보낸다. 성당을 장식하는 조각상들에 성경 이야기가 담겨 있다고 하여 이와 같은 제목을 붙이고, 성경의 구성을 본따 몇 장, 몇 절 이런 식으로 책을 나누고 있다. 원래 이 책은 그의 거대한 야심작을 이루는 시리즈 중 일부에 지나지 않는다. 프랑스로부터 시작하여 이탈리아를 거쳐 영국에 이르기까지, 유럽의 종교예술에 대해《선조들은 우리에게 말하였다(Our Fathers Have Told Us)》라는 가제로《근대 화가론》(총 5권)과《베네치아의 돌》(총 3권) 연작에 이어 10권으로 구성될 또 하나의 거대한 연작을 기획하였던 것이다. 1885년 출간된 《아미앵의 성서》는 그중 첫 번째 작품이었다. 하지만 이 책을 마지막으로 두 번에 걸친 뇌출혈 증세와 오래된 우울증이 겹쳐 러스킨은 원래의 계획을 완성하지 못한 채 광기 속에서 삶을 마감한다.

〈러스킨에 의한 아미앵의 노트르담〉에서 프루스트는 아미앵 성당을 안내하는 러스킨을 따라 직접 성당을 방문하는 여행자가 된다. 사실 이때 러스킨을 향한 프루스트의 존경은 거의 숭배에 가까워서, 아미앵 성당을 향한 여행은 일종의 러스킨 순례여행처럼 느껴진다. 프루스트는 서문에서 러스킨만큼 친절하고 세심한 여행 안내자가 없다고 강조한다. 러스킨은 《아미앵의 성서》에서 아미앵에 기차를 타고 도착한 날의 날씨가 어떤지, 하루 종일 여유 있게 구경할 수 있는지, 아니면 다음 기차를 타고 서둘러 돌아가야 하는지 등 개인적인 사정에 따라 다른 길을 안내할 만큼 친절하다는 것이다. 프루스트는 러스킨을 따라 아미앵 성당 앞에 도착해서 성당의 남쪽 포치에 서 있는 황금빛 성모상의 미소에 감탄하며, 서쪽 포치를 수호하는 그리스도 상과 12제자들, 대선지자들과 소선지자들, 그리고 그들 밑에 있는 미덕과 악덕의 알레고리 부조들을 손에 잡힐 듯이 묘사한다. 프루스트의 서문을 읽으면 마치 러스킨의 원작인 《아미앵의 성서》를 다 읽은 느낌이다.

이 글을 읽은 독자는 프루스트가 그토록 애정을 가지고 묘사한 아미앵의 노트르담을 눈으로 직접 확인하고자 여행을 떠나고 싶어질 것이다. 프루스트 자신도 서문 첫 부분에 자신이 이 글을 통해 궁극적으로 추구하는 것은 "러스킨을 기리는 여행의 순례 자처럼 아미앵에서 하루를 보내고 싶은 마음을 일으키고자" 하는 것이라고 강조하지 않았던가. 러스킨의 안내를 받은 프루스 트처럼, 우리가 프루스트의 안내를 받아 그가 그토록 애정을 느꼈던 아미앵의 노트르담 성당을 직접 방문하지는 못하더라도 그의 글을 읽으며 즐겁게 상상한다면, 그리고 한 걸음 더 나아가 프루스트의 다른 글들을 읽고자 하는 마음이 든다면 이 글을 한국의 독자에게 소개하는 것은 충분히 의미 있는 일이 될 것이다.

〈샤르댕과 렘브란트〉

프루스트가 이 글을 쓴 시기는 1895년으로 추정된다. 같은 해 11월, 프루스트는 친구인 레날도 한과 루브르를 방문한다. 레날도 한은 당시 일기장에 "프루스트와 루브르 방문. 샤르댕과 라 투르(La Tour)의 파스텔화 감상"이라고 적는다. 비슷한 시기에 프루스트는 〈르뷔 앱도마데르(Revue hebdomadaire)〉라는 한 문예주 간지의 편집주간으로 있던 피에르 망게(Pierre Mainguet)에게 편지를 보내 "(샤르댕의) 예술철학에 관한 짧은 글"을 썼다며 출판을 의뢰한다.[40] 하지만 이 글은 미완성으로 남는다. 프루스트는

---

40 Marcel Proust, *Essais et articles*, op. cit., p. 885.

이 글을 통해 샤르댕과 렘브란트를 비교할 생각이었으나, 전반부의 샤르댕에 비해 렘브란트에 대한 글은 거의 없는 것으로 보아, 프루스트는 샤르댕에 대해 쓰고 한참이 지나서 렘브란트에 대한 부분을 덧붙이다 포기했을 것으로 생각된다. 이 글은 프루스트 사후에야 처음으로 1954년 3월 27일자 〈피가로〉지에 출간된다.

이 글에는 부유하지는 않지만 뛰어난 예술적 감각을 지닌 한 청년이 등장한다. 거대한 야망과 넘치는 포부를 가진 이 청년은 자신을 억누르고 있는 평범하기 짝이 없는 단조로운 일상에 질려 있다. 이런 그의 유일한 낙은 루브르 미술관에 가서 베로네세와 반다이크가 그린 화려한 인물들과 도시들 앞에 서서 상상으로나마 일상을 탈출하는 것이다. 하지만 화자는 이 청년의 손을 이끌어 샤르댕의 정물화 앞으로 안내한다. 시간의 흐름이 정지된 듯한 이 그림들 앞에서 비로소 소소한 일상의 가치를 깨닫게 된다는 상당히 교훈적인 이야기이다. 베로네세처럼 르네상스 시대 베네치아의 화려한 축제를 다루고 있지도 않고, 또한 반 다이크처럼 에스파냐 왕국의 왕자와 공주를 주인공으로 하고 있지는 않지만, 수년간 주인의 손길을 타서 맨들맨들해진 식탁과 의자, 그 위에 이제 막 식사를 마친 듯이 헝클어져 있는 식기 도구와 반쯤 비어 있는 물잔들, 그리고 저녁 기도를 하는 어머니와 아이들을 표현한 샤르댕의 그림들이 가슴 저려올 정도로 아름답게 느껴지는 이유는 그것을 아름답다고 보는 화가의 시선이 담겨 있기 때문이다. 청년은 샤르댕 앞에서 한 가지 소중한 진리를 발견한다.

그림의 아름다움을 결정하는 것은 그 안에 표현된 소재의 거대함이나 화려함이 아니라 소박한 정물을 아름답다고 본 화가의 시선이다.

이 에세이에서 청년이 샤르댕의 가르침을 받아 정물의 아름다움을 깨닫게 되었다면,《잃어버린 시간을 찾아서》에서는 마르셀이 허구의 화가 엘스티르의 가르침에 의해 같은 진리를 터득하는 것으로 설정된다. 프루스트가 샤르댕에 대해 쓴 이 글은, 소설 속에서 발베크의 호텔 식당에 앉아 있는 마르셀을 묘사한 부분에 거의 변형되지 않은 상태로 옮겨진 것을 볼 수 있다.

이제 나는 식사가 끝난 후에도 이를 치우러 웨이터들이 분주히 움직일 때까지도 자리를 떠나지 않게 되었고 아가씨들의 무리가 지나갈 때가 아닌 이상 바닷가로 시선을 향하지 않게 되었다. 엘스티르의 수채화들을 보고 난 이후, 나는 현실에서 무언가 시적인 것을 발견하려 애쓰는 자신을 발견하게 되었다. 가령 아무렇게나 놓여 있는 칼, 식탁 위에 뒹굴고 있는 헝클어진 냅킨, 또 그 위에 떠 있는 자그만 노란 햇살 한 조각, 반쯤 물이 차 있는 잔을 통해 드러나는 고귀한 유리잔의 형태, 응축되어 있는 하루와도 같은 잔 바닥, 잔 바닥에서 빛을 받아 빛나는 고여 있는 술, 이동한 용기들, 변덕스러운 빛을 따라 변화하는 액체들, 계산대 위에서 녹색에서 푸른색으로, 또 푸른색에서 황금색으로 점점 익어가는 자두들, 음식의 축제가 벌어지는 제단이라도 되듯 깨끗한 식탁보가 깔려진 테이블 주위에 하루 두 번 산책하러 나오는 낡은 의자들, 또 그 위 돌로 만든 성수잔에 담긴 물과도 같이 진귀한 빛으로 반짝이는 물이 고여 있는 생굴들 속에서 무언가 미적인 것을 좋아하게 된 것이다. 나는 여태껏 아름다움이 존재할 수 있을 것이라고는 전혀 생각지도 못했던 것들 속에서, 가장 흔한 사물들 속에서, 정물들의 깊은 삶속에서 아름다움을 발견하게 된 것이다.

— 〈꽃핀 처녀들의 그늘에서〉 중[41]

프루스트가 활동한 당시 특정 화가나 그림들에 대한 비평문을 쓰는 것은 프랑스 작가들 사이에 드문 일이 아니었다. 소설가와 시인들은 자신들의 문학적 영감과 가장 근접한 것을 그림으로 표현한다고 믿는 화가들을 선택해 자신의 미술적 분신으로 보며 열렬히 숭배하는 시나 글을 남기는 경우가 흔했다. 보들레르에게는 들라크루아가 그런 존재였으며, 졸라에게는 마네가 그러했다.

이렇듯 작가들이 화가들에 대해 쓴 글, 혹은 비평이라는 분야의 근원을 거슬러 올라가보면 프랑스에서는 이미 18세기 중반 왕립 아카데미가 주최하는 전시를 다녀와서 그에 대한 감상평을 쓴드니 디드로[42]가 있다. 요즘처럼 전시 카탈로그에 사진들을 실어

---

41 Marcel Proust, *À l'ombre des jeunes filles en fleurs*, op. cit., p. 432.
42 Denis Diderot(1713~1784), 18세기 계몽철학 사상의 집대성 《백과전서》를 편집한 철학자이자 작가로, 소설·희곡·미술비평 등 다방면에서 많은 저작을 남겼다.

서 그것을 널리 배포할 수 없었던 당시에, 또 전시장에 가서 직접 그 그림들을 볼 수 없는 이들을 위해 디드로는 그곳에 출품된 작품들을 묘사하는 글을 편지 형식으로 써서 출판한다.[43] 계몽 사상의 일환으로 그림 감상이 교육적 효과가 있다고 믿었던 그는 20년에 걸쳐 〈살롱〉이라는 예술비평지로 그 해 전시된 그림들을 설명하는데, 이때 디드로의 글에 가장 빈번히 등장하며 그의 감탄을 자아낸 화가가 바로 샤르댕이다. 하지만 프루스트와 디드로의 차이가 있다면, 디드로가 샤르댕의 정물에서 과장되어 나타나지는 않지만 화가로서의 뛰어난 기술을 예찬한 반면, 프루스트는 그런 기술적인 요소가 아니라 그림을 통해 드러나는 소재적 측면과 화가의 심리적 가치에 초점을 두고 있다는 점이다.

〈렘브란트〉

이 글이 쓰인 정확한 시기는 알 수 없으나 프루스트가 암스테르담을 방문한 1898년, 혹은 러스킨이 사망한 1900년도 이후로 추정된다. 역시 프루스트 생전에 발표되지 않은 글이다.

프루스트는 1898년 10월에 네덜란드 암스테르담을 여행할 때 렘브란트 전시회장을 방문하는데, 이때 노쇠한 러스킨은 영국에 있는 자신의 집을 거의 나오지 못하고 있는 상태였다. 러스킨이

---

43 Gita May, "Chardin vu par Diderot et par Proust", *Publications of the Modern Language Association of America*, vol. 72, June. 1957. pp. 403~418.

영국을 떠나 외국을 마지막으로 여행한 것이 1888년일 것이라고 많은 전문가들이 추정하고 있다. 사실 프루스트는 러스킨을 한 번도 만나본 적이 없으며, 이 글에서 그가 러스킨을 렘브란트전에서 마주쳤다는 이야기는 허구이다.

"미술관은 생각만을 저장해놓는 집이다."라고 시작되는 이 글을 읽으면 프루스트의 관심을 끈 요소는 렘브란트의 여러 그림들에 등장하는 사람들이 왠지 모두 동일인물인 것 같은 인상을 준다는 것, 그리고 하나의 소재를 가지고 여러 그림에 표현했다는 것임이 강조된다. 또한 노후의 자화상들을 하나같이 감싸고 있는 따스한 황금빛은 그가 평생을 갈구하던 진리를 갑자기 깨닫게 된 특별한 날의 빛으로 그 순간부터 평생 화가를 동반하였고, 그 후에 완성한 그림들은 렘브란트 고유의 따뜻하면서도 황혼을 떠올리는 황금빛에 감싸여 있다는 사실이다. 프루스트는 이 빛이야말로 렘브란트가 진정한 예술가의 반열에 합류하게 만든 진리의 빛이라고 역설한다.

이 글에서 프루스트가 언급하는 렘브란트의 다양한 그림들 중, 연작처럼 한 소재를 여러 개의 그림들로 표현한 것으로 두 차례에 걸쳐 그린 〈목욕하는 밧세바〉를 들 수 있는데, 한 작품은 1643년 작으로 메트로폴리탄 미술관에 소장되어 있고, 다른 작품은 10년 후인 1654년에 그린 것으로 현재 루브르 미술관에 있다. 이 두 그림에는 프루스트가 말한 대로 나이 많은 할머니가 목욕하는 밧세바의 발치에 앉아 발톱을 다듬어주고 있다. 또한 프루스트가 비교하는 "순종적이고 슬픈 얼굴을 하고 있지만 화려한 금단 실크천과 진주가 장식된 붉은 캐시미어로 몸을 치장하고 있는 여인" 중 하나는 〈에스더, 하만, 아수에루스〉에 등장하는 에스더이며, 다른 한 여인은 〈간음한 여인 앞의 그리스도〉의 중앙에 무릎 꿇고 있는 여인이다. 이 두 그림의 소재가 완전히 다른 여인들임에도 불구하고, 프루스트는 렘브란트의 붓끝을 통해 표현된 그녀들이 화려한 복장과 이에 대조되는 비관적인 표정을 하고 있다는 점에서 마치 동일인물인 것 같다고 한다.

이 밖에도 렘브란트는 '고깃덩어리' 시리즈를 제작한다. 그가 1638년부터 고깃덩어리를 소재로 남긴 여러 그림들 중 하나에서는 정육점으로 보이는 곳에 형체가 그대로 있는 거대한 벌건 소고기 한 덩어리가 속이 갈라진 채 거꾸로 매달려 있고, 그 왼쪽에서는 한 여인이 바닥을 닦고 있다. 같은 제목의 또 다른 그림에는 비슷한 모양의 거대한 고깃덩어리 오른편으로 문지방을 막 나서려는 여인이 보인다. 첫 번째 그림은 글래스고 미술관에, 두 번째 그림은 루브르 미술관에 소장되어 있다. 붉은 피가 뚝뚝 떨어질 것만 같은 고깃덩어리는 두 발이 양쪽으로 벌어져 매달려 있는데 그 모습 속에 그리스도의 십자가 처형의 은유를 보기도 한다. 또 고기의 참혹함에는 전혀 상관없이 바닥을 닦고 있거나 무표정한 얼굴로 정육점을 나서는 여인에게서는 그리스도를 십자가에 못 박은 로마 군인들의 냉혹함이 떠오르기도 한다.

프루스트의 에세이 〈렘브란트〉는 작가 생전에 출간되지 못하지만, 이 글에 표현된 렘브란트에 대한 평가는《잃어버린 시간을 찾아서》에서 변형되지 않은 형태로 다수 차용된다. 특히 마지막 권인《되찾은 시간》에서 마르셀이 앞으로 자신의 예술이 지향해야 할 방향에 대해 길게 사색하는 부분에 렘브란트가 언급된다.

작가의 스타일은 화가의 색깔과 마찬가지로 기술의 문제가 아니라 사물을 바라보는 예술가의 시각에 의해 좌우된다. …(중략)… 오로지 예술에 의해서만 우리는 우리가 속한 세계를 벗어나고, 같은 세계임에도 이를 바라보는 이의 시선에 따라 어떻게 다른 세계가 될 수 있는지 발견하게 된다. 우리와 다른 시선을 가진 이들이 없었다면 이들이 표현한 세계는 마치 달나라만큼이나 우리에게는 미지의 것으로 남아 있었을 것들이다. 예술이 존재함으로서 오로지 하나의 세상, 즉 우리가 알고 있는 세상만을 보는 대신에 우리는 우리의 세계가 곱절이 되는 것을 볼 수 있다. 독창적인 예술가가 새롭게 나타날 때마다 우리의 세계는 무한대로 증가하며, 수 세기 전에 없어진 하나의 행성에서부터 발산한 빛이 현재의 지구까지 도달해 우리가 볼 수 있는 것처럼 렘브란트, 혹은 베르메르라는 이름의 행성에서 나온 빛은 그 근원이 사라진 후에도 여전히 우리들을 감싸고 있다.
— 《되찾은 시간》 중[44]

44 Marcel Proust, *Le Temps retrouvé*, op. cit., p. 202.

새로운 예술가가 등장할 때마다 새로운 세계가 창조된다는 말은 예술가에게 신만이 발휘할 수 있는 특권을 부여한 것과 마찬가지이다. 이렇듯 프루스트에게 렘브란트는 특별한 의미를 갖는다. 그 의미는 렘브란트가 노후에 제작한 자화상들에 있다고 할 수 있다. 프루스트는 당당하고 자신감 넘치는 청년시절 렘브란트의 초상은 언급하지 않는 반면, 빚에 허덕이고 파산을 피하기 위해 매일매일 붓을 들어야 했던 비참한 말년에 남긴 늙은 화가의 자화상들에 더 매력을 느끼는 듯하다.

주름이 깊게 파인 이마와 시름이 가득한 두 눈을 한 렘브란트의 자화상들은 마르셀에게 지나온 반세기의 시간을 느끼게 한다. 시간을 한 폭의 캔버스라는 공간에 표현함으로써 시간의 공간화를 가능하게 한 렘브란트 말기의 자화상들은 마르셀에게 자신도 시간이라는 네 번째 요소가 가미된 다차원적 소설을 집필할 수 있다는 가능성을 보여준다. 그 어떤 허세나 꾸밈도 없이 고뇌하는 나이 든 예술가의 자화상들은 프루스트에게 같은 솔직함으로 자신의 삶을 펼쳐놓을 용기를 준 것이다.

〈와토〉

이 글이 쓰인 정확한 시기는 알 수 없다. 프루스트 생전에 발표되지 않은 글이다. 이 글에서 프루스트는 와토의 특정 그림을 묘사하거나 화풍에 대해 언급하기보다는 와토 개인에게 관심을 갖는다. 프루스트는 와토의 불안정한 건강상태와 곧잘 몰이해의 대상이 되었던 그의 심리 및 취향에 대해서 이야기하고 있다.

와토는 프루스트가 가장 좋아한 화가 중 한 명이었다. 당시 프랑스 일간지인 〈오피니옹(Opinion)〉의 한 기자가 루브르 미술관이 소장한 프랑스 회화작품 중에서 가장 뛰어난 것은 무엇이라고 생각하는지 다양한 예술가, 작가, 미술 애호가 들을 대상으로 설문 조사를 했다. 그중 1920년 2월 28일자 신문에 프루스트의 답변이 실렸다.

…(전략)… 이런 식의 답변이 당신을 곤란하게 만든다면, 저는 다음과 같이 여덟 개의 그림을 열거하는 수밖에 없습니다. 샤르댕의 〈자화상〉, 〈아내의 초상〉, 〈정물〉; 밀레의 〈봄〉; 마네의 〈올랭피아〉; 르누아르의 그림, 〈단테의 선박〉; 코로의 〈샤르트르 대성당〉; 와토의 〈무관심〉, 아니면 〈출항〉.[45]

프루스트는 샤르댕, 밀레, 마네의 그림들 중에 뛰어나다고 생각하는 것은 확실하게 제목을 이야기하는 반면, 르누아르의 작품들 중에는 어떤 것인지 꼽지 못하고 있다. 〈단테의 선박(La Barque de Dante)〉이라고 함은 19세기 낭만주의 회화의 대표주자인 들라크루아의 그림을 가리킨다. 그리고 마지막으로 와토의 그림 두 점을 언급하는데 그중 〈무관심(L'Indifférent)〉은 와토가

---

45 Marcel Proust, *Essais et articles*, op. cit., p. 601.

1717년에 제작한 것으로, 붉은 가운을 오른쪽 어깨에 늘어뜨린 젊은 무용수가 우아한 몸짓으로 춤추는 동작을 담고 있다. 무용수는 분홍색 꽃이 장식되어 있는 신을 신었고 그의 모자에도 똑같은 분홍색 꽃이 있는 것을 볼 수 있다. 이 그림은 프루스트가 에세이의 마지막 단락에서 언급하고 있는 "이탈리아 극단 배우 의상들"을 떠올린다. 이 그림은 크기가 25×19cm로 A4 용지 크기보다도 작은데, 와토는 이 그림을 제작할 때 〈소녀(La Finette)〉라는 그림과 한 쌍을 이루게 했다. 루브르 미술관에도 이 두 그림은 나란히 걸려 있다. 〈소녀〉는 몸을 반쯤 돌린 채 의자에 걸터앉은 소녀가 시선을 관객에게 향한 채 테오르보(저음을 내며 류트와 비슷한 중세의 대형 현악기)를 연주하는 모습을 담고 있다. 한 쌍을 이루는 이 두 그림을 통해 소녀의 연주에도, 또 그녀가 보내는 매혹적인 시선에도 아랑곳하지 않고 자기만의 기분에 취해 춤을 추는 청년을 와토는 〈무관심〉이라는 제목으로 표현한 것이다.

프루스트는 1896년 3월자 〈라 비 콩탕포렌(La Vie contemporaine)〉지에 그해 쓴 것으로 추정되는 단편을 실은 적이 있는데, 그 이야기의 제목이 바로 〈무관심〉이다. 와토의 두 그림 〈무관심〉과 〈소녀〉가 한 쌍을 이루는 것처럼 이 이야기는 두 부분으로 나뉘어 있다. 전반부에서는 여주인공인 마들렌이 르프레라는 이름의 남자에게 반하여 적극적으로 애정공세를 펼치는 모습을 보여준다. 마들렌은 갖가지 수단을 동원하여 그의 관심을 끌려고 하나 번번이 실패한다. 그를 저녁식사에 초대하지만 그가 변변찮은 핑계를 대며 그녀의 초대를 거절하자 몇 번이고 초대 날짜를 미루기도 하며, 그를 만나기 위해 전부터 잡혀 있던 어느 공작부인과의 만찬 약속을 취소하기도 한다. 이야기의 후반부는 르프레가 왜 마들렌에게 무관심한지 그 이유에 대한 설명이 나온다. 르프레는 저속하고 천박한 매력의 여자들에게만 관심을 갖는 속된 취향을 가지고 있었다. 따라서 마들렌 같은 귀족부인에게는 매력을 느끼지 못했던 것이다. 이 이야기에서 독자는 와토의 두 그림을 떠올리게 된다. 〈소녀〉에서 새침한 표정의 소녀는 바로 마들렌이며, 그녀가 악기를 연주하는 모습에도 아랑곳하지 않고 시선을 관객에게 향한 채 자기만의 흥에 취해서 춤을 추고 있는 〈무관심〉 속의 청년은 르프레 자신인 것이다. 프루스트는 이 두 그림 앞에서 작가의 상상력을 발휘하여 단편을 지은 것이다.

프루스트가 1920년 〈오피니옹〉 지의 설문에 답변하며 언급한 와토의 두 번째 그림 〈출항〉은 실제로는 〈키테라 섬의 순례(Le Pélerinage à l'île de Cythère)〉(1717)를 가리킨다. 이 그림은 와토가 비슷한 시기에 같은 소재를 표현한 작품인 〈키테라 섬으로의 출항(L'Embarquement pour l'île de Cythère)〉(1718)과 자주 혼동되는 그림인데, 당시 프랑스에서는 루브르 미술관이 소장하고 있는 〈키테라 섬의 순례〉가 공교롭게도 '출항'이라는 제목으로 더 잘 알려져 있었다. 프루스트 또한 기자의 질문에 답할 때 키테라 섬을 소재로 한 와토의 두 그림을 혼동하고 있다.

와토가 1712년에 왕립 아카데미에 입회하게 되었을 때, 아카데미 측은 기념으로 와토의 작품 한 점을 요구한다. 그렇게 해서 제작된 것이 〈키테라 섬의 순례〉. 그런데 왕립 아카데미가 어찌나 그림을 독촉하던지, 와토는 서둘러 이 그림을 완성하고 미진하다고 생각했지만 제출한다. 현재 루브르에 가면 볼 수 있고, 프루스트가 기자의 질문에 대답하며 언급한 그림은 바로 이것이다.

하지만 황급하게 완성한 이 그림에 성이 안 찼던지 와토는 다음 해에 〈키테라 섬으로의 출항〉이라는 제목으로 또 다른 그림을 제작한다. 하지만 이 작품은 한 번도 루브르에 전시된 적이 없으며, 한때 프러시아 황제인 프리드리히 2세가 소장했다가 현재는 베를린의 한 성에 걸려 있다. 이 두 그림을 나란히 놓고 보면, 인물의 배치나 배경 등 모든 면에서 거의 동일하지만 미미한 차이점이 있으며 이를 발견하는 것은 마치 숨은그림찾기를 하는 느낌이다. 두 그림이 그려지게 된 배경을 알던 에드몽 드 공쿠르는 〈키테라 섬의 순례〉가 〈키테라 섬으로의 출항〉을 위한 연습용이라고 지적하기도 하였다.

키테라 섬은 에게 해에 위치한 섬으로, 그리스 신화는 이 섬에 미와 사랑의 여신인 아프로디테를 섬기는 신전이 있었다고 전한다. 와토의 그림 속에는 과연 남녀가 각각 쌍을 이루어 달콤한 귓속말을 나누거나 남자가 여자의 허리에 손을 두른 채 애정표현을 하는 것을 볼 수 있다. 왼쪽 구석에는 배 한 척이 보인다. 사람들은 이제 막 출발하려는 것 같은 그 배를 향해 걸어가고 있다.

그런데 이 그림만 보아서는 키테라 섬에서의 여유로운 시간을 만끽한 이들이 다시 돌아가기 위해 배를 향하고 있는지, 아니면 반대로 그 배가 그들을 키테라 섬으로 데려오기 위한 것인지 모호하다. 눈길을 끄는 것은 가운데의 여인이다. 그녀의 몸은 앞을 향하고 있지만 고개는 뒤로 돌린 모습이다. 그녀의 떨어질 줄 모르는 시선은 그곳을 떠나기를 아쉬워함이 역력한데, 그런 그녀에게 아랑곳하지 않고 그녀의 허리에 팔을 두른 남자는 재촉하듯 서둘러 앞으로 출발하자고 한다. 그녀의 시선이 멈추는 곳을 보니 한구석에는 아직도 사랑을 속삭이는 남녀가 있다. 그들은 다른 사람들이 벌써 배에 탄 채 출발을 기다리고 있는 것도 모르고, 아니면 상관하지 않고 그들만의 세계에 빠져 있다. 가운데에서 그들을 바라보고 떨어지지 않는 발길을 옮기려는 여인은 그들을 부러워하고 있음이 확실하다. 옆에서 재촉하고 있는 남자가 원망스러울 수도 있겠다. 와토는 이 여인의 시선을 통해 아카데미 회원들이 자신에게 얼른 그림을 출품하라고 재촉한 것, 그리고 그에 못 이겨 아쉬움을 남긴 채 서둘러 그림을 완성한 자신의 심정을 표현하고자 했다고 해석할 수도 있을 것이다.[46] 마르셀이 파리의 귀족 살롱들을 묘사할 때 신비한 세계에 모여든 요정들에 비유하는 것 등은 〈키테라 섬의 순례〉에 등장하는 화려한 모습의 들뜬 귀족들을 떠올리게 한다.

---

46 Junko Sugiura, "Proust et Watteau", *Études de langue et littérature françaises*, vol. 76, (Mars. 2000), pp.129~140.

마르셀이 입문한 귀족 사교계는 18세기 상류사회의 유토피아적인 향연을 참신하게 그린 와토의 그림들을 연상시킨다. 아름답고 화려하나 우수에 잠긴 아연화(Fêtes galantes)라는 독특한 장르를 만든 와토의 그림들은 호사스러운 복장의 선남선녀들이 천장이 높고 고풍스러운 가구들이 즐비한 실내에 모여 있는 모습이나, 숲이나 호수 등 이상적 장소로 여겨지는 전원 풍경 속에서 서로 사랑을 속삭이며 음악을 연주하고 시를 읊는 귀족들의 한가한 오후를 담고 있다.

와토는 프랑스의 로코코 양식을 대표하는 화가인데, 로코코(rococo)는 프랑스어로 조개라는 단어인 rocaille에서 유래한 표현이다. 조개무늬를 장식으로 많이 쓰고 경쾌하며 화려한 색채, 섬세한 귀족적·부르주아적 분위기가 물씬 풍겨나는 이 예술양식의 대표가로서 와토는 여기에 어딘지 모르게 우수에 잠기고 멜랑콜리한 느낌을 더해 자신만의 독특한 분위기를 담은 그림들을 남겼다. 마르셀이 요정들의 세계로 묘사한 게르망트 공작의 살롱을 비롯한 파리의 귀족 사교계는 사치스럽고 우아하지만 약간은 변덕스러우며 유희적인 감성을 풍기는 와토의 회화작품들을 떠올리게 한다.

나는 더 이상 알베르틴을 자주 볼 수 없었다. 하지만 게르망트 공작부인 댁이 아니더라도 그 밖의 다른 요정들과 그들이 거주하는 곳을 방문하며 시간을 보냈고, 이들의 저택은 연체동물이

자신의 몸을 보호하기 위해 만든 딱딱한 껍질 속에서 서식하
는 것만큼이나 ―가령 진주조개가 알록달록한 껍질을 만들어
그 속에 자리 잡고 있는 것처럼 ―그들과 떼려야 뗄 수 없는 관
계에 있었다. 나는 그런 곳에서 보게 되는 여인들을 분류하는
것 자체가 매우 어리석고 쓸데없는 일인지 알면서도 그녀들이
속한 곳이 어떤 곳인지 알지 못할 해답을 찾아 애쓰고는 했다.
우선은 부인들을 마주치기 전에 그녀들이 살고 있는 신비한 장
소에 발을 들여놓는 일이 선행되어야 했다. …(중략)… 어느 무
더운 여름날, 바깥의 뜨겁고 강한 태양을 가리기 위해 직사각
형의 넓은 거실에 있는 창문 덮개가 모두 내려진 어두운 실내에
들어선 적이 있다. 나는 처음에는 그곳에 있는 집주인과 손님들
은커녕, 특유의 허스키한 음성으로 내게 자기 옆에 와서 보베
(Beauvais)가 디자인한 〈유로파의 납치(Enlèvement d'Europe)〉를
재현하고 있는 소파에 앉으라고 권하는 게르망트 공작부인조
차 알아보지 못했다. 그러다 차츰 나는 벽지에 접시꽃이 가득
장식된 돛대가 있는 18세기 선박들이 그려진 것을 알아보았고,
그 선박들은 밑에 서 있는 나로 하여금 센 강변의 한 고성이 아
니라 포세이돈이 사는 바다의 궁전에 와 있으며 게르망트 공작
부인은 바다의 여신이 된 것 같은 착각을 일으키게 했다.
― 〈소돔과 고모라〉 중[47]

47 Marcel Proust, *Sodome et Gomorrhe*, op. cit., pp. 138~139.

〈귀스타브 모로의 신비세계에 관한 노트〉

세 개의 독립된 글들을 모아 구성한 글이다. 프루스트가 이 글을 언제 집필했는지 정확히 알 수는 없지만, 내용으로 미루어 1898년 모로의 죽음 이후로 추정된다. 프루스트 생전에 발표되지 않은 글이다.

이 에세이는 출간을 목적으로 쓰였다기보다는 수정을 가하지 않은 프루스트의 사고의 흐름을 보여주고 있다. 프루스트는 단편적인 노트들을 통해 모로라는 한 예술가의 신비와 상징으로 가득한 작품세계를 묘사하고자 한 것이다. 이 에세이는 프루스트가 수정을 하거나 깊게 연구한 것이 아니기에, 모로의 같은 그림을 두고 어느 곳에서는 〈페르시아인 음악가〉로, 다른 곳에서는 〈인도인 음악가〉로 언급한 것을 볼 수도 있다.

《잃어버린 시간을 찾아서》에서 프루스트는 모로의 이름이나 그림을 여러 차례 언급한다. 가령 《스완네 집 쪽에서》중 스완이 오데트에 푹 빠져 있을 때 그녀의 묘한 매력을 모로가 여러 차례 소재로 차용한 바 있는 살로메에 비유할 때이다. 대표적으로는 〈헤롯왕 앞에서 춤추는 살로메(Salomé dansant devant Hérode)〉(1876)를 들 수 있다. 오데트의 모습을 통해 스완은 모로의 그림 속에 등장하는, 아름답지만 독이 있는 꽃과 화려하고 이국적인 보석들로 몸을 치장한 채 출현하는 여인을 떠올린다. 살로메는 신약성서에 등장하는 인물로 의붓아버지인 헤롯왕의 생일 축하연에 춤을 추고 그에게서 세례자 요한의 목을 얻어내는 무시무시한 여인이다. 요한이 헤롯왕과 그의 형수인 헤로디아의 결혼을 비난하자 헤로디아는 그에게 증오심을 품었고, 딸인 살로메를 사주하여 그의 목을 베게 한 것이다. 작가는 치명적인 위험을 담고 있는 여인으로서의 살로메를 오데트에 비교함으로써 오데트와의 사랑은 곧 고통으로 바뀌게 될 것을 암시한다. 오데트는 곧 살로메의 분신으로, 스완은 곧 질투의 노예가 되고 만다.

두 번째로 모로가 언급되는 부분은《꽃핀 처녀들의 그늘에서》중 마르셀이 빌파리시스 부인과 발베크에서 대화를 나누면서이다. 얼마 전에 그녀는 당시 에스파냐에 출장을 갔던 마르셀의 아버지를 길거리에서 우연히 보게 되었다고 이야기한다. 그런데 빌파리시스 부인은 마르셀의 아버지와 특별히 친분이 두텁지도 않을뿐더러 단지 얼굴만 아는 사이였을 뿐인데도, 많은 사람들 무리에 끼어 있던 마르셀의 아버지를 알아보고 너무나 정확하게 세세한 부분까지도 묘사하는 것이었다. 마르셀은 그녀의 관찰력에 놀라고, 이는 모로가 거인으로 표현한 주피터의 모습을 아버지가 하고 있지 않았던 이상 불가능한 일이라고 생각한다. 실제 모로는 〈주피터와 세멜레(Jupiter et Sémélé)〉(1895)에서 왕좌에 앉아 있는 주피터를 주변의 작은 다른 인물들과 비교해 거의 두 배 가까이 큰 비례로 표현하였다.[48]

하지만 프루스트에게 모로가 가지는 진정한 의미를 발견할 수

48   Marcel Proust, *Du Côté de chez Swann*, op. cit., p. 140.

있는 부분은 소설 전반에 걸쳐 숨겨져 있는 신화에 대한 암시를 통해서이다. 화자인 마르셀은 여러 차례에 걸쳐 습관처럼 자신이 처한 상황이나 주변에서 볼 수 있는 인물들을 그리스 로마 신화 속에 나오는 사건과 인물들에 비교한다. 그런데 많은 경우, 그런 묘사가 마치 모로의 신화 세계를 다룬 그림들을 눈앞에 두고 그대로 글로 표현한 것 같은 느낌을 줄 정도로 유사하다. 실제로 프루스트는 모로의 그림들을 잘 알고 있었고 그의 화보집을 여러 권 소유하고 있었다. 특히 소설 속에서 마르셀이 선망하는 귀족 세계는 게르망트 가문에 의해 상징되는데 그중에서도 게르망트 공작부인과 공작의 남동생인 샤를뤼스 남작을 묘사할 때 화자는 직간접적으로 여러 차례 모로의 그림들을 언급한다.[49]

가령 마르셀은 게르망트 공작부인의 마차를 끄는 말들을 보며 모로의 〈말들에게 잡아먹히는 디오메데스(Diomède dévoré par les chevaux)〉(1865)를 떠올리는가 하면, 그녀가 파르마 대공부인에게 얼마 전 병문안 차 찾아간 한 친구의 젊은 아들의 방에 인어가 조각된 침대와 황금 월계관이 놓여 있었는데 그 모습이 〈청년과 죽음〉을 연상시켰다고도 이야기한다. 이 그림은 프루스트가 〈귀스타브 모로의 신비세계에 관한 노트〉에서도 언급하고 있다.

반면 샤를뤼스 남작은 동성애자인데, 그가 매력적인 쉬르지

49 Margaret Topping, "Proust's unspoken muse: a re-evaluation of the role of Gustave Moreau's painting in Proust's art", *French Studies*, vol. 53, no. 1, Jan. 1999. pp. 23~37.

후작을 처음 본 순간 마르셀은 후작을 뚫어지게 바라보는 샤를 뤼스 남작의 시선을 모로의 그림 〈오이디푸스와 스핑크스(Œdipe et le sphinx)〉(1864)에서 스핑크스를 뚫어지게 쳐다보는 오이디푸스에 비교한다.

〈화가, 그림자, 모네〉

제목은 프루스트가 직접 원고에 적은 것으로, 집필 시기는 앞의 에세이들과 마찬가지로 알려지지 않았다. 프루스트는 이 글을 한 개의 문단으로 구성하였다. 따라서 이 책에서도 프루스트의 원고에 충실하게 문단을 나누지 않았다. 프루스트 생전에 발표되지 않은 글이다.

프루스트에게 모네는 인상주의를 대표하는 화가이다. 모네나 그의 그림은 《잃어버린 시간을 찾아서》에 직접적으로 언급되지는 않는다. 하지만 소설 속에 등장하는 허구의 화가 엘스티르는 다양한 실제 화가들을 모델로 만들어진 인물인데 그중에서 모네가 차지하는 비중이 가장 크다고 할 수 있다. 엘스티르는 마르셀을 진정한 예술의 세계에 눈뜨게 하고 작가로서의 소명을 재발견하게 하는 의미에서 소설 속에서 가장 중요한 자리를 차지하는 인물 중 하나이다.

우선 마르셀이 엘스티르를 처음 만나는 리브벨의 식당에서의 장면을 살펴보면 마르셀의 눈에 비친 엘스티르는 "키가 크고 근육질의, 매우 반듯한 인상에 하얗게 세기 시작한 수염을 기르고 있으며, 허공에 고정되어 있는 꿈꾸는 듯한 시선"을 하고 있다. 엘스티르의 이러한 외양 묘사는 모네가 파리 근교의 지베르니에서 마지막 남은 생을 보내며 《수련》 연작을 제작할 당시의 모습 그대로이다. 그 당시 찍은 모네의 흑백 사진들을 보면 단단하고 건장한 체격에 턱 밑으로 길게 내려오는 풍성한 회색 수염이 인상적이다. 모네의 특별전을 일부러 찾아다니며 여러 편지들을 통해 모네를 자신이 가장 좋아한 화가로 꼽은 프루스트는 모네 노후의 모습을 분명히 알고 있었을 것이고, 모네의 인상을 엘스티르에게 그대로 입힌 것이다.

그러나 비단 엘스티르의 외관뿐만 아니라 그가 모네에 바탕을 두고 만들어진 인물임을 뒷받침하는 다른 요소로는 엘스티르가 발베크에서 그림을 그리는 것처럼 모네는 파리에서 태어났지만 르아브르라는 프랑스 북부의 노르망디에 위치한 마을에서 미술교육을 받고, 그 후로 이곳을 자주 찾아 노르망디 바닷가를 담은 풍경화를 많이 남겼다는 사실이다. 그중에는 모네가 르아브르 바닷가를 배경으로 그린 유명한 〈인상, 일출〉(1872)이 있다.

재미난 사실은, 마르셀이 로베르 드 생루와 리브벨의 식당에서 엘스티르를 만나는 장면 중에 호텔 지배인은 엘스티르가 자신에게 〈바다 위의 일출〉이라는 제목의 작은 그림 한 폭을 선물했는데 그 그림의 가치가 대체 어느 정도일지 궁금해 하는 부분이 있다. 엘스티르가 그린 바다 위의 일출은 모네의 일출을 염두에 둔, 일종의 간접적 경의를 표한 부분이라고 이해할 수 있다.

이 밖에도 엘스티르의 다른 그림들을 묘사하는 부분 중에는 모네의 작품을 그대로 옮겨온 듯한 부분들이 많다. 가령 모네가 르아브르에서 즐겨 그리던 장소 중에는 바다와 공기의 마찰에 의해 바위가 떨어져나간 모양이 마치 코끼리의 코를 닮은 이유로 이제는 관광객의 명소가 된 에트르타 절벽이 있는데, 소설 속에서 엘스티르가 마르셀에게 바닷가에 솟은 절벽을 그린 수채화 한 점을 보여주며 이야기하는 부분은 마치 모네의 그림을 눈앞에 두고 묘사하는 것만 같다.

"이렇게나 강하고 섬세하게 잘려나간 바위들이 얼마나 성당과 비슷한 모양을 하고 있는지 보게나." 실제로 그것들은 마치 거대한 분홍색 아치 같았다. 무더운 날에 그려진 그것들은 아치 모양을 이루는 바위들이 바닷물을 잔뜩 머금고 열기에 의해 거의 먼지처럼 날아가버릴 것만 같았고, 이런 인상은 화폭 전체에 기체의 형태를 띤 절벽을 통해 표현되었다. 그날은 빛이 모든 현실을 파괴할 것만 같은 날로 강한 빛은 어둡고 투명한 생명체들에 한층 강한 대비를 이루게 하고, 그것들은 그림자에 의해 손에 잡힐 것 같은 생동감으로 넘쳐나고 있었다.

— 〈꽃핀 처녀들의 그늘에서〉 중[50]

50   Marcel Proust, *À l'ombre des jeunes filles en fleurs*, op. cit., p. 462.

바람에 의해 다듬어진 절벽에서 성당의 아치형 기둥을 보는 엘스티르의 시선을 통해 독자는 모네가 여러 장에 걸쳐 그린 〈에트르타의 절벽〉뿐 아니라 모네를 대표하는 그림들인《루앙 대성당》연작을 떠올리게 된다.《잃어버린 시간을 찾아서》에는 콩브레의 성당을 비롯해 마르탱빌 성당, 발베크 성당 등 여러 성당이 묘사되는데, 프루스트의 성당에 대한 애착은 매우 강한 것이었다.

마르셀이 발베크의 휴양지에서 만나 차츰 사랑을 피워가던 알베르틴과 자동차로 노르망디를 여행하며 방문하는 여러 장소들 중에는 마르쿠빌이라는 작은 마을이 있는데, 마침 그곳 중심지에 있는 성당 앞을 지날 때 해가 지고 있었다. 이때 마르셀이 묘사하는 마르쿠빌의 성당은 엘스티르가 절벽을 담은 수채화를 묘사하며 쓴 표현들을 떠올리게 한다. 이제는 엘스티르의 시선을 통해 사물을 바라보며 엘스티르가 그랬듯 그들 사이의 경계에 초점을 두지 않고 전체적으로 지배하는 인상을 분석하려는 시도가 보인다.

우리는 마르쿠빌-오르괴유즈를 지나고 있었다. 그 마을에 있는 성당은 반이 새롭게 지은 것이며 나머지 반은 보수된 흔적이 보였는데, 저물어가는 해는 오랜 세월이 만들어내는 고색창연함만큼이나 아름다운 느낌으로 그 성당을 덮고 있었다. 석양을 받은 성당의 부조들은 빛을 머금은 액체로 채워져 당장이라도 흘러내릴 것만 같았다. 성모 마리아, 성 엘리자베스, 성 요아

킴의 조각상들은 수면 위에서, 혹은 태양 근처의 보이지 않는 소용돌이 속에서 헤엄치고 있었고 따뜻한 먼지들에 뒤덮인 많은 현대적인 동상들이 황금빛 기둥의 반 정도를 장식하고 있었다. 성당 앞의 거대한 사이프러스 한 그루는 마치 축성된 울타리 안에 서 있는 것 같았다.

— 〈소돔과 고모라〉 중[51]

무더운 날 해안 절벽을 통해 엘스티르가 기체처럼 증발할 것 같은 분홍빛 성당을 보았다면 마르셀은 석양이 비추는 성당이 액체처럼 흘러내릴 것 같은 인상을 받는 것이다. 또한 성당의 부조들, 성모 마리아와 다양한 성인의 조각상들에 대한 묘사는 러스킨의 《아미앵의 성서》를 번역하면서 프루스트가 작성한 역자 서문을 떠올리게도 한다. 실제로 프루스트는 〈러스킨에 의한 아미앵의 노트르담〉에서 모네의 성당 연작을 언급한다.

소설 속에서 가상의 마르쿠빌이라는 마을이 노르망디에 위치한 것으로 설정된 것처럼, 실제로 노르망디의 중심지인 루앙에서 모네는 여러 해 동안 체류하며 서른 장이 넘는 루앙 성당 연작을 제작한다. 모두 비슷한 장소에서 바라본 성당이지만 하루 중 다양한 시간에 바라본 성당은 전혀 다른 인상을 담고 있다. 동트기 전의 성당은 어스름한 여명 속에서 희미하게 푸른빛을 내며

---

51 Marcel Proust, *Sodome et Gommorhe*, op. cit., p. 402.

밝아오고, 안개가 잔뜩 낀 흐린 날의 성당은 잿빛으로 표현되었으며, 정오의 강한 햇볕을 받은 성당은 온통 하얀색으로 덮여 있다. 같은 사물이라도 그것을 비추는 빛이 다를 때 얼마나 다양한 형태와 색을 띨 수 있는지 제각각의 표현들을 모네는 루앙의 고딕 성당을 통해 표현한 것이다.

이렇듯 프루스트에게 모네는 허구의 인상주의 화가 엘스티르의 모델이자, 루앙 성당 연작을 남겼다는 점에서 아미앵 성당을 예찬한 러스킨을 떠올리는 화가로 의미를 갖는다.

〈단테 가브리엘 로세티와 엘리자베스 시달〉

앞의 화가들에 관한 글들과는 달리, 프루스트 생전에 완성하여 출간한 글이다. 〈예술과 관심 시평란(La Chronique des arts et de la curiosité)〉에 1903년 11월 7일과 14일, 두 차례에 걸쳐 게재된다. 프루스트가 밝히듯이 화가 로세티의 동생이자 그 자신 또한 라파엘전파의 창립 회원이었던 윌리엄 마이클 로세티가 형과 그의 아내였던 엘리자베스 시달의 생애와 작품세계에 관해 〈벌링턴〉지 1903년 5월호에 발표한 글에 관한 서평이다.

이 글은 크게 두 부분으로 나눌 수 있다. 첫 번째는 엘리자베스가 사망하기 전 로세티가 그녀와 가졌던 화가와 모델, 그리고 남편과 아내로서의 관계에 초점을 맞추고 있다. 두 번째 부분에서는 엘리자베스가 오랜 질병으로 사망한 후, 시간이 경과하여 로세티의 행동 변화 및 선택을 묘사하고 있는데 영원할 것 같았던 사랑도 시간 앞에서는 그 양상이 바뀌고 결국 로세티는 남편보다는 예술가로서의 길을 선택하는 모습을 그리고 있다. 프루스트가 로세티에게 관심을 가진 부분은 라파엘전파 창시자로서의 화가가 아니라, 창작에 대한 예술가의 욕망이 아내를 향한 남편의 사랑보다 강하게 작용한 사실이다. 여기에 시간이라는 프루스트 고유의 개념이 또 하나의 주된 주제로 편입되면서 시간에 의해 변모하는 보편적인 사랑, 그러나 시간의 파괴력을 능가하는 예술의 힘을 로세티와 엘리자베스의 관계를 빌려 표현한 것이다.

라파엘전파

라파엘전파 형제회는 19세기 중반 영국의 젊은 화가들이었던 단테 가브리엘 로세티, 존 에버릿 밀레이, 윌리엄 홀먼 헌트 등이 주축이 되어 이탈리아 르네상스 미술이 상징하는 완벽하게 정형화된 아름다움을 기준으로 삼게 된 당시 유럽의 회화전통에 반기를 들고 그 이전 시대로 돌아가고자 한 개혁 운동이다.[52] 이탈리

---

[52] 라파엘전파의 미술사적 역할과 의미에 대해서는 팀 베린저, 《라파엘전파》, 권행가 역, 예경, 2002, 7~15쪽. 위에 언급한 세 화가들은 1848년 9월, 네 명의 '신입회원'을 섭외하여 밀레이의 작업실에서 첫 번째 모임을 가진다. 그 네 명은 조각가였던 토마스 울너(Thomas Woolner), 화가 제임스 콜린슨(James Collinson), 화가로 출발하였다가 이후 유명한 미술 비평가가 되는 프레드릭 조지 스티븐스(Frederic George Stephens), 그리고 단테 가브리엘 로세티의 동생이자 라파엘전파에 관한 역사가가 되는 윌리엄 마이클 로세티(William Michael Rossetti)이다. 이들은 자신들이 그린 모든 작품에 PRB라는 머리글자를 쓰기로 동의했고 "예술적으로 통일되지는 않았을지라도 사회적인 단일성"을 표현했다. (티머시 힐턴, 《라파엘전파, 19세기 복고주의 운동》, 38~39쪽.)

아 르네상스 미술의 절정을 이룬 3대 거장인 라파엘로, 미켈란젤로, 다빈치가 활동하기 이전, 즉 중세와 초기 르네상스의 미술로 회귀해야 한다고 하여 이와 같은 이름을 붙인 것이다. 1849년, 당시 영국 왕립미술원의 학생이었던 로세티는 '자유전(The Free Exhibition)'에 〈성처녀 마리아의 어린 시절(The Childhood of Mary Virgin)〉을 출품하는데 그림 좌측 하단에 서명을 한 후 그와 함께 PRB라는 머리글자를 처음으로 써놓는다. 로세티의 이런 행위는 실상 왕립미술원이 주축이 되어 고수해왔던 영국 빅토리아 시대의 미술전통을 부정하는 선언과 마찬가지였다. 이 젊은 화가들에 의하면 르네상스 이후의 유럽 회화는 양식화되고 형식적이 되었다는 것이다. 고전주의와 바로크 전통에 대한 혐오감이 이들을 연결하는 공통점이라고 할 수 있다. 따라서 그들은 아카데미 회화에는 결여되어 있던 기법의 직접성과 신선함을 가지고 자연에 접근하기로 한다. 라파엘전파는 중세와 초기 르네상스 미술의 솔직함을 재현하고자 하여 원근법을 의도적으로 파괴하려는 듯한 납작한 평면 및 밝은 색채를 활용하게 된다.

그렇다면 라파엘전파와 프루스트 사이의 공통점은 무엇일까? 《잃어버린 시간을 찾아서》에는 2백여 점의 실제 회화작품이 직간접적으로 언급되지만, 그중에서 라파엘전파의 작품은 한 점도 찾아볼 수 없다.[53] 〈단테 가브리엘 로세티와 엘리자베스 시달〉만

---

53 《잃어버린 시간을 찾아서》에 등장하는 회화작품 및 화가들에 관해서는 에릭 카

이 프루스트가 라파엘전파와 관련해 남긴 유일한 글인 셈이다.

러스킨, 라파엘전파의 후원자

그렇다면 프루스트는 어떻게 라파엘전파와 그들의 양식을 알게 되었을까? 이 둘을 잇는 연결고리는 역시나 존 러스킨에게서 찾아볼 수 있다. 러스킨은 자연 속에서 신의 존재를 발견하고 청교도적 도덕론을 강조하였는데 자연을 충실히 묘사하고 윤리주의를 상징하는 암시들로 가득한 라파엘전파의 그림들은 그에게 자신의 예술론을 회화적으로 재현한 작품으로 생각되었다. 프루스트는 그러한 러스킨의 저서 두 권을 번역하면서 러스킨이 후원한 라파엘전파를 접하게 된 것이다.

"영국 빅토리아 시대의 가장 뛰어난 예술비평가"이자 "19세기의 가장 현명하고 강력하며 독창적인 사상가"[54]라고 평가되는 러스킨의 글이 20세기와 오늘날에는 놀랄 정도로 무관심의 대상이 된 것은 사실이다. 그의 사상의 근본을 이루는 다양한 축 중에 하나는 스코틀랜드 출신의 부모에게서 받은 엄격한 종교로 이는 그가 예술작품을 통해 추구한 완고한 도덕정신으로 이어진다. 그는 《근대 화가론》 제2권에서 아름다움의 기준을 도덕과 연결시켜 설명하고 있다. 러스킨은 "(나는) 아름다움의 인상은 어

펠리스, 《그림과 함께 읽는 잃어버린 시절을 찾아서》(이형식 역, 까치, 2008) 및 유예진 《프루스트의 화가들》(현암사, 2010) 참조.
54 티머시 힐턴, 《라파엘전파, 19세기 복고주의 운동》, 11쪽.

떤 면에서도 감각적이지 않다고 믿는다. 그것은 감각적인 것도, 지적인 것도 아니고, 단지 도덕적인 것이다."[55]라고 주장한다.

러스킨은 자신의 이러한 도덕주의를 가장 잘 표현한 그림으로 윌리엄 홀먼 헌트의 〈깨어나는 양심〉(1854)을 언급한다. 이 그림은 화려하게 꾸며진 실내에서 중년 남성의 무릎에 앉아 있던 젊은 여인이 갑자기 깨달음을 얻은 것과 같은 표정으로 벌떡 일어나는 모습을 담고 있다. 그림 속의 다양한 모티브들은 그녀가 남자와 내연의 관계에 있다는 사실을 보여주고 있다. 그녀는 활짝 열려 있는 창문을 통해 보이는 나무들과 햇빛(즉 자연이자 신)을 보고 타락한 자신의 모습과 깨어나는 양심을 느끼고, 화가는 그녀가 남자에게서 벗어나는 순간을 보여주고 있다. 이 그림에 대해 러스킨은 "젊음의 잔인한 경솔함을 자비로 인도하고 비판의 엄격함을 연민의 존엄성으로 억누르는 것 중에 …(중략)… 이 그림보다 더 강력한 예는 찾지 못할 것이다."[56]라고 칭송한다.

하지만 프루스트는 이렇듯 러스킨과 라파엘전파에게 중요하게 인식되던 도덕주의에 대해 그가 라파엘전파에 관해 쓴 서평에는 한 줄도 언급하고 있지 않다. 이는 예술과 도덕을 연결시키려는 어떤 시도도 무의미하다는 프루스트의 사상을 단적으로 보여주는 예이기도 하다.

55 John Ruskin, *Modern painters*(*The Works of John Ruskin*, vol.2), ed. E.T. Cook qnd Alexander Wedderburn, London: Longmans, Green and Co, 1903~1905, p. 11.

56 John Ruskin, *The Art criticism of John Ruskin,* op.cit., p. 400.

〈깨어나는 양심〉
윌리엄 홀먼 헌트, 1854, 캔버스에 유채, 76x86cm, 런던 테이트 미술관

자연 속에서 신을 발견한 라파엘전파

라파엘전파의 예술철학을 이루는 또 다른 축은 자연을 신의 선
한 본성이라고 믿는 낭만주의적 시각이다. 러스킨은 자연을 과
학적이며 경험주의 방법을 동원해 면밀하게 관찰, 분석하였는데
그 이유는 이러한 과정을 통해 더 높은 진리, 즉 신의 선함을 증명
할 수 있다는 신념 때문이었다. 이에 상응하여 러스킨은 인간이

만든 자연의 아름다움을 해치는 모든 인공적인 결과물을 배척하였다. 러스킨의 이러한 시각은 이탈리아의 도시들보다는 스위스의 자연을 선호하고, 미술적으로는 고전주의과 바로크의 거장들 및 전성기 르네상스의 종교화가들을 특히 혐오하는 것으로 나타난다. 이들은 자연에 정직하지 않았고 형식적이며 양식화된 그림들을 양산했다는 것이다.[57]

이러한 러스킨의 사상은 막 형성되기 시작한 라파엘전파에게 매력적으로 다가왔고, 라파엘전파들은 러스킨을 자신들의 미학을 상징하는 인물로 신봉하기에 이르렀다. 특히 1843년 《근대화가론》 제1권의 결론에서 젊은 화가들을 위해 쓴 부분은 라파엘전파에게 그들이 회화로 추구할 방향을 제시하는 것 같았다.

젊은 화가들은 대가들을 흉내 내서는 안 된다. 그들의 임무는 선택하는 것도, 구성하는 것도, 상상하고 실험하는 것도 아니다. 단지 겸허하고 진지하게 자연의 질서를 따르고 신의 손길을 더듬어 가는 것이다. 오직 한 마음으로 자연으로 돌아가 성실히, 진심으로 자연을 따라야 한다. 다른 생각들은 떨쳐버리고 오로지 어떻게 하면 자연의 의미를 잘 파악할 수 있을지만을 생각하며 자연이 주는 교훈을 기억하기 위해 힘써야 한다. 그 어떤 것도 부정하지 말며, 아무것도 선택하지 말며, 그 어떤 것도

---

57 팀 베린저, 《라파엘전파》, 63~65쪽.

소홀히 여기지 말며 …(중략)… 언제나 진실 속에 기뻐하라.[58]

라파엘전파가 러스킨의 사상을 신봉하게 된 것과 상응하여, 러스킨 또한 당시 획일적인 회화전통에 반발하여 중세의 순수함으로 회귀하려는 의도의 그림들을 전시하는 라파엘전파에게 든든한 후원자 역할을 한다. 로세티에 관한 에세이에서 프루스트는 러스킨이 로세티가 앞으로 제작할 모든 그림들을 미리 거액을 주고 샀다는 언급을 한다.

로세티와 러스킨의 관계처럼 프루스트의 소설 속에서 젊고 알려지지 않은 예술가와 그의 나이 많고 재정적으로 든든한 후원자의 관계가 존재하는 것은 사실이다. 샤를뤼스 남작은 젊은 바이올리니스트 모렐의 후원자가 된다. 샤를뤼스는 모렐의 음악적 재능을 칭송하며 그를 귀부인들의 살롱에 소개시키고 그가 음악 활동에 몰두할 수 있도록 재정적 지원을 아끼지 않는다. 하지만 샤를뤼스는 젊은 청년을 좋아하는 동성애자로 모렐의 음악성을 믿고 지원했다기보다는 모렐을 자신에게 옭아매기 위한 수단으로, 그를 취하기 위해 그 같은 지원을 했던 것이다. 러스킨과 로세티의 관계를 샤를뤼스와 모렐의 관계에서 발견하려는 시도는 무리일 수도 있으나 적어도 이것이 시사하는 바는 프루스트가 라파엘전파의 후원자로서의 러스킨을 소설 속에는 전혀 내비치지

---

58 존 러스킨, 《근대 화가론》 제1권 (팀 베린저, 《라파엘전파》, 69쪽에서 재인용).

274

않았다는 사실이다.

프루스트는《아미앵의 성서》역자 서문을 구성하는 세 번째 부
분인 '존 러스킨'에서 "오늘날 러스킨이 로세티, 밀레이를 위해
한 일들을 우리는 잊을 수 있다. 하지만 그가 조토, 카르파초, 벨
리니를 위해 한 일은 잊을 수 없다."[59]고 이야기한다. 러스킨이 라
파엘전파에게 얼마나 큰 후원자 역할을 했건, 예술적으로는 그
가 중세와 초기 르네상스 이탈리아 화가들에 관한 미술비평을
통해 재조명한 것이야말로 그 화가들의 진정한 가치를 새롭게
부각한 것이라고 본 것이다. 프루스트가 라파엘전파에게서 받
은 가장 지적할 만한 영향이 있다면 그것은 창시자인 로세티와
그의 모델이자 아내인 엘리자베스 시달의 관계라고 할 수 있다.

화가와 모델 1: 로세티와 엘리자베스

프루스트에 따르면 엘리자베스는 맨 처음 화가 월터 호웰 데브렐
에 의해 발견된다. 데브렐은 양장점에서 재봉사로 일하고 있던 엘
리자베스의 붉은 머리칼과 초록빛 눈동자에 매료되어 그녀를 자
신의 작품 모델로 차용한다. 엘리자베스의 현세에 속하지 않은
듯한 무관심한 태도와 신비함, 귀족적인 자태는 곧 다른 라파엘
전파 화가들에게 알려지고 리지(Lizzie)라는 애칭으로 불리며 중
세적인 그림을 추구하는 그들이 가장 선호하는 모델 중 한 명이

59　Marcel Proust, *Préface à La Bible d'Amiens de John Ruskin*, op. cit., pp. 54~55.

된다. 그녀를 모델로 한 가장 유명한 작품으로는 밀레이가 그린 〈오필리어〉가 있다. 햄릿의 사랑을 받지만 아버지가 그에 의해 죽음을 당하자 실성하여 물에 빠져 죽는 비극의 인물을 표현하기 위해 밀레이는 엘리자베스를 고용한 것이다. 프루스트 또한 이 비평에서 엘리자베스의 "무한한 기품(la noblesse infinie)"과 "퇴색되지 않는 순수함(l'internissable pureté)"에 대해 언급하고 있다.[60]

로세티와 엘리자베스의 만남은 화가와 모델로 시작하여 사랑하는 관계로 발전하게 된다. 로세티가 예술적으로는 전통에 반기를 들고 새로운 것을 추구하는 자유로움을 지녔지만 그렇다고 사회 관습으로부터 자유로운 것은 아니었다. 부유한 중산계급의 로세티가 노동계급 출신의 엘리자베스와 결혼을 하는 것은 쉬운 일이 아니었다. 이들은 오랜 동거생활에 들어갔고 결혼을 재촉하였던 건 엘리자베스였으며, 우유부단한 로세티는 결혼을 결정하기까지 여러 차례 자신의 결정을 번복한다.

엄격한 청교도주의가 성행하던 빅토리아 시대 영국 사회에서 혼전 동거가 세간의 비난의 대상이었던 것은 당연했고, 이에 더해 로세티가 다른 여자 모델을 그릴 때마다 엘리자베스는 질투심에 괴로워했으며, 이는 그녀의 우울증으로 연결된다. 이 둘은 마침내 결혼하였지만 그들의 생활이 행복으로 가득했던 것은 아니다. 첫 임신은 유산으로 중단되고, 두 번째 임신을 한 지 얼마 되

---

60   Marcel Proust, "Dante Gabriel Rossetti et Élizabeth Siddal", op. cit., p. 472.

지 않았을 때 오랜 우울증과 질병을 호소하던 엘리자베스는 약물 과다복용으로 사망한다.

자책감으로 괴로워하던 로세티의 생활은 황폐해졌다. 그러다 마침내 그녀가 죽은 후 6년에 걸쳐 〈베아타 베아트릭스(Beata Beatrix)〉를 완성하고, 이 그림은 로세티가 그린 가장 유명한 초상화로 남는다. 이는 이탈리아 중세 시인이자 《신곡》의 저자인 단테의 뮤즈 베아트리체가 죽음을 맞는 순간을 상상하여 그린 초상이다. 실제로 로세티의 본명은 가브리엘 찰스 단테 로세티(Gabriel Charles Dante Rossetti)였으나, 단테를 좋아하던 로세티는 Dante와 Gabriel의 순서를 바꾸어 화가와 시인으로 활동할 때 자신의 중간 이름이었던 단테로 불리기를 원했다. 또한 로세티는 단테의 다양한 시들을 영어로 번역하여 출간하기도 했다. 티머시 힐턴의 분석대로 이것은 "단테에 관한 그림이라기보다는 고인에 대한 기념물"[61]이라고 생각할 수 있다. 죽은 사람을 기리려는 로세티의 간절한 마음은 창작의 충동으로 연결되었고 그 결과 사후세계에 대

---

[61] 티머시 힐턴, 《라파엘전파, 19세기 복고주의 운동》, 164쪽. 여기에 로세티는 엘리자베스를 모델로 함으로써 단테가 베아트리체를 위하여 《신생(Vita Nuova)》이라는 시집을 남긴 것처럼 엘리자베스가 자신에게 얼마나 소중했는지를 이 그림을 통해 보여주고자 한 것이다. 이 그림 속에서 무아지경에 빠진 엘리자베스는 종교적인 도취에 빠진 것으로 표현되어진 듯하나, 성적인 도취로도 해석할 수 있다. 엘리자베스의 뒤쪽 배경에는 피렌체의 모습이 희뿌연 안개에 감싸인 베키오 다리를 통해 상징적으로 보인다. 그녀의 양쪽에는 단테와 붉은색 옷을 걸친 사랑을 상징하는 인물이 떨어진 채 서로를 바라보고 있다. 이 그림은 신비하고 관능적인 분위기를 자아내며 상상과 현실, 중세와 현재를 절묘하게 조합시키고 있다.

한 종교적인 믿음과 혼합된 그의 가장 뛰어난 작품을 탄생시켰다.

화가가 자신의 모델과 사랑에 빠지고 결혼하는 경우는 그리 드문 일이 아니다. 그들의 사랑이 젊은 여인의 죽음으로 인해 비극으로 끝났다고 해도 그것 자체로는 프루스트의 작가적 호기심을 자극하지는 못했을 것이다. 하지만 흥미로운 일이 엘리자베스의 죽음 이후에 벌어진다. 감수성 풍부했던 로세티는 화가이기 전에 시인이기도 했는데 아내의 죽음으로 자책감과 절망에 빠졌던 그는 아내의 장례식에서 아직 출간하지 않은 미공개 시들 묶음을 그녀와 함께 관에 넣고 묻는다. 하지만 그녀가 죽고 7년이 흐른 어느 날, 더 이상 예술적 영감이 떠오르지 않게 되어 창의적인 시를 쓰지 못하자 로세티는 사람들을 고용해 엘리자베스의 묘를 파내고 관 안에 같이 묻었던 자신의 미공개 시들을 꺼내게 한다. 절대적일 것만 같았던 아내에 대한 사랑과 그녀를 잃은 것에 대한 아픔이 시간의 흐름에 의해 어느 정도 치유되었음을 그리고, 사랑에 대한 기억보다는 앞으로의 창작 활동에 더 비중을 두는 예술가의 선택을 보여주는 것이다.

이렇듯 프루스트는 비평에서 라파엘전파의 예술론보다는 로세티와 엘리자베스의 관계에 더 관심이 많은 듯하다. 모델과 화가로 시작된 관계가 부부로 발전한 것이나, 시간의 흐름에 의해 그 가치가 상대적으로 줄어드는 사랑, 그에 반해 그 가치가 절대적인 예술을 단적으로 보여주는 일화는 프루스트의 관심을 끌기에 충분했고, 그는 이를 자신의 소설에 차용한다.

〈베아타 베아트릭스〉
단테 가브리엘 로세티, 1864~1870, 캔버스에 유채, 86.4x66cm, 런던 테이트 미술관

화가와 모델 2: 엘스티르와 가브리엘

《잃어버린 시간을 찾아서》에 등장하는 수백여 명의 인물들 중 화가 엘스티르가 차지하는 바는 크다. 엘스티르와 그의 모델이자 아내인 가브리엘의 관계는 엘리자베스의 죽음을 기준으로 그 전반기의 관계에 해당한다고 할 수 있다. 주인공 마르셀이 처음으로 엘스티르의 화실에 찾아갔을 때, 그의 그림들을 보고 그의 천재성을 발견한다. 그 첫 방문에 화가의 아내가 나타나 이들의 대

화가 잠시 중단된다. 엘스티르는 아내를 끊임없이 "나의 아름다운 가브리엘!"[62]이라고 부르며 그녀를 칭송하는데 마르셀은 도저히 엘스티르를 이해할 수 없다. 그의 아내는 아무리 보아도 아름다운 여인과는 거리가 멀다고 생각한다. 마르셀은 그녀를 가리켜 '매우 따분한 여인'이라며 "만약 그녀가 스무 살이었고 로마의 시골에서 소를 모는 여인이었다면 그나마 어느 정도 매력이 있었을 텐데, 그녀의 검은 머리는 희끗희끗해지기 시작했다."[63]는 것이다. 프루스트가 비평에서 밝혔듯이 엘리자베스는 고귀한 아름다움을 지녔고 그것이 다른 화가들에게 영감을 준 반면, 가브리엘은 그러한 아름다움과는 거리가 멀기 때문에 둘의 상관관계를 의아하게 여길 수도 있다. 그러나 프루스트가 엘리자베스에 대한 로세티의 사랑을 다음과 같이 표현한 것을 고려하면, 마르셀이 이해하지 못하는 가브리엘에 대한 엘스티르의 사랑이 어디서 근원을 찾을 수 있는지 알 수 있다.

화가로서 그리고 남편으로서 로세티는 시달을 사랑했던 것이다. 화가의 사랑은 다른 사랑보다 그 깊이와 정도가 두 배로 크다고 할 수 있겠다. 자신이 머리 속에서 꿈꾸던 이상적인 아름다움을 실현하고 있는 여인을 눈앞에 둔 화가는 그 피조물을

---

62 Marcel Proust, *À l'ombre des jeunes filles en fleurs*, op. cit., p. 414.
63 Ibid.

보통 사람들이 가지고 있지 못하는 생각과 본능적인 시선으로 감싸고 사랑을 줄 수 있는 것이다.

마르셀이 엘스티르의 사랑을 이해하게 되는 것은 화가가 과거에 그린 그의 다른 그림들을 접한 후이다. 그 당시 엘스티르는 인상주의를 바탕으로 발베크 바다를 배경으로 한 풍경화들을 제작하고 있었다. 그러나 초기의 그는 일본풍 그림이나 신화를 소재로 한 그림들을 작업한 화가로 소개된다. 신화 이야기를 소재로 한 그의 그림들 속에는 언제나 등장하는 특유의 곡선이나 형태, 색채가 있는데 화가는 이들을 거의 신성함에 가까운 노력으로 다른 것들과 구분하여 더욱 잘 표현할 수 있도록 매달렸다는 것이다. 그 곡선, 형태, 색채 안에 화가만이 보는 이상적인 아름다움이 깃들어 있었고, 어느 날 자신이 그토록 표현하려고 했던 다양한 요소들을 몸으로 형상화하고 있는 여인이 나타났을 때 화가가 느꼈을 놀라움과 기쁨은 엄청났을 것이었다. 그 여인이 엘스티르에게는 가브리엘이었음을 이해하게 되었을 때 비로소 마르셀은 엘스티르의 나이 많은 아내를 새로운 시선으로 보게 된다. 또한 그녀를 통해 화가가 보는 아름다움 또한 자신도 볼 수 있게 되었다고 서술한다.

(엘스티르는) 그의 그림에서 끊임없이 볼 수 있는 특정한 윤곽이나 곡선으로 요약되는 어떤 이상적인 형태에 거의 신적인 특성

을 부여했다. 왜냐하면 그는 그 긴 시간 동안, 그가 할 수 있는 모든 노력을 기울여, 다시 말해 그의 삶 전체를 그러한 윤곽을 더욱 잘 분간하고 최대한 충실하게 재현하려는 데 바쳤기 때문이다. …(중략)… 따라서 그는 초연하게 그것을 바라보거나 감정을 배제할 수가 없었는데, 그는 그것을 어느 날 자신의 밖에서, 후에 그의 아내가 되는 여인의 육체에서 발견하게 되었다. …(중략)… 내가 그것을 이해하게 됐을 때 나는 엘스티르 부인을 즐거움 없이는 바라볼 수 없게 되었고, 그녀의 육체는 더 이상 육중하게 느껴지지 않았다. 왜냐하면 나는 그녀를 하나의 생각으로, 엘스티르의 초상화와도 같은 하나의 비물질적인 창조물이라는 생각으로 채웠기 때문이다.

— 〈꽃핀 처녀들의 그늘에서〉 중[64]

위의 인용문에서 엘스티르와 그의 아내의 관계를 마르셀이 묘사하는 부분은 로세티와 엘리자베스의 관계를 프루스트가 서평에서 묘사한 부분과 거의 동일한 것이다. 물론 젊은 나이에 비극적으로 사망한 엘리자베스와 노년에 있는 가브리엘을 동일하게 생각할 수만은 없다. 하지만 주관적인 아름다움이 자신만의 뮤즈에 의해 형상되었다고 보고 그녀와 사랑에 빠지며 이를 그림으로 표현하는 방식에서 로세티와 엘리자베스의 관계가 엘스티르

64 Ibid., pp. 414~415.

와 가브리엘에 의해 재현되고 있다고 분석할 수 있다.[65]

또한 이름, 지명 등의 고유명사를 선택하는 데 그 어떤 우연도 적용시키지 않는 프루스트가 엘스티르 아내의 이름을 가브리엘(Gabrielle)로 설정한 것은 로세티의 원래 이름이었던 가브리엘(Gabriel)을 염두에 둔 것이었음을 짐작할 수 있다. 또한 엘스티르와 엘리자베스의 이름 첫 두 글자가 모두 El이라는 공통점은 이두 부부를 연결하려는 프루스트의 의식적인 노력의 결실이라는해석도 무리한 분석만은 아닐 것이다. 롤랑 바르트에 의하면 프루스트가 다양한 장르의 작품들을 시도한 끝에 마침내 1909년에 드디어 《잃어버린 시간을 찾아서》의 집필을 시작할 수 있었던것은 '고유명사의 발견' 덕분이라고 한 바 있다.[66] 프루스트가《장

<hr/>

65 《꽃핀 처녀들의 그늘에서》의 편집자인 피에르 루이 레는 주석에서 엘스티르 부부의 관계가 이미 프루스트의 미완성 소설인 《장 상퇴유》에서 화가 마르시알(Martial) 부부에 의해 선행되었다고 지적하고 있다. 《장 상퇴유》의 화자는 마르시알 부인을 묘사할때 마르셀이 엘스티르의 아내를 표현했을 때 사용했던 것과 동일한 수식어, 즉 "따분한마르시알 부인"이나 "극도의 지루함" 등을 사용한다. 또한 화가가 예술작품을 통해 승화하려 했던 아름다움이 실제 인물을 통해 재현됨을 발견했을 때의 놀라움이라든가 그대상과 사랑에 빠지는 것은 자연스러운 결과라는 설정은 엘스티르 부부의 관계 이전에마르시알 부부에 의해 표현되었던 것이다. "마르시알이 젊은 시절 아름다웠던 그녀와결혼했을 때, 그녀의 육체와 선의 절대적인 위대함은 마르시알에게 그가 꿈꾸던 아름다움, 그리스 조각상이나 이탈리아 회화작품 속에서 찾았던 아름다움의 흔적들이 그녀를통해 출현한 것 같은 느낌을 받았을 것이라고 생각했다." Marcel Proust, *Jean Santeuil*, précédé de Les plaisirs et les jours, Paris: Gallimard, 1971, pp. 455~456.

66 Roland Barthes, "Proust et les noms." *To Honor Roman Jackobson: Essays on the occasion of his birthday*, vol. 1, 1967, p. 152. 바르트는 "《잃어버린 시간을 찾아서》의 집필이 '도약'할 수 있게 한 (시적) 사건은 바로 고유명사의 발견이다."라고 주장한다. 여기서 바르트가 말하는 대문자 'N'으로 표현한 'Noms'이란 콩브레 등의 지명과 게르망트 등의 인명

상퇴유》나 《생트뵈브에 반박하여》등의 집필에 수년을 할애하지만 그 끝을 어떻게 맺을지 몰라 미완성으로 남긴 반면, 프루스트는 《잃어버린 시간을 찾아서》의 집필을 시작하던 1909년 8월 스트로스(Straus) 부인에게 "저는 매우 긴 책을 시작함과 동시에 끝냈습니다."[67]라는 의미심장한 편지를 보낸다.

마르셀과 알베르틴

또한 엄밀히 말해서 화가와 모델의 관계는 아니지만 소설 속 마르셀과 알베르틴의 관계는 엘리자베스의 죽음 이후 로세티가 예술가로서 하는 선택을 보여준다는 점에서 유사성을 발견할 수 있다. 마르셀은 엘스티르를 발베크의 화실에서 만나는 것과 같은 시기에 알베르틴을 만난다. 바다를 배경으로 경쾌하고 활발해 보이는 한 무리의 '꽃핀 처녀들'의 매력에 사로잡힌 마르셀은 그 무리를 구성하던 알베르틴과 가까워진다.

그런데 그녀에게 동성애 성향이 있음을 발견하자 그는 불안과 질투심에 충동적으로 그녀와 파리의 집에서 동거를 시작한다. 그러나 마르셀의 사랑의 특징은 손에 넣지 못하는 대상일 때 그것을 사랑할 수 있고, 일단 원하던 것을 얻게 된 후에는 그것에 더 이상 매력을 느끼지 못하는 식이다. 마르셀에게 사랑의 근원

을 포함한 고유명사를 뜻한다.
67 Lettre à Mme Straus, vers le 16 août, 1909. *Marcel Proust, Lettres 1879~1922*, éd. Françoise Leriche, Paris: Plon, 2004, p. 493.

은 신비감이고 그 신비감이 베일을 벗었을 때, 사랑도 함께 증발하게 된다. 마르셀에게 사랑은 그 대상에 대한 감정이라기보다는 사랑이라는 개념 자체에 대한 것이라고 함이 타당하다. 그렇기 때문에 마르셀의 사랑은 불완전할 수밖에 없고, 행복한 결말을 맺을 수 없는 것이다.

마르셀은 알베르틴이 자신 몰래 다른 여자들을 만날까 봐 끊임없이 불안해 하고 그녀가 외출할 때면 사람을 시켜 미행까지 하게 한다. 하지만 정작 그녀가 온전히 자신의 소유라는 생각이 들자 마르셀은 그녀를 꿈에도 그리던 베네치아로의 여행을 방해하는 장애물 정도로 여긴다. 마르셀에게 베네치아는 길거리 자체가 박물관인 도시로 예술적 영감의 원천이었던 것이다. 알베르틴과의 동거 때문에 그가 베네치아로 떠날 수 없다는 생각은 마치 사랑과 예술은 병행할 수 없다는 믿음을 보여주는 듯하다.

자신의 일거수일투족을 감시하는 마르셀의 횡포를 견디다 못한 알베르틴은 결국 편지 한 장만을 남긴 채 마르셀의 곁을 떠난다. 바로 그 전날까지만 해도 그녀 때문에 베네치아로 떠나지 못하는 상황을 한탄하며 다음 날 그녀에게 결별을 선언하는 자신의 모습을 상상하는 마르셀이었다. 하지만 그녀가 떠나자 자신의 불가능한 사랑관에 충실하게 그는 돌변하여 알베르틴에 대한 소유욕을 불태우며 어떻게 해서든 그녀를 다시 자신의 곁으로 돌아오게 만들려 다양한 전략을 구상한다.

그러던 중 낙마사고로 인한 갑작스러운 그녀의 사망 소식을 접하게 된다. 느닷없는 충격과 상실감에 고통스러워하는 마르셀은 자신이 진정으로 알베르틴을 사랑했다는 생각을 하게 된다. 그런 마르셀을 위로하기 위해 어머니는 아들이 그토록 원하던 베네치아 여행을 계획한다. 마침내 베네치아를 여행하게 되는 마르셀의 곁에는 알베르틴이 아닌 어머니가 있다. 예술가의 길을 선택하는 데 든든한 후원자로서의 어머니는 카르파초의 그림 속 여인의 모습과 겹쳐 보인다.

그리스도의 세례를 표현한 모자이크 앞에 서 있는 나를 보고, 내가 그것을 오랫동안 바라볼 것임을 알아차린 어머니는 성당 내부의 쌀쌀한 기온을 감지하고 내 어깨 위에 자신이 걸치고 있던 숄을 덮어주었다. …(중략)… 내 옆에 카르파초의 〈성녀 우르술라〉에 나오는 상복 차림의 여인을 떠올리게 하는 어머니와 함께 있었다는 사실이 무의미한 것만은 아니다. 상기된 볼과 슬픈 두 눈, 검은 베일의 그 여인, 은은한 불이 밝혀진 산마르코 성당의 신전에서 그 무엇도 그녀를 떠나게 할 수 없으며, 마치 모자이크와도 같이 자신 고유의 불변하는 자리를 차지하고 있기에 그곳에 가면 언제나 되찾을 수 있는 여인이 바로 나의 어머니라는 사실이 기쁘다.

— 〈사라진 알베르틴〉 중[68]

68 Marcel Proust, *Albertine disparue*, Paris: Gallimard, 1988~1989, p. 226.

세례자 요한에게 첫 세례를 거행하는 그리스도를 표현한 모자이크와 사랑하는 여인을 잃고 예술의 길을 모색하는 아들에게 숄을 걸쳐주는 어머니의 모습은 모두 부활을 상징하는 듯하다. 요단강의 물은 숄로 대체되었으며, 세례를 통해 그리스도인으로 부활하며 새로운 삶을 살아가게 되는 요한처럼 마르셀은 베네치아 산마르코 성당의 세례당에서 더 이상 상처받은 사랑에 괴로워하는 청년이 아니라 작가로서 새로운 길을 모색하는 미래의 예술가로서 첫 발을 내딛는 셈이다. 인용문 속에 언급된 카르파초의 〈성녀 우르술라〉라는 작품은 원래 제목이 〈성녀 우르술라의 순교와 장례〉로 우르술라의 장례를 묘사하는 그림이다. 화자에게 어머니의 모습을 떠올리게 하는 여인은 그림의 오른편 하단에 무릎을 꿇은 채 검은 묵주를 들고 슬픔에 잠긴 채 성녀의 죽음을 기리는 여인이다. 프루스트가 마르셀이 사랑이 아닌 예술을 택하게 되는 길목에서 접하게 되는 그림의 작가로 라파엘전파가 신봉한 초기 이탈리아 르네상스 화가인 카르파초를 선택한 것 또한 의미심장하다. 이제 마르셀은 소모적 사랑의 대상이었던 알베르틴의 기억 대신에 예술적인 창작욕을 서서히 키워가는데, 그 옆에는 말없이 지원해주는 든든한 어머니가 자리하고 있는 것이다.

결국 마르셀이 최종적으로 선택하는 길은 예술가의 길이다. 그는《되찾은 시간》의 마지막 무대인 게르망트 대공부인의 오찬에서 자신에게 남은 시간을 자신의 생애를 담은 소설을 집필하고 완성하는 데 할애할 것을 결심함으로써 작가의 소명을 재발견하는 것이다. 사랑하는 여인의 죽음 이후 영원할 것 같았던 고통은 시간이 지나며 희석되고, 예술작품에 대한 창작욕이 그 빈자리를 대체한다는 소설 속 설정은 엘리자베스의 죽음 이후 로세티의 생애와 겹쳐 보인다.

제도권 미술을 적극적으로 부정하고 중세 미술의 열정을 추구하며 자연을 세심하게 관찰하는 과학적 예술가의 정체성을 추구하는 라파엘전파의 의식은 프루스트에게 호기심을 자아냈을지는 몰라도 공감을 일으키지는 못했다. 프루스트에게 라파엘전파를 안내해준 러스킨 또한 지나친 도덕론과 청교도적 종교관으로 거리감을 느끼게 했다. 프루스트는 러스킨의 저서를 두 권이나 번역했음에도 불구하고 자신의 소설에는 적어도 직접적으로는 거의 언급하지 않는다. 러스킨과 로세티가 가졌던 후원자와 화가의 관계는 일그러진 형태로 샤를뤼스와 모렐의 관계에서 무리하게 살펴볼 수 있을 뿐이다.

반면 프루스트는 소설 속에서 마르셀에게 진정한 예술세계에 눈을 뜨게 하는 인물로 화가 엘스티르를 창조하는데 그는 인상주의 화가로 설정된다. 인상주의 화가 엘스티르에게서는 라파엘전파의 회화론이나 예술철학이라고는 전혀 찾아볼 수 없다. 하지만 프루스트가 〈단테 가브리엘 로세티와 엘리자베스 시달〉에서 관심을 둔 부분, 즉 화가와 모델의 관계가 어떻게 남편과 아내로 이어지고 또 이성에 대한 사랑이 어떻게 예술에 대한 열정에 자리를 내주는지가 엘스티르와 아내, 그리고 마르셀과 알베르틴의 관계에 투영됨을 살펴보았다. 자신이 그림으로 구현하려는 이상적인 아름다움을 몸으로 표현하고 있는 여인을 만나 아내로 맞는 엘스티르, 그리고 알베르틴과의 사랑이 비극으로 끝나고 시간이 지난 후 상실의 고통에서 벗어나 마침내 예술의 길로 들어서는 마르셀의 여정은 로세티와 엘리자베스의 또 다른 변형된 관계라고 할 수 있다.

참고문헌

프루스트의 작품

Proust, Marcel. *À la recherche du temps perdu*, 7 vols. éd. Jean-Yves Tadié, Paris: Gallimard, 1987~1990.

    I. *Du Côté de chez Swann*, 1987~1988.

    II. *À l'ombre des jeunes filles en fleurs*, 1987~1988.

    III. *Le Côté de Guermantes*, 1988.

    IV. *Sodome et Gomorrhe*, 1988~1989.

    V. *La Prisonnière*, 1988~1989.

    VI. *Albertine disparue*, 1989~1990.

    VII. *Le Temps retrouvé*, 1989~1990.

————. *Contre Sainte-Beuve*, précédé de Pastiches et mélanges, et suivi de Essais et articles, éd. Pierre Clarac, Paris: Gallimard, 1971.

————. *Jean Santeuil*, précédé de Les plaisirs et les jours, éd. Pierre Clarac, Paris: Gallimard, 1971.

————. *Lettres 1879~1922*, éd. Françoise Leriche, Paris: Plon, 2004.

————. *Sur la lecture*, Arles: Actes Sud, 1988.

프루스트 관련 문헌

Bouillaguet, Annick. *Marcel Proust: bilan critique*, Paris: Nathan, 1994.

Brun, Bernard. *Marcel Proust*, Paris: Cavalier Bleu, 2007.

Maurois, André. *Le Monde de Marcel Proust*, Paris: Hachette, 1960.

Tadié, Jean-Yves. *Marcel Proust: biographie*, Paris: Gallimard, 1996.

러스킨의 작품

Ruskin, John. *The Art Criticism of John Ruskin*, ed. Robert L. Herbert, Gloucester, MA: Peter Smith, 1969.

_____. *La Bible d'Amiens*, traduction de Marcel Proust, présentation d'Yves-Michel Ergal, Paris: Bartillat, 2007.

_____. *Modern Painters, The Works of John Ruskin*(vols. 1~5), ed. E. T. Cook and Alexander Wedderburn, London: Library Edition, Longmans, Green and Co, 1903~1905.

_____. *Sésame et les lys*, traduction de Marcel Proust, présentation d'Antoine Compagnon, Paris: Éditions complexe, 1987.

_____. *The Stones of Venice, The Works of John Ruskin*, vols. 9~11, op. cit.

러스킨 관련 문헌

Autret, Jean. *L'Influence de Ruskin sur la vie, les idées et l'œuvre de Marcel Proust*, Genève: Droz, 1955.

Bisson, L. A. "Proust and Ruskin: Reconsidered in the light of Lettres à une amie", *Modern Language Review*, vol. 39, pp. 28~37.

Brix, Michel. "Proust et Ruskin: de *La Bible d'Amiens* à la *Recherche*", *Marcel Proust Aujourd'hui*, vol. 3, 2005, pp. 81~100.

Frye, Robert D. "The Role of Medieval Art and Allegory in the Genesis of Proust's *À la recherche du temps perdu*", *Symposium*, vol. 39, 1985, pp. 250~267.

Gamble, Cynthia. *Proust as Interpreter of Ruskin: The Seven Lamps of Translation*, Birmingham, AL: Summa, 2002.

Hassine, Juliette. "La charité de Giotto ou l'allégorie de l'écriture dans l'œuvre de Proust", *Bulletin d'informations proustiennes*, vol. 26, 1995, pp. 23~43.

Johnson, Lee Mckay, *The Metaphor of Painting: Essays on Baudelaire, Ruskin, Proust and Pater*, Ann Arbor, Michigan: UMI Press, 1980.

Lemaître, Henri. "Proust et Ruskin: essai", *Pyrénées; cahiers de la pensée française*, vol. 16, Toulouse: Privat, 1944, pp. 311~397.

Maurois, André. "Proust et Ruskin", *Essays and studies by members of the English Associations*, vol. 17, 1932, pp. 25~32.

Yoshida, Jo. *Proust contre Ruskin, Thèse de doctorat*, Paris: Université de Paris, Sorbonne, 1978.

Yoshikawa, Kazuyoshi. "L'Idolâtrie artistique chez Swann", *Marcel Proust sans frontières 1*, ed. Bernard Brun, Caen: Lettres Modernes Minard, 2007, pp. 49~63.

유예진. 〈프루스트와 러스킨: 번역가에서 소설가로〉, 《프랑스학연구》 64집, 2013, 193~216쪽.

샤르댕

Backus, David. "La Leçon d'Elstir et de Chardin", *Bulletin de la société des amis de Marcel Proust et des amis de Combray*, vol. 32, 1982, pp. 535~540.

Borowitz, Helen O. "The Watteau and Chardin of Marcel Proust", *The Bulletin of the Cleveland Museum of Art*, vol. 69, no. 1, Jan., 1982, pp. 18~35.

May, Gita. "Chardin vu par Diderot et par Proust", *Publications of the Modern Language Association of America*, vol. 72, June 1957. pp. 403~418.

Pouilloux, Jean-Yves. "Proust devant Chardin", *Poésie*, vol. 64, 1993, pp. 117~128.

렘브란트

Borowitz, Helen O. "The Rembrandt and Monet of Marcel Proust", *The Bulletin of the Cleveland Museum of Art*, vol. 70, no. 2, Feb., 1983, pp. 73~95.

Nadler, Steven. *Rembrandt's Jews*, Chicago: University of Chicago Press, 2003.

Vosmaer, Carel. *Rembrandt Harmens van Rijn: ses précurseurs et ses années d'apprentissage*, La Haye: Martinus Nijhoff, 1863.

Yoshikawa, Kazuyoshi. "Proust et Rembrandt", *Proust sans frontières 1*, op. cit., pp. 105~120.

와토

Borowitz, Helen O. "The Watteau and Chardin of Marcel Proust", op. cit.

Sugiura, Junko. "Proust et Watteau", *Études de langue et littérature françaises*, vol. 76, Mars 2000, pp. 129~140.

모로

Fraisse, Luc, "Les Lectures inspiratrices de Proust sur Gustave Moreau", *Une Amitié européenne: nouveaux horizons de la littérature comparée*, éd. Pascal Dethurens, Paris: Champion, 2002, pp. 82~132.

Gauthier, Patrick, "Proust et Gustave Moreau", *Europe*, vol. 496~497, 1970, pp. 237~241.

Hokari, Mizuho. "Proust et Gustave Moreau: à propos de l'échec de Jean Santeuil", *Études de langue et de littérature françaises*, vol. 14, Mars. 1969, pp. 34~48.

Johnson, John Theodore, Jr., "Marcel Proust et Gustave Moreau", *Bulletins de la société des amis de Marcel Proust et des amis de Combray*, vol. 28, 1978, pp. 614~639.

_____ , "Proust's 'Impressionism' Reconsidered in the Light of the Visual Arts of the Twentieth Century", *Twentieth Century French Fiction*, ed. George Stambolian, New Brunswick, New

Jersey: Rutgers UP, 1975, pp. 27~56.

Mathieu, Pierre-Louis. *Gustave Moreau*, Paris: Flammarion, 1998.

Moreau, Gustave. *Catalogue des peintures, dessins, cartons, aquarelles exposés dans les galeries des Musée Gustave Moreau*, Paris: Éditions des Musées Nationaux, 1974.

Topping, Margaret. "Proust's unspoken muse: A Re-evaluation of the Role of Gustave Moreau's Painting in Proust's Art", *French Studies*, vol. 53, no.1, Jan. 1999, pp. 23~37.

Yoshikawa, Kazuyoshi. "Proust et Moreau: nouvelles approches", *Nouvelles directions de la recherche proustienne* 1, éd. Bernard Brun, Paris: Lettres Modernes Minard, 2000, pp. 97~114.

모네

Borowitz, Helen O. "The Rembrandt and Monet of Marcel Proust", op. cit.

Feuillerat, Albert. "Le Peintre Elstir", *Comment Marcel Proust a composé son roman*, New York: AMS Press, 1973, pp. 54~65.

Johnson, John Theodore, Jr. "Proust's 'Impressionism' Reconsidered in the Light of the Visual Arts of the Twentieth Century", *Twentieth Century French Fiction*, ed. George Stambolian, New Brunswick, New Jersey: Rutgers UP, 1975, pp. 27~56.

Meyers, Jeffrey. "Monet in Zola and Proust", *New Criterion*, vol. 24, no. 4, 2005, pp. 41~47.

Rawlinson, Mary C. "Proust's Impressionism", *Esprit Créateur*, vol. 24, 1984, pp. 80~91.

Riva, Raymond T. "A Probable Model for Proust's Elstir", *Modern Laguage Notes*, vol. 78-3, 1963, pp. 307~313.

로세티

Jackson, Elizabeth. "Proust et les préraphaélites", *Revue des sciences humaines*, vol. 30, 1965, pp. 93~102.

Maya, Kazuko. "Proust et Burne-Jones", *Bulletin de la société des amis de Marcel Proust et des amis de Combray*, vol. 51, 2001, pp. 53~65.

유예진. 〈라파엘전파와 프루스트: 로세티에서 엘스티르까지〉, 《불어불문학연구》 97집, 2014, 475~484쪽.

팀 베린저. 《라파엘전파》, 권행가 역, 예경, 2002.

티머시 힐턴. 《라파엘전파, 19세기 복고주의 운동》, 나희원 역, 시공사, 2006.

기타 참고문헌

Barthes, Roland. "Proust et les noms", *To Honor Roman Jackobson: Essays on the occasion of his birth-*

day, 1966, vol. 1, 1967, pp. 150~158.

_____. "Proust et la photographie: Examen d'un fonds d'archives photographiques mal connu." *Œuvres complètes*, t. II, éd. Eric Marty, Paris: Seuil, 2003, pp. 385~457.

Bertho, Sophie. *Proust et ses peintres*, ed. Annick Bouillaguet, Yasué Kato et al. Atlanta, GA: Rodopi, 2000.

Campion, Pierre, Jean Cleder et Jean-Pierre Montier. *Proust et les images: peinture, photographie, cinéma, vidéo*, Rennes: Presses Universitaires de Rennes, 2003.

Diaconu, Aurel Vladimir. "Proust et la peinture", *BAMP*, vol. 12, 1962, pp. 545~572.

Grenier, Jean. "Elstir ou Proust et la peinture", *Proust, Collection Génies et Réalités*, Paris: Hachette, 1965, pp. 199~211.

Karpeles, Eric. *Paintings in Proust. A Visual Companion to In Search of Lost Time*, London: Thames and Hudson, 2008.

Monnin-Hornung, Juliette. *Proust et la peinture*, Paris: Droz, 1951.

Uenishi, Taeko. *Le Style de Proust et la peinture*, Paris: SEDES, 1988.

Yoo, Yae-Jin. *La Peinture ou les leçons esthétiques chez Marcel Proust*, New York: Peter Lang, 2012.

유예진.《프루스트의 화가들》, 현암사, 2010.

이충민.〈프루스트 작품의 판본 정립과 한국어 번역의 상관관계〉,〈프랑스학회 가을학술대회 발표집〉, 2013. 175~191쪽.

은행나무 위대한 생각 01

독서에 관하여

1판 1쇄 발행 2014년 4월 16일
1판 7쇄 발행 2022년 3월 25일

지은이 · 마르셀 프루스트
옮긴이 · 유예진
펴낸이 · 주연선

(주)은행나무
04035 서울특별시 마포구 양화로11길 54
전화 · 02)3143-0651~3 | 팩스 · 02)3143-0654
신고번호 · 제 1997-000168호(1997. 12. 12)
www.ehbook.co.kr
ehbook@ehbook.co.kr

ISBN 978-89-5660-762-7 04800
ISBN 978-89-5660-761-0 (세트)